Anne Enright

Elisas Gelüste

Anne Enright

Elisas Gelüste

Roman DuMont

Aus dem Englischen von Angela Praesent

Die Originalausgabe erschien 2002 unter dem Titel *The Pleasure of Eliza Lynch*
bei Jonathan Cape, London.

Erste Auflage 2004

Ausstattung und Umschlag: Groothuis, Lohfert, Consorten (Hamburg)
Gesetzt aus der Haarlemmer
Gedruckt auf säurefreiem und chlorfrei gebleichtem Papier
Satz: Greiner & Reichel, Köln
Druck und Verarbeitung: Clausen & Bosse, Leck
Printed in Germany
ISBN 3-8321-7840-6

Wie sie ihn am Hang des Cerro Corá mit eigenen Händen begrub, diese Geschichte wird hier berichtet.

Für Martin

EIN FISCH

Paris, März 1854

An einem lieblichen Pariser Frühlingstag des Jahres 1854 steckte Francisco Solano López seinen Penis in Elisa Lynch. Sie befanden sich in einem Haus an der Rue St. Sulpice, einer berühmten Straße, auf der die Menschen schon immer voll wohliger Fantasien flanierten. Im Frühling 1854 bedurfte es keiner Fantasie, damit Francisco Solano López seinen Penis in Elisa Lynch schob und wieder herauszog, zwanzig Mal insgesamt. Dies war für Francisco Solano López recht viel, doch irgendetwas an Elisa Lynch lenkte ihn davon ab, seiner Lust mit der gewohnten Hast zu frönen. Irgendetwas an Elisa Lynch ließ ihn verweilen.

Draußen sangen die Vögel, die Bäume rauschten, und elegante Kutschen ratterten vorbei. Drinnen war das Himmelbett türkisfarben überwölbt, und der mächtige Baldachin wogte über ihnen beiden und gipfelte in einem Bausch von Seide, der das Pendant zu dem entzückenden Nabel von Elisa Lynch bildete, die darunter lag.

Außer dem prachtvollen Bett besaß sie nichts. In einer Ecke stand eine knubbelige Nussbaumtruhe, eine vergoldete Bronzeuhr tickte auf einem Kaminsims aus gewöhnlichem Stein, ein schlichter Tisch mit Rosenholzintarsien musste die Bürde eines gegeißelten Christus tragen. Der Raum war, so man das Bett ausnahm, praktisch nackt. Das Bett jedoch war überwältigend, ein Raum im Raum; es war ein Palast, über dessen nachgiebigen Boden López lachend krabbelte, um sich desto gründlicher mit der lachenden Elisa Lynch zu vereinen.

Was er ohne weiteren Aufschub auch tat.

Viele Menschen sollten diesen Augenblick noch beklagen. Alle, könnte man sagen, sollten ihn beklagen – außer den beiden Beteiligten, Francisco López und Elisa Lynch, Il Mariscal und La Lincha, Paco und Liz. Die schon unwirklich geworden sind. Sie waren Menschen von der Sorte, die Geschichten anzieht – von Vorurteilen, Gerüchten, Lügen und Zorn ganz zu schweigen: aus dem ganzen Wust hat die Zeit einen Knoten geknüpft, den die Geschichte zum gordischen erhoben hat. Die einzelnen Fäden lassen sich nicht mehr entwirren. An einem jedoch dürfen wir nicht zweifeln: Es fand eine Vereinigung gewisser Teile statt, und sie ereignete sich im Frühling an der Rue St. Sulpice.

Paco und Liz, lachend auf dem Bett. Madame Lynch, die stumm den stumm schauenden Señor Lopez anschaut. Das Flittchen aus der Grafschaft Cork, das sich dem türkisfarbenen Himmel zuwendet, während der kleine Mestize es ihr besorgt. Es war ein Moment, der die Anschuldigungen von Nationen auf sich vereinte, als hätte alles hier begonnen. Freilich, etwas hat hier angefangen – denn so etwas wie Anfänge gibt es –, nur was? Nur was eigentlich?

Sie wurden zu einem Liebespaar. Im Nu, im Marschtempo, in zwanzig Takten wurden sie von Fremden zu dem, was sie ihr verbleibendes Leben lang sein würden. Und sie wussten es. Welch ein Glücksfall!

Draußen zwitscherten sich die Vögel in den Schlaf, sein gemietetes Pferd schnaubte in den Hafer und der Kutscher schnarchte. Die Uhr auf dem Sims zeigte Mitternacht an, oder fünf Uhr. Die Uhr auf dem Sims wurde angehalten. Und nichts war mehr zu vernehmen als das Strömen der Luft, die der Señor einsog und ausstieß.

Wer war er? Der rechtmäßige Erbe von Paraguay, einem Land, von dem keiner je gehört hatte. Wer war Elisa? Ganz sie selbst. Er war zu ihr ins Haus gekommen, um sein Französisch zu verbessern, behauptete er wenigstens. Die Wendungen, die er an diesem Abend lernte, lauteten ›Karo-König‹, ›Pik-Dame‹ und ›Stich‹. Er lernte, auf Französisch *Saukerle* zu sagen, sodann *Trüffel*, *Schweinerüssel* und *Zunge*. Nach diesem amüsanten Unsinn begaben sie sich zu Bett.

Oh, Elisa. Sie sprach tatsächlich viele Sprachen: Sie tobte sich auf Französisch aus, heiratete auf Englisch und aß in der irischen Mundart der Küche ihrer Kindheit. Sie verfügte über Schullatein und Badeortdeutsch, doch ihr Schicksal war nun spanisch, und sterben würde sie auf Guaraní, also unbemerkt. Der Geliebte in ihrem Kopf sprach – flüsternd – russisch. Der Teufel in ihrem Kopf sprach portugiesisch.

Und so schob Francisco seinen Penis, *son pénis, su penis,* in die namenlose Partie von Elisa Lynch. Er schob dieses auf Englisch, Französisch oder Spanisch gleich lautende Ding in einen Teil von Elisa Lynch, der in jeder Sprache obszön ist.

Erstens:
Er war reich.

Zweitens:
Er war unermesslich reich.

Er hatte an jenem Tag siebzig Paar Stiefel mit Silberkappen bestellt – vermutlich mit erhöhten Innensohlen; denn er war klein, sehr klein sogar, das ließ sich gar nicht leugnen, doch er war atemberaubend reich, und daher musste sie, die dahingegossen unter ihm lag, grandios sein.

Drittens:

Sie hielt den Mund.

Zu schreien ziemte sich nicht. Falls dieses höchste überraschende Eindringen sie überraschte, so durfte dies sich nur als Andeutung eines Brauenlüpfens, als Anschwellen ihres bedrängten Mundes äußern; ihre Stirn verströmte eine verwunderte Gelassenheit, als beantworte die Frage – wie immer sie lauten mochte – sich selbst.

Viertens:

Wie lange er brauchen würde, war nicht vorherzusehen.

Sein Haar roch nach Flieder und Pferden. Sein Atem roch nach Verfall. Das Hemd hatte er sich ungeduldig am Hals aufgezerrt, und ein schmutzstarrender Lederbeutel dopste ihr auf die Brust. Geld? Nein – sein Geld steckte seitlich in seinen Stiefelschäften, locker und bündelweise. Ungeheure Summen. Papier raschelte, als er die Stiefel achtlos zu Boden plumpsen ließ. Dann seine kurze Militärjacke: von goldenen Tressen strotzend und durch die bemerkenswerten Epauletten in schiefer Habachtstellung gehalten. Seine Beine waren sehr dick und knotig. Sein Hemd hing herab.

Sie trug ihre Saphire. Auch einen *peignoir* aus abgeschüttelter Seide. Er floss ihr über die Arme und bewegte sich unter ihr wie Wasser.

Fünftens:

Ihre Lippen wurden jäh auseinander gestemmt.

Sie musste die erste Frau sein, die er seit Wochen gehabt hatte. In Paris würden die Huren natürlich über ihn lachen – deswegen wurden sie schließlich so gut entlohnt. Cora Pearl mit ihrer Peitsche. Oder Dolores im Café Anglais mit ihren Brillanten und ihrem blutigen Husten. Denn sie waren alle am Sterben. Tod im Schlafzimmer und ein neuerlicher Tod am Kartentisch, wo sie ihm sein Geld abnahmen, Stich auf Stich. Das hier ist der Schwachkopf aus den Kolonien, darf ich Sie bekannt machen mit Monsieur le Duc de … Irgendwas, das er nicht verstand. Irgendein Gnom von deutschem Bankier. Eine Schnepfe mit Diamanten im Haar, die wachsam zusieht. Und wenn er versucht, sie zu berühren, lacht sie ihm ins Gesicht. Schweigend wird weitergespielt. Unter immer höheren Einsätzen. Die Nutte lacht nun nicht mehr. Höher, höher, höher.

Sechstens:

Er scheute vor ihr zurück.

Sie könnte ihn beißen. Sie könnte an seiner Unterlippe reißen, wäre da nicht sein entsetzlicher Mundgeruch. Schon als er über die Schwelle ihres Salons getreten war, hatte sie es gerochen. Ratlos, wo er sich setzen oder wie er stehen bleiben sollte, bis sie ihm eigenhändig den Hut abnahm und ihm ganz natürlich sagte, er müsse ihn da neben sich auf den Boden legen. So halten sie es in Paris, sagte sie ihm, diese merkwürdigen Franzosen, lassen den Hut auf dem Boden liegen, damit jeder ihren mit goldenen Lettern ins Hutband gestickten Namen sehen kann. Sie habe in ihren ersten Wochen in der Stadt immer angenommen, alle Männer hießen Ruget – das sei der Name des Hutmachers. Sie lachte. Tralala. Dann hielt sie inne und richtete sich inmitten raschelnder Seide auf, wie flüchtig gebannt von dem Anblick seines Schoßes.

Leicht.

Unsanft zog sie ihm das Hemd den Rücken hinauf.

Siebtens:

Sie wölbte den Rücken und machte »Oh«.

Jede muss sich einen Liebhaber nehmen, damit sie weiß, wie sie zu stöhnen und wann sie sich umzudrehen hat. Das ist eine Investition. Jede sollte einmal lieben, anders lässt es sich nicht lernen. Elisa hatte sich gewünscht, zart zu lieben, hoffnungslos zu lieben, aber sie hatte geliebt wie eine Schlechtwetterfront. Und nur einmal. Es nützte nichts, die Augen zu schließen und sich einzubilden, er sei es. Es nützte nichts, die Augen zu schließen und sich irgendetwas einzubilden. Sie schloss die Augen dennoch und sah für einen Moment López' Kopf über sich – rot glühende Kohleaugen, geschmolzenes Hirn, schwarz loderndes Haar. Rasch schlug sie die Augen wieder auf, und sah zu ihrer Erleichterung menschliche Haut. Nichts als menschliche Haut. Francine draußen hatte vergessen, dem Feuer bis zum Morgen Nahrung zu geben, wie sie es immer tat.

Achtens:

Wer zählte mit?

Sie zählte mit. Der erste Mann in Paris, der zweite Mann in Paris, zwei in Algerien, einer in Folkestone, Grafschaft Kent. Draußen räumte Francine gerade den Kartentisch weg, als López über ihr den Atem anhielt. Stille. Die Uhr auf dem Sims war stehen geblieben. Sie zählte sie sich vor: Der Mann, der ihr die Saphire geschenkt hatte, der Mann, der ihr das Bett geschenkt hatte. Zwei Männer in Algerien, einer in Folkestone,

Grafschaft Kent. Erinnerungen stiegen nun auf, wie manchmal, wenn man eine Blüte zerdrückt, ein Duft. Jedes Mal, wenn er ihn zurückzog, stieg ein Name auf – Raspail, Quatrefages, Misha, Bennett – und drang heftig in sie ein.

Neuntens:

»Und wenn ich nun gewinne«, sagte sie. »Dann werden Sie mich nicht mögen.«

Er blätterte seine Karten auf den Tisch und sah sie an. Gute Karten. Sehr gute Karten. Er nahm das Herz As und begann, mit seinem kleinen Messer die Mitte herauszuschneiden.

»Ich habe Kaiserin Eugénie die Hand geküsst«, sagte er. Und beschrieb den Ring, den sie getragen hatte, ein Saphir, mit Brillanten zur Wappenlilie gefasst, über weiteren Brillanten und einer Perle.

Kaiser Napoleon hatte ihm ein Band an die Brust geheftet. Er hatte ihm den Arm um die Schultern gelegt und ihn persönlich zur Tür geleitet. Als er Abschied genommen hatte, hatten dreißig Bedienstete entlang der Enfilade so getan, als nähmen sie ihn nicht wahr, den Bruderkuss zwischen Männern, zwischen Soldaten, zwischen Nationen.

Dann warf er ihr die herzlose Karte zu, quer über den Filz.

Dies war ein Mann, der nichts brauchte.

Dies war ein Mann, der alles brauchte, doch nicht etwas Greifbares, Bestimmtes, außer – dies aber unbedingt – in ihr zu sein. Was er nun war.

Zehntens:

Der Schneider an der Rue de Rougemont. Klein und flink wie ein Jockey, mit brennenden Wieselaugen. Er hätte ihr gefallen können. In einem anderen Leben wäre sie ihm vielleicht recht zugeneigt gewesen. Er nahm sie in Augenschein, und der Preis, schien er zu sagen, war entweder sie oder zwanzig Prozent. Also beglich sie die Rechnung unverzüglich – legte sich inmitten der Bahnen von Seide und Stoffballen hin, eine Spule mit Brügge-Spitze noch fest in der Hand. Die Spitze kostete, in Arbeitszeit umgerechnet, je Meter eine Woche. Hierüber dachte sie nach – wie lange irgendeine Flämin wohl brauchte, um die Spitze für eine elegante Manschette, ein ganzes Kleid zu klöppeln, und der Gedanke an die Flämin brachte sie den Tränen nah. Sie sah seinen Kopf von der Seite, und ihre Hand schloss sich fester um die hölzerne Spule. Sie sah sein Blut auf der geklöppelten Seide; sie sah schwarzes Blut in den Bombasin sickern. Als sie fertig waren, fragte sie ihn nach den Kleidern, und er – in seiner Liebe zu Garn und Geweben so offen, wie er in der Liebe verschlossen war (ein Grunzer, ein Grimassenschneider) – führte sie im Raum umher und umwarb sie mit Stoffen. Nanking, Taft, Piqué, Foulard. Und so ergatterte sie, auf Pump, fünf von jeder Sorte, für vormittags, nachmittags und abends. Die Unterkleidung musste sie sich selbst beschaffen. Sie besaß nichts, nicht einmal den Peignoir, in dem sie sich flach legte. Sie war noch nicht neunzehn und lebte wie eine Gräfin – auf Kredit.

Das Geld! Das Geld! Es rann ihr durch die Hände wie Wasser. Sie versuchte es einzufangen, festzuhalten: krallte sich stattdessen in seinen Hals, oder in seine Kehle, oder in seinen Mund.

Elftens:

Sein Haar roch nach Fliederessenz von Pinaud. Sein Hemd roch sauber. Sie würde reich sein. Sie würde eine Kalesche besitzen wie Cora Pearl, die englische Dirne, die ihren Hund passend zu ihrem Kleid blau färben ließ. Ein Mann hatte gesagt, ihre Perlen seien nicht echt – sie hatte die Schnur zerrissen und sie davonkullern lassen. Ein Ruck ihrer Hand, und die Perlen strömten von der Schnur, ergossen sich über den ganzen Fußboden. Wer hatte sie aufgelesen? Die Perlen hüpften in die Ecken, rollten unter Tische und kleine Sofas. Welcher galante junge Mann stockte an der Tür, hielt stumm inne, ließ sich dann auf die Knie nieder, tastete den türkischen Teppich ab und klaubte sie auf? Elisa hielt den Atem an. Der blaue Hund, die mit himmelblauem Glacéleder gepolsterte Kalesche. Sie würde die Vorhänge an ihrem berühmten Bett nun austauschen müssen, denn Blau bedeutete Cora Pearl. Einmal hatte sie einen hungrigen Mann breitbeinig dasitzen gesehen, und sein Ding hatte ihm dazwischen hinuntergehangen, saftig und fett. Elisa schrie auf. Sie hatte versucht, brav zu sein, hatte brav sein wollen, doch die Vorhänge hatten sie einen Monat Vögelei gekostet und waren viel zu blau, und die Perlen rieselten davon und kullerten über den gesamten Boden.

Zwölftens:

Ooh. Ihre Stimme im Raum. Ein Beben ging durch sein hängendes, fleischiges Gesicht, seine Augen hinter den geschlossenen Lidern wirkten, als versuche er etwas Empfindliches, Großes durch eine sehr kleine Öffnung zu quetschen – doch nur, falls er es finden konnte. Es befand sich irgendwo da drinnen, mitten in seinem Kopf, und sie wollte ihn küssen; ihm helfen, es einzusammeln. Einen Mann hatte er einmal gesehen, von einem Pferd hinterhergeschleift; aus seinem zerschmetterten Rücken hatten die Knochen herausgeragt. Der Mann hatte ihn angesehen, sagte er, als langweile ihn das alles. Dann ein wenig zerstreut. Dann tot.

Jetzt entwand sie sich ihm, den Blick auf einen festen Punkt gerichtet.

Dreizehntens:

Sie waren noch da. Sie hatten ihre Spuren in ihr hinterlassen. Der Mann, der versagte, erneut versagte, ihr Klapse versetzte, um sich in Fahrt zu halten, und sie mit seinen Bemühungen erschöpfte. Der Mann, der sich hinterher den Mund abwischte – nach einem Zipfel ihres Kleides griff und sich den Mund abwischte – und sie auf beide Brüste schlug, bevor er die Saphire springen ließ. Der Schneider, der sich, seine schlauen Augen fest geschlossen, angespannt an ihr abarbeitete, auf irgendetwas konzentriert, das ihm immer wieder entschlüpfte. Und Misha, der fortgegangen war – die Rechnungen unbezahlt, die Laken auf dem Bett noch verknittert. Misha in seiner Husarenuniform, der sie, wie er sagte, mehr liebte als sein Pferd, der sie so liebte, dass er sterben könne – der gesagt hatte, mach die Augen auf, mach die Augen auf und töte mich, und sie hatte sie aufgemacht und ihn auf sie herabstarren sehen mit einem so gewöhnlichen, so harten Blick, dass seine Augen aus Holz hätten gedrechselt sein können. Vor Misha, Quatrefages, dessen feuchter Bauch an ihrem Rücken geklebt, der in ihrer Hochzeitsnacht gesagt hatte, wenn sie ihr Hemd anbehalte, sei sie ganz erträglich; Quatrefages, der nur als Deckung für Raspail diente, der sie auf jede erdenkliche Weise verdrehte, und von Raspail hatte sie nur noch dessen Hände in Erinnerung. Raspail ein Freund von Bennett, welcher der Erste gewesen war. Bennett, der Doktor, der ihr eine Kur verabreichte; Bennett, der sagte: »Hab keine Angst, mein Liebes, und wenn du Angst hast, schrei.« Mr. Bennett mit seinem dünnen Lächeln, bis er die Augen so verdrehte, dass nur noch das Weiße zu sehen war. Sie hatte geglaubt, sie habe ihn umgebracht. Er lächelte sie an, als wäre ihr Inneres durchaus nützlich und in Ordnung, dann platzte er plötzlich vor ihr auf, und Abscheuliches quoll hervor, Abscheuliches ohne

Ende. Sie war sich sicher, sie hatte Mr. Bennett umgebracht, den Freund ihres Vaters. Sie brachte ihn nun um. Sie brachte sie alle um. Den Mann mit dem Bett, den Kleidermann, den Mundabwischer, ihren Geliebten Misha, ihren Gebieter Raspail, ihren Gatten Xavier, den Freund ihres Vaters, Mr. Bennett. Sie brachte sie in Paris, in Algier, in Kent um, und Bennett überall. Sie brachte Bennett in Mallow um, wo er niemals gewesen war, Bennett in jenem Zimmer in Bordeaux, und den Bennett, der ihr hierher gefolgt war, denn er war immer noch in ihr, zwischen ihren Beinen und hinter ihren Rippen, an die er klopfte, tock, tock, um hinauszugelangen. Jedes Mal, wenn er in sie hineinstieß. In den Momenten dazwischen umfing sie ihn und hielt ihn fest. Und brachte sie alle um, einen nach dem anderen.

Vierzehntens:

Sie würde eine Kutsche haben, die vollkommen schwarz wäre: Chinesischer Lack, mit Elfenbein abgesetzt, die Polster in Seal, die Fenster dünne Scheiben von Obsidian, die Kissen schwarze Seide, mit Jettknöpfen gesteppt. Hoch und geschlossen. Elisas Kutsche war der teuerste Schatten aller Zeiten. Darin unternahm sie ihre Flucht. Sie überrollte die Körper ihrer einstigen Liebhaber damit. Sie ließ die Kutsche über deren Brustkörbe und Beine holpern, holter-di-polter-di-popp. Und ihre Geschwindigkeit wuchs.

Natürlich war da noch mehr. Da war das Gefühl, wenn Stoff über die Haut gleitet, wenn Blut über die Haut fließt, das Gefühl, von den Händen anderer berührt zu werden. Da war der Geschmack; nicht nur derjenige der Wachteln, die sie an jenem Abend verzehrt hatten, sondern der jedes längst vergessenen

Mahles. All das wurde nun zusammengerafft wie in einem starken Tuch, und in dessen Mitte lagen Elisa und Francisco, und ihrer beider Leben stürzten auf sie nieder; der Klang eines Pianos, ein Lied, das jeder von ihnen gehört hatte, die diversen heimatlichen Gerüche. Die Vergangenheit, die sie in dieses Bett einbrachten, war nicht – wie denn auch? – bevölkert von französischen Kaisern und englischen Dirnen; das bildete nur die äußerste Haut. Eher brachten sie den gespenstischen Kreis von verstreutem Reispuder auf Elisas Frisierkommode mit, oder die unerwartete Schönheit der Hände seines Kammerdieners. Sie brachten den Geruch von Gemüseschalen mit, den seines Lieblingssattels, den eines Teichs, in dem er als Kind geschwommen war. Und schließlich brachten sie sich selbst ein: die Landschaft seiner Schultern, als er über ihr den Kopf sinken ließ, das Netz von Adern auf ihrer weißen Brust. All diese flüchtig wahrgenommenen oder beinahe wahrgenommenen Dinge. All die in ihren Köpfen aufblubbernden Dinge, eine unermesslich große Blase. Und als die Blase birst, regnen nicht Pianos, Kammerdiener, Sättel, Geliebte, Mädesüß, Seiden auf sie beide nieder; als sie birst, herrscht in ihren Köpfen auf einmal – plopp! – Leere. Sie empfinden ganz einfach Ihn-in-ihr-sie-um-ihn-herum, Fleisch, das zu Seide, Seide, die zu Muskeln wird, und dass sie alles! alles! wollen, weil sie nun nichts sind und fürchten, es könnte sie vernichten – dieses Zuviel von ihm, dieses Zuviel von ihr. Und daher:

Fünfzehntens:
Plopp! Nichts.

Sechzehntens:
Leere.

Siebzehntens:
Nichts. Nichts. Nichts.

Achzehntens:
Alles.

Neunzehntens:
Alles!

Zwanzigstens:
Und noch ein wenig … mehr.

Üblicherweise würde an diesem Punkt der Mann sich herabwälzen und nach seinen Stiefeln Ausschau halten, sie jedoch blieben zusammen und streichelten einander. Er spielte mit ihrem Halsband – vielleicht hatte das ihn zaudern lassen. Sie fuhr mit den Händen über die Muskeln auf seinem Rücken – so hübsch kompakt. Sie fing zu lachen an. Sie hatten sich selbst überrascht. Er griff neben das Bett und zog eine Flasche mit ein wenig schal gewordenem Champagner empor.

»Mein Vater«, begann er. Und sprach von Paraguay, dem Land, von dem niemand je gehört hatte, von einer Eisenbahnlinie, die er bauen würde, tick-tack-klacker-di-klack über ihren Bauch und zwischen ihren Brüsten hindurch, bis sie – schnauf! – an ihrer Nase ankam.

In London, erzählte er ihr, hatte er zum ersten Mal einen Zug bestiegen. Mit neununddreißig Beratern, einhundertunddrei Reisekoffern und Fahrkarten nach Brighton und zurück. Was für ein junger Narr er gewesen war. Vor dem Fenster nahm die Stadt kein Ende. Valera, sein Marschall, presste zimperlich die Knie aneinander, nahm den Hut nicht vom Schoß und bekam kein Wort heraus. England, dieses elende Land – sie verstanden sich so gut auf diese Dinge. Er hatte sich zurück in sein Londoner Quartier begeben, und tagtäglich wurden dort weitere Pläne ausgerollt und mit Gewichten beschwert, deutete ein weiterer Ingenieur mit dem Finger auf diese Erhebung oder jene Belastungsstelle. Ein Schiff – die Tacuarí – wurde jetzt, während er sprach, im Trockendock von Limehouse gebaut. Pläne für ein Arsenal, eine Eisenbahnlinie. Vor allem Eisenbahnen würde es geben. Elisa könne es sich nicht vorstellen, aber Franciscos Vater hatte Paraguay niemals verlassen. Francia, der erste Diktator vor diesem, hatte niemals sein eigenes Schlafzimmer verlassen. Und nun war er, Francisco, hier in Europa, traf stündlich andere Männer, warf einen Blick auf sie und heuerte sie an, diese britischen Bussarde mit ihrer maßlosen Höflichkeit und Ignoranz, Jesuiten allesamt. Er sagte zu ihnen: Sehen Sie es? Sehen Sie es vor sich? Das Schwemmland des Paranábeckens, die Orangenhaine, die willigen Menschen, ein Land mit Herz. Sehen Sie es vor sich? Ein Land, das Sie verschlingen, Sie lieben und sich zu Eigen machen wird. Wir werden es mit Stahlbordüren schmücken.

Nein, sagte er. Sie müsse mitkommen und ihnen beibringen, ihre Hüte auf dem Boden abzulegen, auf den kühlen Kachelböden von Asunción. Wirklich, er sei von Idioten umgeben; sie müsse mitkommen, mindestens bis Rom.

Elisa hob die Hände, ließ die Finger an dem türkisfarbenen Vorhang entlanggleiten und stellte dabei die Haut ihrer Unterarme und die erstaunlichen, exotisch rötlichen Härchen darauf zur Schau.

»Roma!«, sagte sie.

Und so fing es an. Der Staatsbesuch in Madrid, wo sie im Hotel wartete, während er an Isabellas Hof vorgestellt wurde; und ihn, als er wütend zurückkam, zwischen Laken besänftigte, die einst Napoleon gehört hatten.

»Wo hast du die her?«, fragte er und fuhr mit einem Finger über die kleine, gestickte kaiserliche Biene. »Ach, Buonaparte«, stöhnte er und verbarg sein Gesicht.

Die Reise nach Rom, wo sie ihm im Bett den Baedeker vorlas, Porzellan erstand, die Gastgeberin spielte, Menüs auswählte, einem niederländischen Financier das Knie tätschelte, über die Wortspiele eines venezianischen Millionärs lachte, mit einem Bischof schäkerte, der ganz zufällig mit der vatikanischen Bank in Verbindung stand (nicht aber, wie in den Gazetten von Buenos Aires behauptet wurde, mit einer Orgie für den Papst).

Die Halbinsel Krim, eine strategische Rundreise, wo Elisa auf einer Anhöhe ein Picknick gab, bei welchem sie in ihrer Kutsche blieb, während einige der Gäste in den anderen Kutschen die Kühnheit besaßen, auszusteigen. Immer würde sie in Erinnerung behalten, was sie an jenem Tag gegessen, wie es sich auf der Zunge angefühlt hatte, während sie durch ihr Opernglas zusah, wie einhundert Mischas in Husarenuniform Teile ihres Körpers aufs Spiel setzten und einbüßten oder einfach an den Flanken ihrer Pferde hinabglitten, um zertrampelt zu werden. Sie würde sich mit nicht zu übertreffender Klarheit erinnern, wie trocken das Huhn gewesen war, an die Honigglasur auf seiner kalten, krausen Haut; an das Knirschen, wo Fett an Knochen grenzte; an das Moussieren des Champagners, während unten die Gewehre knatterten.

Wo immer López hinkam, schloss er mit einem Fußtritt die Tür und bumste, auf Betten, Fußböden, Chaiselongues, Grasflecken. Wo immer Elisa hinkam, gab es Kleider, Anproben, Schnittmuster, Volants, verwerfende Handbewegungen. Nach Paris zurückgekehrt, begaben sie sich in den Invalidendom zu

Napoleons Gruft, wo López weinte und schwor, er werde die gleiche, Stein um Stein die gleiche Gruft in Asunción errichten. Aus seinem Munde klang es wie eine Einladung.

Sie blieben in Paris und warteten auf die Fertigstellung ihres Schiffs (denn dass es auch ihr Schiff war, daran bestand nun kein Zweifel mehr). Und als es mit den britischen Eisenbahnern, Ingenieuren und Schmelzern beladen war, sandten sie ihr Gepäck nach Bordeaux voraus, wo sie an Bord gehen würden.

Als nahezu alles erstanden und verpackt war, die letzten Abschiedsbesuche nahezu erledigt, ging Elisa, begleitet von vier Dienern und ihrer Zofe Francine, zu dem Schneider in der Rue de Rougemont. Zu diesem Anlass trug sie einen alabasterfarbenen polnischen Mantel aus Merinocrêpe mit sieben Volants, ganz schlicht. Das Außergewöhnliche war ihr Sonnenschirm, bestehend aus einem klaren Kristallstab und einem Dach aus Spitze, in die in jedem Segment ihr Monogramm eingewirkt war. Sie sah dem Schneider in die Augen; sie sah ihm auf die Hose. Sie trank seinen Café au Lait, nahm seine Ratschläge mit scheinbarem Ernst entgegen, ließ ihn jeden einzelnen Stoffballen entrollen und ging. Am nächsten Tag sandte sie Valera, den Marschall, erneut hin und ließ ihn in seinem schlechten Französisch ihr Konto ausgleichen.

Und jede Nacht küsste sie López im Dunkeln, nun ohne einen Laut. All die Körper, all die Münder schmolzen dahin, während sie – La Irlandesa, Il Mariscal – zu beenden versuchten, was in jener ersten Nacht begonnen hatte. Was in jener Nacht begonnen hatte, war ein Krieg – sie beide wussten es. Was in jener Nacht begonnen hatte, war … Liebe, vielleicht. Ein Gefühl von großem Frieden, und sonderbare Träume. Eine Regung. Eine Ahnung all der verzerrten, all der entsetzlichen Dinge. Ein plötzlich aufgekommener Hunger. Eine Gänsehaut auf ihren

Armen, ein Schauder. Die Empfindung, jemand habe die Welt gegen eine andere ausgetauscht, die genauso aussah. Und mit alldem stellte sich Abscheu ein – vor López' Geruch, vor seinem Anblick, wenn er aß, und vor dem Essen auf ihrem eigenen Teller. Ein Widerwille zu reisen, obwohl sie reisen musste. Eine Veränderung in ihren Augen. Ein in die Ferne gerichteter Blick, als lausche sie ihrem eigenen Blut. Sie haben es erraten. Was in jener Nacht begonnen hatte, war ein Kind.

Tief in Elisa hatte sich eine Zukunft eingegraben und ließ nun nicht mehr los. Ein winziger Fisch, eine dringliche, despotische Präsenz. Als sie es begriffen hatte, waren sie in Rom. Als sie sich angewöhnt hatte, ihr *bondon* zu besorgen, war sie bereits von vatikanischen Bankiers und Sèvres-Porzellan umgeben. Zudem sprach Francine kein Italienisch – sie konnte schlecht in eine Apotheke gehen und dort eine Pantomime darbieten.

Und so wuchs es.

Doch dies lag selbst noch in der Zukunft. Noch liegen Elisa und Francisco auf dem Bett, wundervoll erschöpft. Und in den kommenden Wochen bemerkt sie, wie es eben schwanger gewordene Frauen an sich haben, dass sie alle liebt, dass sie dies zu Tränen rührt und dass das Leben gut ist.

DER FLUSS

I

EINE MELONE

Dezember 1854, Río Paraná

Heute habe ich wieder nach dem Namen des Vogels gefragt, aber Miltón zuckte mit den Achseln. Alma Perdita, sagte mir Captain Thomson, einer der allzu galanten Engländer, der einige Zeit in der Wildnis hier oder in der Umgebung verbracht hat. Alma Perdita bedeutet verirrte Seele. Es schwirrt plötzlich in den Ästen, doch wenn ich hinschaue, ist dort nichts. Wenn man im Wald etwas hört, ist es bereits wieder fort. Dennoch folgt uns dieser fließende, stets fallende Vogelruf überallhin.

Wir haben vor zwei Tagen in Buenos Aires abgelegt, und niemand weiß, wie viele Tage bis Asunción noch vor uns liegen. Die Tacuarí, dieser Bastard von Schiff – halb Kanonenboot, halb massiges Postschiff – hat uns auf ihrem flachen Bauch von Bordeaux aus über den Ozean geschaukelt, und nun hat sie zu viel Tiefgang, um die Flussmündung zu finden. Miltón steht im Bug, als wäre die Tacuarí ein Kanu. Er schleudert sein Lot ins Wasser und holt es wieder ein, wendet sich ab und zu um und pfeift dem Lotsen zu. Er kennt den Strom, doch wer an den hiesigen Ufern hat jemals ein Schiff wie das unsrige erblickt? Er müsste glauben, er lotse eine Kathedrale heim.

Obwohl ich, wenn ich in die Steinaugen dieser Leute schaue,

nicht weiß, was sie wohl glauben; ob sie überhaupt Seelen wie unsere haben – ob nun verirrte oder nicht. Überall wuchert es so. Ich nehme an, wenn diese Leute an irgendetwas glauben, dann wohl daran, dass der Teufel ein Gemüse ist und Gott ein herrlicher Baum.

Die Luft ist so zäh und warm, dass ich nicht weiß, ob ich atme oder ertrinke. Ich liege da und schlürfe sie in wunderbarer Mattigkeit in mich hinein. Der Strom ist breit wie ein See mit zwei offenen Enden. Wenn wir uns dem Ufer nähern, recken sich die Bäume uns entgegen, aberwitzig reglos; wuselnd und mit Girlanden behängt: die unermessliche, geschäftige, nie innehaltende Stille des Waldes. Ich nehme seinen Geruch in mich auf und halte es für möglich, dass ich Sprosse treibe oder verrotte: Irgendein Gewächs wird in meinem Hirn Wurzeln schlagen. Es wird prächtiger blühen als ein Hut.

Auch mein eigener Geruch hat sich unziemlich verändert. Er ist leicht – und schwer zu vergleichen; der Geruch von Gras in der Sonne, von etwas Grünem, das wächst wie mein Bauch. Und unter meinen Armen – der Hitze wegen, glaube ich – ein Anflug von Moder.

Mein Bauch ist enorm. Sie haben mich in den Bug hinaufgezurrt wie eine Riesenzecke. Da liege ich nun gefangen in den Musselinbahnen, die sie um mich herumdrapieren. Die Brise ist kühl, wenn wir in Bewegung sind, was nicht oft der Fall ist. Miltón steht auf einem Bein, an einen Mast gelehnt, und beschirmt mit der freien Hand die Augen gegen das Gleißen. Er ignoriert mich ausgezeichnet. Das Licht spielt mit seinen Knochen, nagt an seiner Silhouette, bis er nur aus ein paar dünnen, locker verbundenen Linien vor einem Glitzermeer besteht.

Einer der Matrosen wird von dem Licht wahrscheinlich erblinden. Das Wasser, aus der Nähe betrachtet so billig und unscheinbar, ist von fern ein Gespinst aus Brillanten. Ein gefährliches Gewebe. Selbst mit geschlossenen Augen kann ich es sehen. Miltón setzt sich zu dem geblendeten Matrosen und reißt Schlitze in ein breites Schilfgrasblatt, dann legt er es dem Mann über die Augen und verknotet es an seinem Hinterkopf. Der Matrose linst durch die Schlitze. Vor Schmerzen kann er nicht sprechen. Etwas daran gefällt mir. Sein reizloses, lüsternes Gesicht, sein gewachster Zopf und diese grüne Augenbinde. Er scheint zu etwas anderem geworden zu sein, zu einem Gebilde aus zusammengewürfelten Teilen, menschlichen, tierischen, pflanzlichen.

Miltón raucht. Und von den kleinen Flößen, die vorübertreiben, reichen sie Hühner herauf und nehmen Tabak entgegen. Alle bleiben sie zum Rauchen da, treiben im Schatten der Tacuarí dahin und rollen die Blätter zwischen den Handflächen. Die Frauen geben ihre improvisierten Cigarros den Kindern in den Mund, die Männer rekeln sich und lassen sie gewähren. Alle sind sie gesund und schweigsam; manchmal lachen sie im Schatten.

An diesem Abend habe ich sämtliche Kerzen im Kandelaber gerade biegen lassen. Sie sind in der Hitze weich geworden und neigen sich langsam dem Boden entgegen, bis das Ganze wie eine zerfallende Blüte wirkt. Als sie alle brennen, versuche ich es mit ein wenig Konversation. Gesittetes Benehmen auf einem Fluss, leicht und nicht manieriert. Wir sitzen zusammen wie Reisende überall – unserer Stellung in der Welt uneingedenk. Señor López trinkt Cognac. Mr. Whytehead, der schottische Ingenieur, hat Geschmack an Yerba Maté gefunden, einem üblen Gebräu, das sie hier aus Kürbissen saugen, das aber, sagt er, geradeso gut ist wie Tee. Doktor Stewart, mein Arzt und Accoucheur, tut es mit irgendeinem rohen Schnaps den Eingeborenen nach. Und da sich Mr. Whytehead irgendwelcher religiöser

Skrupel wegen weigert, Karten zu spielen, ergänzt meine Zofe Francine für ein paar harmlose Rommé-Partien die Runde. Sie nutzt die Gelegenheit und süffelt von meinem im Fluss gekühlten – also warmen – Champagner.

Ich frage Señor López nach den Eingeborenen, woran sie glauben. Er sagt, er selber sei ein Eingeborener, und ja, es stimme, er glaube an nichts. Worauf ich mich verpflichtet fühle zu lachen. Er schluckt an diesem Abend seinen Cognac nicht hinunter, sondern speit ihn in die Schale, die ich ihm auf einem Beistelltisch bereitgestellt habe. Für seine Zähne, sagt er. Der kleine Raum ist voller Schwaden. »An nichts?«, frage ich. »Nicht einmal an die Liebe?« Galant ergreift er meine Hand und küsst sie. Und auf einmal ist Paris weit, weit fort.

Mr. Whytehead erzählt eine Geschichte aus den Wäldern, von einer Französin, die man, nachdem sie sich mit ihren Begleitern inmitten der Bäume verirrt hatte, wie durch ein Wunder wiederfand. Eine Madame Godin des Odonez, deren Gemahl sich einem großen Landvermessungsprojekt irgendwo nördlich oder westlich von uns widmete. Um sich ihm anzuschließen, begab sich seine Frau auf die Reise, einen der Nebenflüsse des mächtigen Amazonas entlang, mit einer achtköpfigen Gesellschaft, darunter zwei weitere weibliche Personen. Am dritten Reisetag ließen die Eingeborenen das Kanu im Stich und überließen es den Reisenden, sich nach eigenen Kräften durchzuschlagen. Zufällig stießen sie auf einen weiteren Führer, der krank in einer Hütte am Ufer lag, aber bei dem Versuch, einen Hut zu erhaschen, fiel er in den Fluss und ertrank; bald danach kenterte das Kanu, und all ihr Proviant war verloren. Drei der Männer brachen zu einem Ort auf, den sie ganz in der Nähe wähnten, und kehrten nie mehr zurück. Die verbleibenden – Madame Godin, deren zwei Brüder und zwei weibliche Personen – zurrten ein Floß zusammen, das auf den Felsen zerbrach, und als die wuchernde Vegetation sie daran hinderte, am Ufer entlangzuwandern, gingen sie waldeinwärts. Dort verirrten sie sich, sie wurden wahnsinnig, und einer nach dem anderen starb. Madame Godin aber erwachte durch irgendein Wunder aus ihrem Wahn, nahm die Schuhe von den Füßen ihres toten Bruders und stolperte weiterte, ohne zu wissen wohin. In zerfetzten Kleidern, halb nackt und von Ranken und Dornen geschunden (hier kann Mr. Whytehead es sich nicht verkneifen, zu mir herüberzusehen), gelangte sie an einen Fluss, an denselben vielleicht, und zu zwei von der göttlichen Vorsehung gesandten Indianern mit einem Kanu.

Während er erzählt, verbiegen und neigen sich allmählich die Kerzen. Die Flammen flackern weiter mühelos und hoffnungsvoll, doch da – der kritische Moment – sehe ich sie zu Punkten schrumpfen und dann wieder auflodern, nur dass sie den Talg nun verkehrt herum, von unten her auflecken. Der Ingenieur saugt den Bodensatz aus seinem Mategefäß, und wir lauschen der Nacht.

Natürlich geschah das alles schon vor Jahren – er nennt die exakte Jahreszahl, wie es seinem Naturell entspricht. Ich sage, es falle einem schwer sich vorzustellen, dass die großen Bäume hier Wochen und Monate kennen, geradeso wie wir – sie kennen doch nur einen weiteren Tag, und danach noch einen und noch einen. Allerdings, sagt er. Acht jener Urzeittage und -nächte wanderte sie allein in der heulenden Wildnis umher, ernährte sich von Beeren und Vogeleiern, brüllte und sang, um die Jaguare fern zu halten. Als junge Frau war sie aufgebrochen, und als sie wieder herauskam, war ihr Haar sehr, sehr grau.

Voll Genugtuung hält er inne und blickt im Raum umher. Wahrscheinlich hat sie ihren Bruder gegessen, sage ich. Sie hat ihm nicht nur die Schuhe abgenommen, sondern auch einen Happen aus seinem Bein. Sie hackte sich einen hübschen großen Schinken ab und warf ihn sich über die Schulter, als Wegzehrung. Señor López brüllt vor Lachen, schlägt dem Ingenieur zwischen die Schulterblätter, und wir spielen noch eine Partie Karten.

Es gefiel mir, wie er mich mit dem Blick streifte, als er das Wort ›nackt‹ aussprach. Ständig unterlaufen ihm Ausrutscher und Schnitzer. Er ist leck, er kann nichts dagegen tun. Dem Anschein nach ist er ein so unnachgiebiger, genügsamer kleiner Mann, doch ich spüre in ihm die Sehnsucht, aufzugeben und zu leben wie andere Leute. Der Arzt auch; er verdreht seine wasserhellen Augen, atmet tief ein und seufzt. Er nimmt viel Platz ein, wenn wir in der Kajüte so eng beieinander sitzen. Dennoch, inmitten von so viel Unbeholfenheit ist da sein Mund: klein und kultiviert.

Ohne erkennbaren Anlass sagt Francine, eine Mutter brauche nur in die Augen ihres Neugeborenen zu schauen, um zu glauben – was, könne sie nicht sagen. Nur dass wir uralt sind, einer uralten Rasse entstammen. Señor López blickt auf den Tisch hinab, und seine Augen verschwimmen vor Tränen. Sie hebt ihr Gesicht dem Licht entgegen und sagt, dass wir die ersten Wochen damit verbringen, zu vergessen, wer wir sind, und unser verbleibendes Leben dann mit Versuchen, uns wieder daran zu erinnern.

Das ist sehr anmutig von ihr. Francine ist als Zofe zu dieser Reise aufgebrochen und wird sie als Gesellschafterin beenden. Und so fahren wir fort. »Als ob du etwas von Neugeborenen verstündest«, sage ich mit einem amüsierten Blick auf die versammelten Männer. Woraufhin sie klugerweise Rommé verkündet und wir uns wieder dem Spiel zuwenden.

Also hat sie ein Kind gehabt. Erstaunlich, was eine Reise alles an den Tag befördert. Arme Francine.

Nun aber, in der Dunkelheit des Flusses, kehren meine Gedanken zu dem unglücklichen Indianer zurück, der sterbend in seiner Hütte liegt – nur um von diesen Reisenden (diesen Todesengeln) in ihren exotischen Kleidern aufgestöbert zu werden. Und so stirbt er in der Tat, unfasslicherweise jedoch wegen eines Hutes.

Heute Morgen rühre ich mich nicht, und das Schiff ebenso wenig. Ein metallisches Scheppern weckt mich, dann das Zischen von Kohlebrocken, die im Fluss erlöschen; die Kessel werden geleert. Fft. Ffft. Fft. Den ganzen Morgen über liege ich in diesem Ofen von Luxuskabine. Durch die geöffnete Tür sehe ich Señor López: geschäftig, hektisch, angespannt. Er entrollt Pläne auf dem Tisch und lässt seinen Ingenieur Mr. Whytehead rufen, sodass ich die Tür schließen lassen und mich im stickigen Dunkel ankleiden muss. Draußen schlägt das Licht zu wie ein Backstein. Mein Kleid verwelkt sogleich. In der feuchten Luft gibt die Stärke nach, und meine Röcke schleifen schlaff über den Boden. So ziehe ich auf dem Deck umher und sehe niemanden an, wie auch mich niemand ansieht; dann lege ich mich in mein Gazezelt und schaukle vor mich hin.

Gegen Mittag hissen sie die Segel, um einen Hauch von Brise einzufangen, und so wechseln wir von einer Seite des mächtigen Flusses zur anderen, woraufhin der Hauch von Brise erstirbt.

Alle sitzen herum. Die Engländer – Eisenbahner jeglicher Art, Monteure, Mineure – erfüllen das Schiff mit dumpfen Delirien. Ihre Stimmen schweben auf der heißen Luft, dann verstummen sie.

Ich frage Miltón nach dem Namen eines Baums am Ufer – eines hübschen Baums mit roter, abblätternder Borke. Er lacht, reibt sich schadenfroh über den Unterarm und sagt, glaube ich, »Haut des weißen Mannes«.

Am Nachmittag lasse ich Francine all meine weißen Schleier wegräumen. Sie verstärken noch die Kraft der Sonne und die Gefahr von Sonnenbrand und Sommersprossen. Zudem schaden sie, glaube ich, den Augen sehr. Die einzige Farbe, die man als Sommerschleier tragen sollte, ist Grün.

Tinktur gegen Sommersprossen: Man mische ein Dram Salzsäure, ein halbes Maß Regenwasser sowie einen halben Teelöffel Lavendelgeist und trage die Tinktur zwei- bis dreimal täglich mit einem Kamelhaarpinsel auf die Sommersprossen auf.

Wenn Doktor Stewart sich nach dem Essen zu uns gesellt, nehme ich ihn beiseite und bitte ihn um Salzsäure. Er sagt, mein Teint hänge wahrscheinlich mit meinem Zustand zusammen, doch Zitronen wirkten vielleicht ebenso gut. Er spricht kaum Französisch und Spanisch überhaupt nicht, und daher bin ich gezwungen, Englisch mit ihm zu reden. Mr. Whytehead spricht natürlich alles, bis hin zum Schwedischen.

Und so versammeln wir uns – meine kleine Truppe. Zum Kartenspielen ist es zu heiß. Es scheint, als gäbe es, von meinen Sommersprossen abgesehen, kein Gesprächsthema. Ich versuche es mit Sewastopol. Ich beschwöre Buenos Aires herbei. Ich frage mich laut, wie die Chancen stehen, in Asunción einen Garten anzulegen und was darin wachsen könnte. Doch Señor López kommt immer wieder auf das reglose Schiff zu sprechen, auf seine Innereien, seine Heizkessel, vertikal oder horizontal, seine Drehzapfen, was immer das sein mag. Ich habe keine Worte für derlei Dinge und überlasse sie ganz Mr. Whytehead.

Ich sehne mich nach meinem Piano, doch das befindet sich tief unten im Laderaum. Manchmal hörte ich, als wir über den

Atlantik dümpelten, einen blechernen Missklang; einen fernen, angerissenen Ton, der sich anfühlte, als reiße eine Sehne meines Herzens.

Doch wir brauchen Musik, auf dem Schiff ist es nun so still, und die Nacht ballt sich um uns, als käme womöglich niemals wieder ein Tag. Ich lasse den Kapitän einen musikalischen Seemann herbeibeordern, damit der die Dunkelheit zurückdrängt. Die Mütze in den Händen, gibt der Mann eine bescheidene, anschwellende Version von »Barbara Allen« zum Besten:

O mother, mother, make my bed
To lay me down in sorrow.
My Love has died for me to-day.
I'll die for him to-morrow.

Señor López übertrumpft ihn mit irgendetwas Erstaunlichem auf Spanisch, und Mr. Whytehead tut, auf mein Drängen hin, endlich den Mund auf – dem zu unserer Verblüffung eine sich mühelos hoch aufschwingende Tenorstimme entschwebt. Zärtlichkeit erfüllt den Raum. Er singt einen Choral, *Quelle est cette odeur agréable, bergères, qui ravit tous nos sens?*, und völlig unaufgefordert, pro patria gleichsam, steuert Francine die Gegenstimme bei.

Danach sind alle gelöst. Señor López will, dass Whytehead mit ihm auf das Datum unserer Ankunft in Asunción wettet, und der sträubt sich. Alles, was er tut, bringt uns nun zum Lachen. Niemand kann seinen Namen aussprechen, und das ärgert ihn. Zur allgemeinen Erheiterung erkundigt sich Francine, wie denn wohl sein Taufname lauten möge, und nach einigem Zaudern gibt er die Perle preis: »Keld«.

Doktor Stewart räuspert sich – um ein Lachen zu unterdrücken, glaube ich; doch dann erfüllt er unsere kleine Kajüte auf einmal mit seinem Bariton. Recht unmelodisch – aber voll, sehr voll.

Die Nacht ist wieder vorgedrungen.

Am Nachmittag sagte Francine, ihre Mutter habe einen Freund – dessen generöse Aufmerksamkeiten sie mit ihren wohl fast fünfundvierzig Jahren noch immer genießt. Ein durchaus angenehmer Mann, sagt Francine. Pünktlich um fünf Uhr dreißig an jedem Nachmittag stattet er ihr einen Besuch ab. Ihre Mutter nennt ihn stets »Mein lieber Freund«, da es sich nicht recht schickt, seinen Taufnamen zu gebrauchen, und die Verwendung seines Vaternamens ein intimes, formelles Vergnügen darstellt, das seiner Gattin vorbehalten bleiben muss.

»Aber Señor López ist ja nicht verheiratet«, sagte ich recht spitz, und Francine hielt den Kopf gesenkt. Dennoch, ich fand die Idee hübsch. Am Abend probierte ich sie an Señor López aus.

»Mein lieber Freund«, sagte ich. Und er sagte:

»Ja?«

Was wollte ich gleich noch über Schmetterlinge sagen? Eine Schar von ihnen hielt sich auf dem Sand und flatterte in der heißen Brise mit den Flügeln. Einer davon war von dem erstaunlichsten Blau. Seit Paris habe ich ein solches Blau nicht mehr gesehen. Und neben diesem Schmetterling hatten sich fünfzig andere der unterschiedlichsten Arten wie zu einer Konferenz versammelt. Alle saßen sie da und bewegten sich wie Damen in einem Garten, lüpften die Röcke, um Unterröcke in noch schöneren Nuancen blitzen zu lassen, hier ein Violett, dort eine Ahnung von schwarz gesäumtem Pfingstrosa. Sie breiteten sie aus, um sich niederzulassen, spielten mit ihren Fächern und öffneten ihre Sonnenschirme.

Ich fragte Miltón, warum sie an bestimmten Uferstellen solche Versammlungen bildeten. Er zuckte die Achseln und zog ein sehr komisches Gesicht, fand ich. Es zieht sie dorthin, sagte er, wo ein Tier hingepisst hat, oder ein Mann. Jedenfalls glaube ich, dass er das gesagt hat. Dann rollte er die Zunge aus, wie um zu lecken.

Und nun weiß ich nicht mehr, was ich zu Schmetterlingen bemerken wollte. Den ganzen Tag über habe ich gelacht, aber dies macht mich traurig. Ich erinnere mich wieder an den Salon von Prinzessin Mathilde, der luxuriöseste Raum, in dem ich je gewesen bin. Und voller Frauen – ja, solcher wie ich, neu in der Metropole –, die sich flatternd herbeidrängen, wenn ein reicher Mann das Wort ergreift. Und wenn er den Raum verlässt, wedeln wir heftig mit den Fächern, stürzen uns auf seine Worte und verschlingen sie.

»Wenigstens kämpfen sie nicht miteinander«, sage ich.

»Wer?«

»Die Schmetterlinge. Wenigstens sind sie schön und kämpfen nicht.«

»Gibt genug Pisse für alle«, sagt er.

Wieder ist die Stille ohrenbetäubend. Das Baby in mir bewegt sich und wechselt die Lage. Doktor Stewarts rotes Haar wird in der Sonne sandig bleich. Er ist von Zuckerrohrschnaps zu einem respektableren Rum übergegangen.

Heute kommt aus dem Sumpf etwas Neues angekrabbelt. Señor López sprang von der Matratze auf und fluchte. *Vinchucas.* So ähnlich wie Kakerlaken. Übel riechend. Verschreckt lüpfe ich mein Nachthemd und stelle weitere Bisse fest. Hunderte von Bissen. Sie lieben weißes Fleisch, sagt er, und dann knabbert er selbst an mir. Zudem habe ich jetzt nahrhafteres Blut. Alles, was da kreucht und fleucht, riecht meinen Bauch aus Meilen Abstand. Die Biester fliegen mir unter die Röcke und laben sich. Francine ist fest entschlossen, sie zu vertreiben, bevor ich in die Unterhose schlüpfe, und verheddert sich entsetzlich komisch in den Schichten von Stoff. Mein lieber Freund schaut röhrend zu und klatscht sich auf die Schenkel. Den ganzen Tag über genießt er nichts so sehr wie das.

Ich habe Anweisung gegeben, dass Miltón mir zur Verfügung steht und die Moskitos aus meinem Zeltpavillon am Bug fern hält. Auch die *jejenes*, winzige, infernalische Biester. Man darf sich nur nicht kratzen, dann spürt man ihre Bisse nicht lange, aber zunächst peinigen sie einen ungemein. Miltóns Beine sind bedeckt von verblassenden Quaddeln, aber ich habe noch nie gesehen, dass er sich kratzt, höchstens einmal ganz versonnen. Die Stiche scheinen ihm nichts auszumachen. Mich juckt es bis in die Fingernägel. Ich möchte in den Fluss springen, bis das Wasser über meinem Kopf zusammenschlägt. Nur gibt es auch im Wasser Feinde (von den englischen Tierchen an Bord ganz zu schweigen), die mich davon abhalten, die Fleisch fressenden Piranha-Fische, die immer zu viel Gespritze und Geschrei Anlass geben, wenn die Matrosen ein Bad im Fluss nehmen, und schlimmer noch, die *rana* – mit einem *so* langen Stachel, sagt Señor López, dessen Stichwunden erstaunlich schmerzhaft sind und langsam heilen.

Noch immer Flaute.

Ich bringe Miltón dazu, dass er die Vögel für mich benennt. Erst tut er das in seiner Sprache, einem gutturalen Gebrabbel, das mich ans Gälische erinnert, und dann, nach einigem Nachdenken, auf Spanisch. Der Membei: ein kleiner Papagei mit blauen Flügeln. Der Mainumby (auf Spanisch El Picaflor): ein winziges, schwirrendes Juwel von Vogel mit schillerndem Gefieder. Der Tuca: ein starker, kluger Vogel – derjenige, den ich eine dicke Banane quer im Schnabel habe forttragen sehen. Ein anmutiger Geier oder vielleicht auch Falke, für den es überhaupt keinen spanischen Namen gibt: der Karakara. Warum? Weil er *karakarakarakara* und dann *rrrrrrrrrrrp* macht!

Wir haben schon eine ganze Liste zusammengestellt, als ich zwei ganz speziell gefiederte Vögel meiner eigenen Art erspähe: Francine, die, liebenswürdig mit unserem Mr. Whytehead plaudernd, über das Deck spaziert. Francine ganz in Grün wie ein kleiner Sittich, der Ingenieur in Gehrock und Zylinder, ganz Elster (oder Gimpel).

Meine Hände sind geschwollen. Ich kann den Ring, den Señor López mir in Madrid gekauft hat, nicht tragen, und den ganzen Tag über irritiert mich der Gedanke, ich hätte ihn irgendwie über Bord gleiten lassen oder gar über die Reling geworfen. Beinahe erinnere ich mich daran; an das leise Aufplatschen. Ich schicke Francine los, damit sie in meinem Reiseschmucketui nachsieht, und da steckt er, in aller Sicherheit, wie ich doch wissen müsste, und dennoch sehe ich ihn zum Erstaunen der Fische im Wasser zu Boden sinken. Ich sehe ihn kippen und in den grauen Schlick auf dem Grund des Flusses tauchen. Ich bilde mir ein, ich könnte es im Schlaf getan haben, könnte nachts umhergewandelt sein und den Ring im Wasser verloren haben, wider mein besseres Wissen.

An diesem Nachmittag rufe ich Francine in die Kabine. Ich lasse sie meine sämtlichen Überseekoffer auspacken und zu Papier und Stift greifen. Es darf kein langes Suchen und Stöbern mehr geben, wenn wir nach Asunción gelangen. Francine muss wissen, welche Handschuhe zu welchen Stiefelchen und welchem Sonnenschirm gehören, und sie parat haben. Ich bin es leid, alles zu beschreiben, und habe daher eine Methode entwickelt, die darin besteht, jeder Toilette einen Titel zu geben, wie zum Beispiel:

Die Diana: Ein Jagdtailleur aus Kordsamt in zwei Kupfertönen, Schoß aus mattgoldenem Plüsch, passende Glacélederweste, Haube aus feinem Strohgeflecht mit Strauß von Herbstlaub und Beeren, obwohl ich dies alles zu schwer finde, um es hier in der Hitze zu tragen, und den Verdacht habe, ich habe die vollkommen falschen Sachen mitgebracht. Manchmal allerdings, wenn Nebel herrscht, ist es morgens kühl.

Die Chère Amie: Eine Besuchstoilette aus fliederfarbenem Barège mit drei tiefen Volants, eingefasst mit blauem Rips, dazu graue Handschuhe, am Gelenk mit dem gleichen Ripsband abschließend, graue Satinstiefeletten mit elastischen Einsätzen: Die Gesellschaft mag begrenzt sein, doch Señor López hat zwei Schwestern sowie eine Mutter, die noch lebt, und denen doch zumindest Aufwartungen gemacht werden müssen. Er sagt, sie gleichen ihm. Ich kann es mir nicht vorstellen.

Die Impératrice: Eine Ballrobe im Stil von Eugénie, Unterkleid aus rosenfarbenem Satin, darüber ein geschwungener Rock aus changierender Seide, in einem ins Bläuliche spielenden Himbeerton. Handschuhe, Stiefelchen, Umhang in Blau, obwohl vielleicht auch Weiß akzeptabel wäre. Zu weniger bedeutenden Anlässen hierzu Opale, oder, wenn Señor López es gestattet, meine Saphire. Er hat damit gedroht, sie ins Meer zu werfen und durch Brillanten zu ersetzen, an die er hier billiger herankommen kann, obwohl ich mir, wenn ich die Wälder so betrachte, darin weder Diamanten noch Gold vorstellen kann – nur Pilze.

Während ich beim Tee sitze, kommt Señor López herein und bringt in der kleinen Kabine alles durcheinander. Auf Schritt und Tritt folgt ihm sein Kammerdiener, der mit den Händen fuchtelt und dann zu weinen beginnt. Tatsächlich, der Mann weint. Ein dünner kleiner Bursche mit zu viel Öl im Haar. Er stürzt aus der Kabine an die Reling und heult. Ich vermute, das Haaröl zieht die Insekten an, und ich schlage Francine vor, sie möge es ihm sagen. Sie blickt mich ganz keck an, als wollte sie sagen: »Ich – mit einem Diener sprechen?«

Doch etwas muss geschehen. Señor López ist besessen von Westen. Wenn er am Morgen hinaustritt, behagt ihm sein Spiegelbild, dann aber meint er, die Männer machten sich über ihn lustig, und er wirft die verdammten Sachen ab, und zwar: eine rostfarbene Seidenjacquardweste mit Uhrtasche und Kette, die von so einem maritimen Zapfen oder Bolzen oder Dingsda baumelt. Dann ist er wieder wütend, weil er natürlich auf diese rostfarbene Seidenjacquardweste sehr stolz ist, und nun ist sie verdrückt, also lasse ich sie von Francine in Sicherheit bringen, glätte sie eigenhändig und sage, dass es keinen Sinn hat, reich zu sein, wenn man nicht weiß, was Geld wert ist. Was ihn zum Lachen bringt. Wenn man weiß, was Geld wert ist, sagt er, dann ist man nicht reich.

So einfach aber ist die Sache nicht, und um sie zu vereinfachen, nehme ich den klebrigen Kammerdiener beiseite und sage ihm, er solle lediglich karamelfarbene und blaue Stücke bereitlegen und das Dekor mir überlassen. Zudem solle er sich das Haar mit Essig waschen. Er zittert ein wenig, während ich mit ihm rede.

Mir geht auf, dass Francine gern eine *Ehefrau* wäre. Ich habe über sie gerätselt, seit wir aus Frankreich fort sind. Manchmal, während der Atlantik sein Unheil anrichtete, konnte sie, um mir beizustehen, die Kabine nur durchqueren, indem sie auf allen vieren krabbelte und sich von den festgeschraubten Beinen des Tisches zu denen des Bettes hangelte. Ich sah ihr zu und fragte mich, was in aller Welt sie da eigentlich zu suchen hatte. Was sie sich wohl jenseits des Ozeans erhoffte. Was sie hinter sich gelassen hatte.

Vielleicht hat sie Träume. Ja, Francine besitzt eine Seele; zu diesem Schluss bin ich gekommen. Natürlich ist sie mir auch zugetan, geradeso, wie ich ihr furchtbar zugetan bin. Und obendrein weiß sie alles über mich, also muss ich freundlich sein. Das Mädchen hat ihre Schliche auf den Knien ihrer Mutter gelernt; sie hat Geheimnisse gewahrt und Billets-doux überbracht, seit sie fünf Jahre alt war. Man möchte glauben, sie sei von der Bühne des Bouffes-Theaters gepurzelt, wäre da nicht ihr Gesicht, das sehr schlicht und bieder ist und von ehrbarem Kummer kündet.

Sie hat also ein Kind hinter sich gelassen, ein lebendes oder totes. Und vor sich sieht sie ... einen Gatten – einen richtigen. Ehrbare Verhältnisse.

Sie wurde mir von Dolores, der Spanierin, geschickt, die sie zu hübsch fand, aber erklärte, sie sei sauber, gescheit und weltgewandt. Ich beschloss, sie Francine zu nennen, nach meinen französischen Abenteuern. Vielleicht sollte ich sie nun anders nennen, Speranza oder Mercedes.

Ich lasse sie sich zu mir setzen. Ich erkläre ihr, welche Dinge sie wissen muss, um sich als Gattin zu bewähren, wie es mich Miss Miller gelehrt hat, die englische Lehrerin an Madame Huberts Töchterschule in Bordeaux; ausgewählte Maximen aus dem Büchlein, in welches Miss Miller, wie ich auf dem Vorsatzblatt lese, die Widmung geschrieben hat: »Für Elisa – die in der Welt reüssieren dürfte.« (Die Seiten werden in der Hitze ein wenig stockfleckig.)

Sie darf – auf keinen Fall! – irgendjemandem fest ins Auge sehen, besonders keinem Gentleman; während eines Gesprächs unter mehreren Personen den Kopf nicht hin- und herwenden;

beim Gespräch auf ihrem Platz weder die Haltung wechseln noch irgendeine Partie des eigenen Körpers berühren, etwa ein Ohr oder einen Ellenbogen; nicht die Hand auf irgendeine Partie der Person legen, mit der sie sich unterhält, etwa auf deren Kragen oder auf einen derer Knöpfe; sie hat weder die Beine übereinander zu legen noch die Füße vorzustrecken und ihre Schuhe zu betrachten; noch sich selbstgefällig in einem Spiegel zu bewundern, noch auf irgendeine Weise an ihrem Schmuck, ihrem Haar oder ihrem Taschentuch zu zupfen; sie muss ihren Schal mit anmutiger Nachlässigkeit auf einen Tisch werfen und darf sich um einen Hut, den sie soeben abgenommen hat, nicht weiter sorgen etc., etc. Auch darf sie weder ungezügelt lachen noch unentwegt mit ihrem Fächer spielen.

Das Umgekehrte gilt, erkläre ich Francine, sollte sie Hure werden wollen. Das wiederum Umgekehrte jedoch, somit das Gleiche, wenn sie es zur *grande horizontale* bringen wolle. Mit einem Fächer stellen wir einige Vorübungen an, was uns sehr erheitert.

Ich klappe das Buch zu.

Dieselbe Miss Miller, die, als ich jene grässliche Schule verließ, sagte: »Sie werden mit einer Krankheit enden« und die Tür zuknallte. Leben Sie wohl, Miss Miller.

Francine sagt, Mr. Whytehead sei der Sohn eines Schiffsausrüsters, das heißt, der Sohn von überhaupt niemandem. Und zudem sei sein Vater tot. Diese Tatsache kommt uns sehr lustig vor. Ich sage ihr, dass ich nicht weiß, welche Stellen in Asunción zu besetzen sein mögen, dass sie aber geradeso gut bei mir bleiben kann.

Das Schiff hat sich bewegt, den ganzen Tag über hat es sich bewegt! Die Bäume zu unserer Rechten sind einem endlosen graugrünen Sumpf gewichen. Und das Aufschlagen und Klatschen der großen Ruder klingt in seiner echolosen Ödnis dünn und fern.

Heute Abend empfangen wir niemanden. Mein lieber Freund erzählt mir Geistergeschichten, in denen die Geister alle Tiere sind. Eines davon, Au-Au genannt, sieht wie ein Schaf aus und jagt im Rudel. »Au! Au!«, macht mein lieber Freund. Dann eine Wasserschlange mit dem Kopf eines Hundes und sehr lasziv – und er japst und hechelt wie ein Welpe.

Francine hat meine Stiche mit Kamillenessenz bestrichen, nun jucken sie, und meine Haut schält sich. Es ist sehr drückend und still. Das Schiff dehnt und verzieht sich, ständig knirscht es irgendwo und ächzt. Und das Kind in meinem Bauch tritt nicht, es klopft. Nein, es klopft nicht, es scharrt.

Dennoch, wenn wir versuchen, täglich ungefähr drei Ensembles zusammenzustellen, dann haben wir bis Paraguay einen hübschen Zeitvertreib.

Gleichsam als Revanche für die Jacquardweste beklagt sich Señor López darüber, dass ich so fest geschnürt bin, und Francine hat begonnen, Seitenschlitze in meine Korsetts zu schneiden. Mir zu Gefallen fädelt sie rosafarbene und blaue Bänder in die neuen Ösen, aber die Korsetts sind verdorben. Ich sollte mich nicht ankleiden müssen. Ich sollte mich im Bett aufhalten, und da bliebe ich auch, würde mir Doktor Stewart nicht befehlen, hinauszugehen und zu transpirieren.

Er hat mich noch nicht untersucht. Kein einziges Mal. Es wäre seine Pflicht, zu meinen Füßen zu knien, die Hand unter meine Röcke zu schieben und da etwas zu tun. Aber das hat er nicht getan. Jedes Mal, wenn ich ihn ansehe, denke ich daran, und er denkt daran, und manchmal sagt er wie zur Sühne:

»Strampelt es noch?«

»Ja, Doktor.«

»Bestens.«

Mein lieber Freund ist ungeduldig. Er gurgelt mit Schnaps und speit ihn über die Reling. Alle sind sie ungeduldig und halten Abstand von mir. Ich bin unglücklich und träge. Ich erinnere sie an zu vieles – an Frauen. An den Akt, der mich hat anschwellen lassen. Ich erinnere sie an Hoffnungen, die nicht fruchten, an Getuschel und an Dinge, die mitten in der Nacht schlecht verlaufen.

Ich glaube, mit sechzehn war ich schön. Doch das ist drei Jahre her. Irgendetwas ist nun mit meinem Gesicht geschehen. Was genau, kann ich nicht sagen – aber Farben, die mir schmeicheln sollten, tun es nicht, und alles, was ich unternehme, ist falsch. Ich warte darauf, dass mir die Haare ausfallen, weiß aber nicht mehr, ob das vor der Geburt des Kindes geschieht oder danach.

Señor López sagt, ich müsse zu einer schlaffen alten Doña werden, ganz in Schwarz und mit einem Mund wie ein Hühnerarsch. Ich müsse kahl werden, außer auf der Oberlippe, und die Leute herumkommandieren, vor allem die wichtigen. Und er, sage ich, müsse heiter und rundlich werden, mit einem Kleinkind, das ihn an der Nase zieht, und einem anderen, das ihm das Knie nässt. Aber er denkt bereits an etwas anderes und verlässt den Raum.

In Asunción werde ich einen Papagei haben, wie die Schwestern Clarke in Mallow einen hatten. Einen grünen, der immer *Erin Abú! Erin Abú!* sagte.

An diesem Nachmittag aber: eine sonderbare Avance. Miltón nähert sich mir, als ich in meiner *hamaca* liege. Er beugt sich über eine Schale mit Porridge, nimmt einen Löffel davon und schmiert sich das Zeug auf seine Hose. Ich habe keine Ahnung, warum er möchte, dass ich ihm dabei zusehe, aber eindeutig tut er es für mich. Er schmiert sich den Brei sorgsam auf den Hosenboden; dann nähert er sich mir, lüpft das Musselinnetz und versucht mich – oder, im Rückblick: meine Unterröcke – zu attackieren, mit immer noch breibedeckten Händen. Auf meinen Schrei hin kommt Señor López angerannt, und es gibt ein solches Getümmel, dass ich befürchte, ich könnte meinen neuen Freund an den Fluss verlieren. Er brabbelt wild vor sich hin und jammert, und plötzlich bricht Señor López in Gelächter aus. Er lacht, bis er sich setzen muss, was er auch tut – lässt sich aufs Deck plumpsen und trommelt mit den Absätzen auf die Planken. (Mittlerweile bringe ich mich wieder, so gut ich kann, in einen würdigen Zustand.)

Eine halbe Stunde später ist der Porridge getrocknet, und Miltóns Hose ist steif wie ein Brett. Die einheimischen Frauen verwenden Porridge als Stärke, und es wirkt wundervoll. Francine besorgt eine Portion davon beim Koch, und am Abend stehen meine Röcke wieder zwei Meter ringsum ab.

Wir sitzen zusammen und spielen Karten – noch immer nicht um Geld, und damit würde ich es eigentlich nicht als Kartenspielen bezeichnen. Der kummervolle Doktor Stewart und der fromme Mr. Whytehead, der sich nun über die Schulter der schlichten Zofe Francine beugt, um auf eine Pik Drei zu deuten. Der Señor speit Alkohol aus. Ich rausche und raschle, wackle und wirble in meinem kastanienfarbenen Moiré umher, bringe sie alle unter ihren Kragen zum Schwitzen, was mich kein bisschen schert. Ich erteile Mr. Whytehead (der seine Sprachen aus einem Buch lernt) den Auftrag, mein Spanisch sauber in Verben und Partizipien zu sortieren, flirte grausam und sage, als sie alle gegangen sind,

»Bist du eifersüchtig, mein Lieber? Mir scheint, du bist auf mich und meine Blicke eifersüchtig.«

»So?« Er ist offenbar wirklich überrascht. Die Idee des Verrats ist ihm fremd. Dafür ist eine Frau nicht da. (Oder vielleicht lässt er mich dann auch einfach erschießen!) Den Spanischunterricht bei Whytehead billigt er, und so schöpfe ich Mut und erzähle ihm von meinem geheimen Plan – der in nichts Geringerem besteht als in der Verehelichung des Ingenieurs mit Francine.

»Mit der Zofe?« fragt er.

»Wenn wir erst in Paraguay sind«, sage ich, »kann sie sein, was immer sie möchte.«

Doch ich habe mich verrechnet. Ein gewisses Unbehagen zwischen uns ist aufgekommen. Er ist hinausgegangen, um zu rauchen, obwohl mich, wie ich deutlich sage, seine Zigarre nicht stört.

Ensembles für morgen:

Die Schmeißfliege: Ein Umhang in dem Farbton, den man Fliegenflügel nennt, ein so dunkles Grau, dass es schon schwarz ist. Matt schimmerndes, pfauenblaues Mieder. Dazu mein schwarzer Spitzensonnenschirm und, glaube ich, grüne Handschuhe.

Die Medea: Abendtoilette aus blutrotem Samt, Unterrock aus altrosa Moiréseide. Hierzu Brillanten, wenn ich sie erhalte.

Das Hausbienchen: Hauskleid aus otterfarbenem Taft, mit schwarzem Seidensamt garniert, dazu Chemisette aus stumpfrosa Organdy. Alles sehr bieder.

Ein betrunkener Doktor Stewart erzählt mir, dass er ein Waisenkind ist. Doppelte Schwindsucht. Es ist geschehen, als er sechs war. Er sagt, er hat keinerlei Erinnerungen an seine Mutter, nicht einmal an den Geruch ihrer Röcke, wenn er sich niederkniete, um seine Gebete zu sprechen.

Eine sonderbare Art und Weise, sich nicht an seine Mutter zu erinnern, habe ich den Eindruck. Ich sage nichts, außer:

»Sie müssen nach dem Baby sehen, Doktor Stewart. Wenn es Ihre Zeit gestattet.«

Ich werde weiterhin auf Englisch schreiben, es aber nicht mehr sprechen. Wenn ich in ihrer Sprache spreche, werden sie sich bemüßigt fühlen, mich zu verachten. Nicht der Doktor und auch nicht die Eisenbahnleute, die wissen, wie es in der Welt zugeht, sondern die Männer. Vierzehn davon sind an Bord, die meisten davon aus London – einer aus Galway, und das ist der schlimmste –, alle in einer Hafenkaschemme aufgelesen, die der Kapitän kennt.

Der Kapitän genehmigt ihnen Rum, und heute Abend tanzen sie. Wie Wilde. Das Schiff bebt unter ihren stampfenden Füßen, Gegenstände fallen ins Wasser, und die Texte ihrer Lieder sind unaussprechlich. Ich weiß, dass sie von mir singen. Ich möchte sie alle – oder wenigstens einen von ihnen – am Morgen von meinem lieben Freund auspeitschen lassen. Ich möchte, dass er wie ein Zauberer dieses Schiff allein steuert. Und mich heiratet! Heirate mich, mein Geliebter. Einmal muss ich es sagen. Wenn niemand es hören kann, muss ich es sagen.

Wir haben jedoch einen frühen Spaziergang im kühlen Morgengrauen unternommen; in dichtem, weißem Nebel gleich einer Wand, die vor uns wich. Es war, als wären wir allein auf dem Schiff, auf der runden Erde. Manchmal, wenn wir uns Bewegung verschaffen, beugt er sich über den vorwärts strebenden Bug des Schiffes, als wollte er sagen: »Morgen in Asunción.« Und ich bilde mir ein, er allein, er ganz allein könne dieses Geisterschiff übernehmen und es heimwärts fliegen lassen.

Unsere Spanischlektionen beginnen, und Francine erweist

sich als sehr gewandt. Sie sitzt auf der einen Seite und näht, während Mr. Whytehead in dem kleinen Raum umhergeht und sich gelegentlich über meinen kleinen Schreibtisch beugt, um etwas aufzuschreiben. Er mag sich nicht setzen. Ich glaube nicht, dass er stehen bleibt, um seine Figur wirken zu lassen. Er ist ansehnlich, aber nicht eitel. Außerdem ist er recht streng, was lächerlich wirkt. Um bei der Wahrheit zu bleiben: Der Unterricht nützt Francine nicht viel, da er auf Englisch gehalten wird, obwohl wir manchmal ins Französische ausweichen, da es die näher verwandte Sprache ist. Aber Francine gibt durchaus ein hübsches Bild ab, wie sie von Zeit zu Zeit den Kopf hebt, wie um ihn *in sich aufzunehmen*. Es ist ein lieblicher, frommer Blick, und in gewisser Hinsicht bin ich geradezu stolz auf sie.

Heute Nachmittag ereignete sich ein Zwischenfall: Miltón hielt die schwingende *hamaca* fest, während Francine mir vorsichtig hineinhalf, dann nahm er wieder seinen Platz am Bug ein. Nun trat ein Matrose (Goggins, glaube ich) von hinten an ihn heran und trat ihn gezielt in die Kniekehlen, sodass ihm die Beine wegknickten. Als er auf dem Boden lag, trat der Matrose wieder nach ihm, wobei Miltón sich zusammenkrümmte und ein Stöhnen von sich gab – jetzt finde ich es merkwürdig, dass er so leise blieb –, und all dies vor meinen Augen. Ich schreie um Hilfe. Whytehead kommt herbeigelaufen und steht dann nur töricht herum. Schließlich zerrt mein lieber Freund die Männer auseinander und wettert los. Er wendet sich zu mir um, die ich versuche, mich aus der *hamaca* zu hieven wie ein auf den Rücken geworfenes Insekt, das nicht wieder auf die Beine kommt. Ich muss dolmetschen – lauter finsteres Gemurmel, irgendetwas über eine Eingeborene, die der Matrose für sich haben wollte, bis Miltón eingegriffen hat. Wie, weiß ich nicht. Der Matrose ist ein so schmächtiger Junge, er kann kaum über vierzehn sein. Jedenfalls aber hat Miltón eingegriffen, und die Frau, die auf der Suche nach Tabak an Bord gekommen war, glitt unbehelligt wieder vom Schiff.

Nachdem ich dies übersetzt habe, wenden sie sich ab, als schämten sie sich. Alle schämen sie sich, denn mittlerweile haben sich sämtliche Männer des Schiffs am Bug versammelt. Mich überwältigt das Kind. Es bewegt sich so heftig, dass ich mich wieder hinlegen muss. Mein Freund brüllt nach dem Arzt und nach Francine, und die Matrosen verstreuen sich, während ich mit meinem Fächer aus gestärkter Spitze wedle, der in der Sonne wieder lappig wird. Whytehead dreht sich um, will sich verbeugen und überlegt es sich anders, da ich gerade eine Handvoll Musselin lüpfe und fallen lasse und ihm in die Augen blicke.

Er ist, sagt Señor Lopez, ein weitblickender, zäher Mann. Und darum muss ich lächeln.

Heute Abend bleiben wir unter uns. Ich lasse Miltón vor unserer Tür schlafen. Der Kapitän hat die Rumration der Matrosen verdreifacht, weil sie es nötig haben, sagt er, und sie tanzen sich die eingeborene Frau und sämtliche Frauen aus dem Leib und werfen ihre Krüge über Bord.

Francine filtert das Flusswasser durch zwei Schichten von sauberem Leinen, bevor ich es an meine Haut lasse, und mitten in der Nacht habe ich einen entsetzlichen Drang, es aus dem Krug zu trinken; der Geruch hat etwas Bezwingendes. Auch der Geruch von Makassaröl. Der einzige Wein, den ich vertrage, ist Champagner, und das nur, weil er nach Biskuits schmeckt. Sie ziehen ihn an Tauen aus dem Fluss, sodass er vorübergehend kühl ist. Wenn die Flasche zur Neige geht, ist er praktisch heiß. Heißer, nach Biskuit schmeckender Champagner. Ein köstlicher Geschmack. So muss die Hölle schmecken.

Ich weiß nicht, ob es an der Welt liegt oder an mir. Ich weiß nicht, ob die Einöde, das Schiff oder das Kind mich so weit von mir entfernen. Ich trinke heißen Champagner und verschlinge heißhungrig den faden Porridge hier. Ich weiß, dass er fad ist, aber er erscheint mir überaus interessant. Und mitten in der Nacht werde ich vor Hunger wahnsinnig, konfus. Ich blicke auf Franciscos Bein, das aus seiner *hamaca* baumelt (er hat das von Ungeziefer heimgesuchte Bett verlassen), und denke, was ich brauche, ist Fleisch. Vielleicht sogar dieses Fleisch, das seines Schenkels. Es gelüstet mich, in ihn hineinzubeißen wie in eine Melone.

Oder vielleicht brauche ich eine Melone. Ich denke an Melonen, bin verrückt nach Melonen. Ich beiße in das goldene Fleisch und fühle die Samen aus ihren saftigen Scheiden schlüpfen. Gibt es in dieser gottverlassenen Gegend irgendeinen Ort, wo sich eine Melone kaufen oder ergattern ließe? Gibt es irgendwo hinter einer Hütte einen Garten, wo ein kleiner alter Mann Pflanzen an Stecken gebunden, sie gewässert und vor der Sonne beschützt hat? Und wenn er mir nun keine Melone geben will? Wenn der alte Mann (ich sehe ihn in der Dunkelheit vor mir den Kopf schütteln) sagt, diese bestimmte Melone da ist nicht reif oder für jemand anderen bestimmt? Dass diese Melone für seine Tochter oder sein krankes Enkelkind bestimmt oder auf einem Boden gewachsen ist, in dem seine Frau begraben liegt, und unter keinen Umständen verzehrt werden darf, weil ihr Fleisch dem seiner Frau gleichkommt. Ich erkläre ihm, dass ich keine Schwierigkeit damit habe, seine tote Frau zu essen. Ich hole mit einem Stein, der plötzlich in meiner Hand liegt aus und schmettere ihn dem Alten auf den runden, dummen Schädel, der mit dem gleichen Geräusch aufplatzt wie eine Melone. Hölzern erst, dann zäh und quatschig.

Nach dieser Halluzination ächze ich wieder vor unbenennbarem Hunger und beginne durch den Raum zu tigern. Ich werfe mir einen Schal um und schlüpfe zur Tür hinaus an die Luft, als gebe es da vielleicht irgendwo etwas, das mich besänftigen wird, ein Tau, an dem ich saugen, eine auf einem Eimerboden erstarrte Teerschicht, an der ich knibbeln kann. Ja, als läge dort vielleicht wirklich eine herbeigezauberte Melone. Der Mond ist aufgegangen. Das Deck ist gewellt von den Leibern betrunkener, schlafender Matrosen, die vor der Hitze Zuflucht gesucht haben. Eine Szene von katastrophaler Stille. Es gibt nichts zu essen. Ich lehne mich mit dem Rücken an die Tür, lege die Hände flach auf das Holz und atme.

Die Matrosen haben sich gegen die Moskitos in Tücher gehüllt. Sie sehen aus wie Möbelstücke in einem unbewohnten Haus. Oder wie Tote, durch Spinnweben mit den Planken verbunden. Einer von ihnen murmelt etwas, im Schlaf, vermute ich zunächst, doch als ich hinhorche, vernehme ich das Vaterunser. Welcher Matrose das ist, kann ich nicht ausmachen. Unter Schluchzen flüstert er den Text. »Und erlöse uns von dem Übel.« Er ist dem Ende nahe, als ich ihn, auf dem Deck ausgestreckt, entdecke. Er höhlt den Rücken der Nacht entgegen, wie um seinen Bauch dem Mond darzubieten.

Heute Morgen lasse ich meinen lieben Freund wissen, dass ich im Begriff bin, zur Kannibalin zu werden. Er betrachtet mich nachdenklich, dann beschließt er zu lachen. Den Tag über neckt er mich mit Speisen. Er erzählt von Menüs in Buenos Aires, in London, an die er sich erinnert; an Mahlzeiten, die wir in Rom gemeinsam eingenommen haben. Valera wird in den Laderaum hinabgesandt und kehrt mit der Speisekarte jenes römischen Restaurants zurück. Und hemmungslos, in Hörweite der

Matrosen, Ingenieure und Eingeborenen, inmitten der ganzen geschäftigen Ignoranz auf dem Schiff, liest Francisco sie mir laut vor. Hors d'Œuvres: köstliche Garnelen, scharf gewürzt. Rheinkarpfen à la Chambord. Prall mit Trüffeln gefüllte Wachteln auf Basilikumbuttertoast. Spargel mit Sauce Hollandaise. Fasan an russischem Salat. Zum ersten Gang: Pontet-Canet. Vom zweiten Gang bis zum Kaffee: eisgekühlter Champagner. Ah, so kühl!

Um ihn zu beschämen, erkläre ich ihm, das Baby sei hungrig, nicht ich. Er geht zur Reling und blickt auf das Wasser. Dann schreitet er davon, um die Kessel zu erörtern.

Den ganzen Nachmittag liege ich lethargisch da. Weiteres Sumpfland. In der Ferne Büschel von Pampagras, in noch weiterer Ferne niedrige, schwarze Bäume. Die Fahrrinne zu finden wird immer schwieriger. Die Ruder klatschen ins Wasser, die Segel knattern, und das Kind bewegt sich unter meiner Hand. Ich fühle eine Schulter aufragen oder einen winzigen Ellbogen. Mein kleiner Aal. Mein einziger Besitz.

Zu unserer Rechten wechseln sich Wälder mit Savannen ab. In weiter Ferne liegen grüne heimelige Berge, doch ohne Heimstätten auf ihren Hängen. Ich sehe Rinder, aber auch sie sind dürr, wild und befremdlich. Dann ein Landesteg, auf dem verblüfft die Campesinos stehen. Der Gestank Hunderter von Häuten, auf Rahmen gespannt und in der Sonne trocknend, weht uns entgegen. Heute Abend werden wir frisches Fleisch verspeisen.

Doktor Stewart wird beredt. Jedes Land, sagt er, ist schön, wenn es sich »in den entzückenden Linsen« meiner »lachenden irischen Augen« widerspiegelt. (Der Himmel stehe mir bei.)

Kleider für den heutigen Tag:

Der Muchacho: Ein Reitdress aus Bergandine-rotem Serge.

Das Irische: Dieses grüne Kleid mit den Puffärmeln aus Tüll. Mit einem Schal zu tragen.

Für mehr fehlt es mir an Esprit. Hier liege ich und meine, ich sei das Schiff. Ich bin das Schiff und der Himmel, und das Baby segelt sicher in mir dahin. Trotz dieser romantischen Vorstellung bin ich traurig.

Sie müssen mich des Nachts hören. Im Schlaf stören mich derartige Träume auf, dass ich wach werde und ihn haben muss. Wie Nahrung. Jetzt. Das kommt von meinem Zustand. Wenn ich nun naiv wäre, was dann? Wenn ich ein eben verheiratetes Mädchen wäre, das nachts von den Nachwehen solcher Träume erwacht, in denen die halbe Welt darauf wartet, an die Reihe zu kommen, Gatten, Freunde, ein Fremder mit Augen wie das lauernde Tier, Capybara, das ich am Ufer gesehen habe, ein Mann, dessen Gesicht ich nicht sehen kann, und Misha, der immer da ist, der neben dem Bett steht und nicht sagen will, ob er ergötzt oder bekümmert ist. Ich wache auf und weiß, er ist tot. Und rücksichtslos, Feuer und Flamme, rüttle ich meinen lieben Freund auf und versuche erfolglos, ihn in seiner *hamaca* zu besteigen, bis wir schließlich auf dem Fußboden neu zusammenfinden, er sich aufstützt, um meinem Bauch auszuweichen, und wir Laute von uns geben, die das gesamte Schiff hören muss.

Das Kind, sagt mein Freund, hat sich gesenkt (er kennt keine Scham), es füllt mich dort unten aus. Es ist ein Junge! sagt er. Es ist ein Junge. Das stimmt mich froh. Ich habe Mitleid mit den Frauen. Das habe ich nicht erwartet, aber jetzt bemitleide ich sie, alle. Ich denke an meine Mutter – nichts als Innereien und Weichheit, von irgendetwas verdummt. Hiervon vielleicht. Vielleicht hat dies hier sie dumm gemacht.

An diesem Morgen weckt mich das fürchterlichste Geräusch, das ich jemals vernommen habe. Es klingt, als sei das Ende der Welt gekommen, als fräßen sämtliche Tiere alle Menschen. In Panik erhebe ich mich, laufe zur Tür und stehe, als ich sie aufzerre, vor einer weißen Wand. Ich kann nicht ausmachen, ob der Angriff aus dem Schiffsinneren droht, vom Wasser oder aus dem Wald – das Geräusch ist überall. Die gesamte Atmosphäre brüllt. Mein einziger Impuls ist, das Kind vor der Gefahr zu verbergen, was bedeutet, dass ich auch meinen Körper verbergen muss. Francisco fängt mich an der Reling ein und dreht mich im Nebel um. Affen, sagt er. Das sind nur Affen.

Mr. Whytehead nennt sie Heuler. Sie lassen die Laute in einem speziellen Hohlraum in ihrer Brust widerhallen, sagt er, und vielleicht verstärkt auch der Nebel die Geräusche, wie die Wolken den Donner. Whytehead selbst taucht aus dem Nebel auf, um all dies zu sagen. Ganz plötzlich steht er neben uns an der Reling und spricht von Thoraxkavernen, während ich in meinem Nachtgewand noch ganz aufgewühlt bin. Ich glaube, er schläft niemals, dieser törichte Mann.

Was immer es mit ihren Hohlräumen auf sich haben mag, ich halte die Affen für ein Vorzeichen. Ich fühle, dass mir die Tränen kommen, und ich weine den ganzen Morgen. Mein lieber Freund findet mich langweilig, unförmig wie ich bin. Ich weine so viel, dass ich durstig werde. Sogar mit dieser Flüssigkeit muss ich in der Hitze sparsam umgehen. Um elf richtet Francine mich für unsere Spanischstunde mit Reispuder und *eau de lavande* notdürftig wieder her, doch als Mr. Whytehead ins Zimmer tritt, erklärt ihm mein lieber Freund, an diesem Morgen solle er seine Zeit besser Staatsangelegenheiten widmen. Und so zieht sich Mr. Whytehead mit einer Verbeugung zurück, und ich würde am liebsten weiterweinen, obwohl ich den Mann doch gar nicht sehr mag. Und da ich es in der Kabine nicht mehr aushalte, gehe ich zur Abwechslung an Deck.

Doch sie waren ein Omen, die Affen. Ich hatte Recht – und es nützt nichts, ein Omen für sich zu behalten. Denn gegen Mittag birst einer der Kessel, wenn auch nicht schlimm, nachdem er sich den ganzen Morgen über hart abgeschuftet hat, um das Schiff gen Heimat zu schieben. Es tat einen leichten Schlag, als würden zwei Holzstücke aufeinander prallen. Man hatte den Eindruck, er käme vom Ufer. Dann, nach einem Moment der Stille, die entsetzlichen Schreie eines der Matrosen, den der Schwall von Wasser und Dampf verbrüht hat. Er wälzte sich aus der Luke, taumelte an Deck und zerrte an seiner Kleidung, die an seinem Körper klebte und ihn noch mehr versengte. Ein Versuch, ihn davon zu befreien, erwies sich als unratsam (Doktor Stewart war spät zur Stelle), und nun liegt er stöhnend und halb gehäutet da, während sich eine grauenvolle Ruhe über dem Schiff und allen darauf ausgebreitet hat. Ich habe dem Mann einen Besuch abgestattet. Bebend liegt er in seiner Koje, locker mit Talg umwickelt, und das Morphium treibt ihm zärtliche Worte über die Lippen. Er nennt mich »Dora, meine Dora« und sagt, ja, danke, er fühle sich wohl. Dennoch entringen sich ihm stöhnende Laute, bis jeder Mann an Deck ein schuldbewusstes Gebet vor sich hinmurmelt, er möge zwischen diesem Atemzug und dem nächsten sterben. Doch der nächste Atemzug kommt, erfüllt von Schmerzen.

Und so setze ich mich hin. Ich trage ein äußerst schlichtes Kleid in Nuancen von Rosa und Crème, gebe der guten Seite des Mannes den Vorzug und bete, dass er sich nicht umwendet, um mich mit seinem anderen, verbrühten Auge anzusehen. Noch immer bin ich seine Dora und halte ihm die Hand. Ich warte auf Geheimnisse, aber es gibt keine. Die Sterbenden haben, befürchte ich, sehr wenig zu sagen, wenn wir ihnen das Ohr zuneigen, um ihre letzten geflüsterten Worte zu erhaschen.

Er zieht mich zu sich und beginnt ein Vaterunser, das ich weitersprechen soll, und nach den ersten Silben weiß ich, wer er ist – der Matrose, der in jener Nacht, in der sie sich alle betrunken haben, gebetet hat. Der Matrose, der ans Deck geschmiegt dalag, wie von der Schönheit und dem Gewicht des Himmels niedergedrückt. Ist es möglich, dass er wusste, diese Reise würde seine letzte sein? Wie können wir so etwas wissen? Aber er wusste es. Dessen bin ich mir sicher.

Nun, da der Abend fortschreitet, halte ich nach meinem Tod Ausschau. Ich stöbere ihn auf. Ich stemme die unbeschriebene Zukunft auf und versuche, sie zu wittern – wo und wie. Das Wo und Wie. Wenn ich durch Wasser ums Leben kommen sollte, wüsste ich es bestimmt. Oder durch Feuer. Wenn ich ermordet werden sollte, würde ich mich vor den Händen der Menschen fürchten. Aber ich fürchte mich vor nichts, glaube ich, oder habe mich vor nichts gefürchtet, bis jetzt. Nun fürchte ich für das Kind, dessen unergründliche Lebensspanne, dessen Lebensweg mir so ganz verschlossen sind. All die Jahre, denen ich an seiner statt gegenüberstehe: das Nichtwissen und Immer-Umsicht-Wahren, die Tatsache, dass es nun einen Teil von mir gibt, der wahrhaft verletzt werden kann, wenn ich verletzt zurückbleiben sollte.

Zum letzten Mal das Vaterunser gesprochen habe ich an meinem Hochzeitstag. Ich möchte nicht schlafen. Es ist ein guter Tag, ein langer, klarer Tag. Dem Kind ist wohl, und meine Gedanken strömen frei.

Oder vielleicht lassen die Orangenblüten mich an Hochzeiten denken; sie wachsen wild am Ufer, und der Duft weht über das Wasser zu uns herüber. Ich habe in einem gewöhnlichen blauen

Kleid geheiratet, mit einem Veilchenstrauß in den Händen – keine Orangenblüte weit und breit, obwohl Monsieur Raspail mir ein buttergelbes Strohhäubchen sandte, mit billig aussehenden Beeren garniert. Es traf in unserem Zimmer in Dover ein, und Quatrefages lachte recht unfreundlich, als ich es aufprobierte. Also nahm ich es ab und schlug ihn damit. Deswegen war es trotzdem durchaus ein zärtlicher Moment, und darum geht mir nun durch den Sinn, dass wir Freunde hätten sein können.

Ich glaube, mich gelüstet nach Lakritze. Ich werde ein kleines schwarzes Kind bekommen.

Ich weiß noch, dass ich in Mallow Piano gespielt habe. Ich muss sehr klein gewesen sein, die Tasten sahen so riesengroß aus, und damit ich sie leichter erreichen konnte, stapelte Papa mir Bücher auf die Sitzfläche. Viele Leute waren im Raum, und ich hatte ein besticktes Musselinkleid an. Alle klatschten und küssten mich, und Papa war höchst erfreut. Ein netter Herr schenkte mir hinterher eine Tüte mit Lakritze. Ich frage mich, welcher Herr das gewesen sein mag.

Der Matrose redet von Kuchen. Das macht mich hungrig. Ich sollte ihn verlassen – es ist nicht gut für meinen Bauch, in der Nähe toter Dinge zu sein. Aus dem versengten Mund des Mannes tröpfeln die Wörter, hie und da klare. Sein Hemd ist draußen im Regen hängen geblieben. Dora (ich) hat ihm nicht geglaubt, als er sagte … was? Das hier ist wichtig; er muss es wirklich aussprechen. Aber der Kuchen lenkt ihn ab. Er fällt zurück in den Kuchen. Was für ein Kuchen das ist, weiß ich nicht, aber er ist sehr gut. Mmm, mnn, macht der Matrose, wie ein Kind. Mmm, mmm, mnn.

Und so stirbt er. Es ist vier Uhr morgens, die Stunde, in der die Welt kippt. Ich kenne seinen Namen nicht, fällt mir ein. Ich lege ihm die kaputten Hände auf die Brust – wie still sie ist –

und nehme von ihm Abschied. Draußen nehmen die Matrosen die Mützen ab, als ich vorbeigehe. Wen kümmert es jetzt, wessen Frau ich bin?

Heute Morgen haben sie sich darangemacht, den Kessel zu reparieren, und auf dem Deck für die Lötpfannen einen kleinen Ofen aufgestellt. Wir sitzen auf dem Wasser und brennen.

Ich beginne mit meiner Toilette und möchte erneut weinen, nicht weil mein Gesicht so aufgedunsen ist, sondern wegen des billigen Rouge, das ich verwende – ein kleiner Blechtiegel mit einem Bild des Turms von Glendalough auf dem Deckel. Es hat einmal meiner Schwester gehört, aber es stand ihr nicht. Ich glaube, dies ist der einzige Gegenstand aus Irland, den ich bei mir habe. Daneben habe ich einen kleinen Pinsel und Mascara aus Algerien. Meine Schminktasche ist ein trauriges Museum. Der richtige Farbton für die Lippen, das perfekte Wangenrot – das sind die einzigen bleibenden Dinge in meinem Leben. Manch eines der Mittelchen hier wird mich bis zum Grab begleiten, denke ich. Und dann geht mir auf, dass dies buchstäblich wahr ist – einiges von dem Zeug hier werden sie auf mein totes Gesicht auftragen. Und so lasse ich den Pinsel sinken und starre vor mich hin, während Francine, ganz Fleisch und Blut, geschäftig hinter mir hantiert.

Ich bin die Tochter eines Arztes. Meine Mutter kam aus einer Familie von Marineoffizieren, und ihr Bruder hat mit Nelsons Flotte gekämpft. Für all dies liegen in drei oder vier verschiedenen Ländern Urkunden und Testate vor. Ich wurde mit fünfzehn Jahren in Kent einem Mann namens M. Quatrefages angetraut, der in Algerien in der französischen Armee diente. Nach dem französischen Gesetz war diese Ehe meines zarten Alters wegen ungültig, in England jedoch legal.

Ich bin die Tochter eines Arztes, der in dem Kurort Mallow in der Grafschaft Cork auf rheumatische Beschwerden spezialisiert war. Meine Mutter, selbst kränklich, unterzog sich dort den Wasserkuren, und einige Jahre lang wohnten wir nahebei. Meine Schwester Corinne weckte das Interesse des berühmten italienischen Musikers Tamburini und lebt mit ihm, nun mit ihm verheiratet, in Paris. Wo ich mich ihr anschloss, nachdem ich einen grausamen Gatten, einen gewissen Monsieur Quatrefages, verlassen hatte, der mein zartes Alter ausnutzte, um mich nach Kent zu entführen und dort zu ehelichen. Sehr zu meiner Bestürzung ist diese Ehe in England noch immer gültig. Ich bin zu meiner Zeit dem Komponisten Berlioz begegnet, der mein Spiel sehr bewunderte, der Princesse Mathilde, die mich freundlich empfing, sowie mehreren Angehörigen des russischen Adels, denen mich der Krieg im Osten sodann entfremdet hat.

Ich wurde in Irland geboren und habe dort, in der Umgebung des Kurortes Mallow, gelebt, bis ich zehn Jahre alt war und die Hungersnot, die damals in ländlichen Gegenden herrschte, uns nötigte, vom Hafen Queenstown aus das Land zu verlassen. Mein Vater ist Arzt und meine Mutter eine Schnock (aus der Linie der Marine-Schnocks). Nach kurzem Zwischenaufenthalt in England wurde ich in Bordeaux an Madame Huberts Töchterschule erzogen. Ich wurde in sehr jungen Jahren in Kent dem Chefveterinär der französischen Armee in Algerien angetraut. Dort war mir der Chef des Französischen Kommissariats, Monsieur Raspail, sehr gewogen, wie auch der Fez von Tunis, die beide mein Spiel sehr bewunderten. Gemäß dem Code Napoléon war meine Ehe illegal, und als mir dies deutlich wurde, ließ ich die Wüsten Afrikas hinter mir und begab mich nach Paris, wo ich am Conservatoire studierte und auf die Scheidung hinwirkte, welche sich aufgrund der komplizierten englischen Gesetze verzögerte. Wenn wir nach Paraguay gelangen, werde ich Señor López ein neues Gesetz entwerfen lassen. Denn ich trage, erklärt er mir, die Zukunft von Paraguay.

Das Kind tritt wie ein Junge. Es tritt, als könne es gar nicht schnell genug aus mir herauskommen. Francine kühlt mir die Schläfen mit *eau de lavande.* »Nicht mehr lange, nicht mehr lange jetzt«, flüstert sie. Doch ich weiß nicht, wie lange es dauern wird. Ich weiß nicht, ob wir es bis nach Asunción schaffen. Ich weiß nicht, ob es je geboren wird oder ob ich für immer hier bleiben werde – für immer auf diesem Fluss, inmitten des vorüberströmenden Wassers.

SPARGEL

1857, Asunción

Doktor Stewart schätzte Asunción. Dies war eine Stadt, wo ein Mann ganz nach seinem eigenen Rhythmus vor die Hunde gehen konnte.

Um das zu würdigen, brauchte er eine Weile. Es dauerte einige Monate, bis er seiner Tante in einem Brief diese schläfrige Stadt aus Holz und Lehm, roten Ziegeldächern und verborgenen Patios beschrieb. Aber sie zu begreifen wollte seinem Kopf nicht gelingen. Vor seinem Fenster grub eine Schar von Straßenbengeln ein kleines Kind bis zum Hals ein. Sie rauchten Zigarren – alle, das Kleinkind eingeschlossen, wenngleich diesem natürlich ein Helfer die Zigarre zum Mund führte. Keiner von ihnen war älter als fünf. Sie schienen vollkommen glücklich zu sein.

Auf dem grob gezimmerten Schreibtisch vor Stewart lag ein Blatt Papier, bereits befleckt von seinem Schweiß. Ein windgepeitschter Postbote würde es in die Festung seiner Tante in Edinburgh tragen, gleichsam als einen Schrei aus der Ferne. Und daher füllte er es mit Blumen für sie, mit rauchblauen Jacaranda- und bräutlichen Orangenblüten, die ihr den Mund kräuseln würden, als koste sie die Frucht. Was noch? Die fernen

Rufe der Straßenhändler und die Klagelaute des Viehs – davon hatte seine Tante zu Hause genug. Er könnte noch erwähnen, dass die Frauen manchmal nur die Röcke ihrer Kleider trugen und hinten die leeren Mieder flappen ließen. Oder dass sie beim Tanzen gern Flaschen auf dem Kopf balancierten. Oder vielleicht doch nicht. »Alles ist sehr fremdartig«, schrieb er, dann hielt er inne und versuchte erneut, sich den bezeichnenden Satz auszudenken.

Draußen hockten die Bengel herum und sahen dem kleinen Kind dabei zu, wie es sie ansah. Von einem Gesicht zum anderen schaute es mit einer Miene, die Stewart nicht entziffern konnte. Vielleicht war ihm ja ganz behaglich, so von Erde umhüllt. »Bei den Männern«, schrieb er, »ist es Sitte, Hutkrempen zu tragen, ohne die Kopfpartie, und somit krönt den hiesigen Indio ein flotter Heiligenschein aus Filz.« Seine Tante würde dieses Bild ein wenig katholisch finden, doch besser das, als ihr zu schreiben, dass eine Prostituierte am goldenen Kamm im Haar zu erkennen war. Anständige Frauen trugen Schildpatt oder Holz. Einen Neuankömmling konnte das verwirren (schrieb Stewart nicht).

»Es mangelt in der Stadt so sehr an Eisen« (Handel ist gut), »dass die Leute ihren Kindern Nägel hinterlassen und im Testament bestimmen, wie viele jedes erhalten soll.« Draußen schlenderte der Anführer der Bengel, mit seiner Hutkrempe und sonst kaum etwas angetan, zu dem eingegrabenen Kind hinüber und zog es heraus. Wie eine Karotte kam es zum Vorschein, und als die rote Erde von ihm abfiel, sah Stewart, dass es ein Mädchen war.

»Wir wollen Asunción gleichwohl nicht schmälern«, schloss er, denn seine Tante war eine kluge Frau, und er schätzte sie. »Es lebt, wie jede andere Stadt, von beiläufigen Begegnungen und kleinen Komplotten; von Freundlichkeit gegenüber Fremden und uralten, banalen Verärgerungen unter Freunden. Es ist ein Vorposten, und die Herren sind ein wenig zu rauhbeinig, die Damen ein wenig zu ›fein‹. Aber es lebt, wie jede andere Stadt, vom Gerede.«

Das kleine Mädchen hatte seine eigene Zigarre zurückerobert, hockte nun bei den anderen und kaute auf dem Stummel herum. Ihre Sitzhaltung erlaubte Stewart einen Blick auf ihre flachen Genitalien, die sie zwischen ihren reizenden Beinchen und Füßen darbot. Und sie war wirklich reizend, von den Zehen bis zu dieser gefährlich glimmenden Zigarrenspitze. Stewart faltete den Brief und fuhr mit der Hand nachdrücklich über die Knickkante. Er hatte nicht erwähnt, dass sich das Gerede nur um einen Punkt drehte und dass dieser eine Punkt aus seiner früheren Patientin Elisa Lynch bestand.

Stewart hörte sich alles an. Er wurde geübt darin, sich bei geselligen Anlässen unsichtbar zu machen, um bloß nicht die Konversation über Ereignisse, deren Zeuge er persönlich geworden war (wenn auch nur gewissermaßen), zum Stocken zu bringen. Manchmal wünschte er, er könnte sich noch erinnern, wie es wirklich gewesen war, zumeist jedoch kapitulierte er vor den Geschichten, die über die Monate und Jahre fantastisch überhöht und immer wahrer wurden.

Laut Madame Cochelet, der Gattin des französischen Gesandten, hatte die grandiose Ankunft der Tacuarí in Asunción auf folgende Weise stattgefunden (sie erzählte davon stets sehr mimisch):

Das Schiff gleitet an den Pier. Die Menschenmenge, die am Ufer entlang mitgerannt ist, füllt den Platz. Die Gangway wird heruntergelassen. Stille. Ein Karren rattert auf die Plaza de

Palma, an dessen Leitern zwanzig Musikanten hängen und ihre Instrumente schwingen. Sie springen ab, laufen zum Kai und stellen sich auf. Wieder Stille. Man stelle sich das Bild nur vor. Den Dreck. Das schiefe, scheele Zollhaus, den Geruch des Flusses und vor ihnen allen ein Schiff, so mächtig wie ein Traum.

Endlich die Kavallerie, ein einziges Geschnaube und Getrappel. Drei alte Karossen rollen an und kommen zum Stehen – und nun sind sie alle da. Kutsche Nummer eins: der fette alte López mit seinen unverschämten Epauletten, das Schwert quer auf den Schenkeln. Kutsche Nummer zwo: die fette alte Doña Juana López, ganz schwarz vermummt, mit ihren grässlichen Töchtern Rafaela und Innocencia, ebenso fett, ebenso vermummt; mit sich sträubenden Damenbärten, wogenden Busen und Schweißflecken unter den Achseln. Kutsche Nummer drei: die jüngeren Söhne, Benigno – oder, wie wir ihn nennen, Maligno – und bei ihm der lachhafte Admiral Venancio (von welcher Flotte, bitte schön?), so prall wie die Polster, auf denen sie sitzen, so straff wie die Federn der Kutsche, die quietschend schlapp machen, wenn die jungen Herren auf ihren Sitzen herumgautschen.

Und in der Hitze rufen nun die Leute – Tausende – hurra, die Kapelle schmettert los, etwas regt sich, ein Blick ist zu erhaschen, Tüll flattert auf, und da, da oben auf der Gangway, eine Halluzination. Eine Juno. Eine harmonische Frauengestalt in einem blass fliederfarbenen Gewand und passender Haube, mit einer Spitzenstola, um ihre – hierauf würde Madame Cochelet ein erkleckliches Sümmchen wetten – Schande zu verhüllen. Zu gern würde Madame Cochelet ja bemerken, das Häubchen sei de trop gewesen oder der Fliederton vulgär, doch weder das eine noch das andere war der Fall, und, sie konnte es nicht leugnen, ihr erster Impuls war gewesen, Applaus zu spenden oder in

Ohnmacht zu sinken – angesichts dieses Pariser Eiszapfens, der da vom Himmel gefallen und auf der Plaza de Palma gelandet war, vor der verstummten Masse von Paraguayern, die noch niemals eine so helle Haut, so blaue Augen oder eine so herrlich große Frau erblickt hatten, noch niemals diesen Fliederton, es sei denn vielleicht an einer Orchidee tief in den Wäldern – die Farbe einer Blume, die im Dunkel gedeiht. Neben ihr zeigte sich nun: der junge López mit einem endlos hohen Zylinder, in einem zu engen Gehrock und in peinvoll pastellfarbenen Beinkleidern. Die Erscheinung nimmt den Arm, den er ihr reicht, und schwebt zum Kai hinab, königlich nach beiden Seiten lächelnd. Die Menge teilt sich vor der Erscheinung, die der ersten Kutsche und dem alten López zuschwebt. Der Sohn verbeugt sich und spricht. Die Vision lächelt ihr visionäres Lächeln und lüftet eine matte Hand. Sie hängt in der Luft. Der alte Diktator knurrt – sein Knurren mag ihr gelten oder auch dem Kutscher –, und die Kutsche rollt geschwind davon, geschwind gefolgt von der Eskorte des Präsidenten, deren polierte Hufe genügend Staub aufwirbeln, um das seidene Fliedereis rußgrau zu tönen. Elisa Lynch blickt an ihrem Kleid hinunter. So viel zu Paris.

Bis zu diesem Moment hatte Madame Cochelet wider alle Erwartung gehofft, der junge López habe – seiner Satyromanie zum Trotz – irgendwie geheiratet, doch dies sollte sich nicht bewahrheiten. Als »La Lincha« Doña López vorgestellt wurde, kreischte die alte Frau (die das gesamte Land behandelte, als wäre es ihre eigene Spülküche) laut auf, schlug sich an die Brust und befahl abzufahren. Die Kutsche schoss so abrupt davon, dass die bereits eingestaubte Erscheinung mit Kot bespritzt wurde. Woraufhin Maligno sein schmales Lächeln aufsetzte und in sanftem Trab seiner Mutter folgte, bevor noch mehr Schaden angerichtet wurde.

Madame Cochelet liebte diese Geschichte, die beim Erzählen so sehr gewonnen hatte, dass nichts daran (außer natürlich das fliederfarbene Kleid) in irgendeiner Hinsicht mehr stimmte. Sie erzählte sie jahrelang, gelegentlich zweimal in einer Woche, jedoch nur jenen, denen sie vertrauen konnte. Schließlich war Madame Cochelet mit dem französischen Gesandten verheiratet und musste sich in Acht nehmen mit dem, was sie von sich gab. Sie fing 1856 an, ihre Geschichte zu erzählen, nachdem sich Elisa in Rekordzeit eine *quinta* hatte errichten lassen, ein schlichtes, angenehmes Gebäude aus rosenfarbenem Marmor. Den von den Pferdehufen aufgewirbelten Staub fügte Madame Cochelet 1857 hinzu, nachdem der junge López eine Straße vom Regierungssitz geradewegs zu dem Tor der *quinta* im Vorort La Revoleta hatte bauen lassen. Die Kotspritzer wurden 1858 eingefügt, nachdem Madame Cochelets Gatte erstmals dorthin hinausgefahren war. Dies waren, könnte man sagen, diplomatische Details. Und wie sehr Stewart auch an Madame Cochelet bewunderte, dass sie der Hitze in selbst gestrickten Strümpfen trotzte, ihre normannische Geradlinigkeit, wenn es um solche Dinge wie das Abdecken der Milch und das Feuern von Dienstboten ging, für so unklug von ihr hielt er es, derart freimütig auf La Lincha hinabzusehen. So oft und so offen auszusprechen, dass sie, Madame Cochelet, »lieber mit einem Nigger das Brot teilen als im Haus der irischen Hure speisen würde«. Derlei war unterhaltsam, möglicherweise jedoch unklug. Es entsprach der Wahrheit, ermangelte jedoch der Grazie. Täglich fuhr Elisa in einer so wundervoll gefederten Kutsche aus, dass man darin querfeldein fahren konnte, ohne dass eine Teetasse überschwappte. Täglich sah Stewart, wie sie ausspuckten, wenn sie vorüberfuhr, die alten spanischen Aristokraten, die mehr Nachnamen hinter sich herschleiften, als sie Pferde besaßen;

sie bekreuzigten sich und legten ihren Töchtern die Hand über die jungfräulichen Augen. Doch warum sollte diese Frau sich nicht an der Luft ergehen? Warum sollte sie nicht manchmal die Straße entlangspazieren und ihren Sonnenschirm ein wenig zwirbeln, um die Männer dazu herauszufordern, ihr einen guten Tag zu wünschen – ihr *keinen* guten Tag zu wünschen? In hundert Meilen Umkreis gab es nicht einen Mann, der sich nicht zu der *quinta* in La Recoleta hinausgewagt hätte, um sich selbst die kleinen Orienttepiche, die französischen Tapisserien in den geschmackvollen Räumen anzusehen und die diplomatische Tasse Café au lait zu trinken, die ihnen die Mätresse von Francisco Solano López persönlich reichte.

Die Mutter, die alte Doña Juana, fingerte den ganzen Tag über an den Perlen ihres Rosenkranzes und kreischte: »Nie werde ich diese Person akzeptieren! Niemals!« Hierbei Gesellschaft leisteten ihr, stets den Tränen nah, ihre Töchter, die schnurrbärtige Rafaela und die glanduläre Innocencia. Stewart verschrieb Laudanum. Er sprach nicht aus, dass es für die Fakten in diesem Falle keine Kur gab – dass die alte Frau von ihrem eigenen Sohn überlistet worden war; dass sie nun immer, wenn sie an La Lincha dachte, die eigene Zukunft und den Tod des alten López vor sich sah.

Die ausgiebige Beschäftigung mit den Damen López taugte vorzüglich dazu, Stewart an Elisa Lynch zu erinnern, deren Leib nicht mit dem von uns übrigen zu vergleichen war, deren Leib einem Mann Erlösung zu schenken vermochte. William Stewart war der einzige Mensch in Asunción, für den es sich verbot, La Lincha jemals zu besuchen – für die meisten galt das Umgekehrte –, und insgeheim betrachtete er dies als Ironie des Schicksals. Dennoch dachte er manchmal mit Bedauern an sie. Nie würde es ihm vergönnt sein, sie abzutasten, sie zu nähen oder ihr Erleichterung zu verschaffen. Nie würde er ihre Glieder im Influenzafieber kühlen oder von den Pusteln der Masern befreien. Vor allem aber würde er sie niemals gespreizt erblicken, im blutigen Terror der Geburt – eine Szene, die er in der Tat verpasst hatte, nachdem er Tausende von Meilen gereist war, um sie zu erleben. Zwar mochte ihn dies ein wenig pflichtvergessen erscheinen lassen, doch wenn Stewart nicht zugegen gewesen war, so aus komplizierten Gründen, bei welchen der Alkohol nur eine untergeordnete Rolle spielte. Ganz einfach, er hatte jenes grauenvolle Schiff gar nicht schnell genug verlassen können. Er war die Gangway hinuntergegangen, hatte sich durch die Menge gedrängt und war in eine Woche eingetaucht, an die er keine Erinnerung mehr hatte. William Stewart hatte die Niederkunft verpasst, weil Elisa ihn zum Erzittern brachte. Das war alles. Er raffte damals das wenige, was an ihm noch respektabel war, zusammen, schaffte es von der Tacuarí hinunter und machte es sinnlos betrunken.

An die Skrupel, die er damals empfunden hatte, konnte er sich kaum erinnern. Er gab ihnen keinen Namen, weil sie unmöglich zu benennen waren. Er verstärkte sie auch nicht – er mumifizierte sie. Er konservierte sie in Alkohol, wie eine kuriose Missgeburt, zu der das Etikett verloren war. Hielte er diese Skrupel jetzt ans Licht, er wäre nicht imstande zu sagen, um welche Spezies von Geschöpf es sich da einst gehandelt hatte.

Was den anderen Überrest von Elisas Flusstruppe anging – wenn er Keld Whytehead begegnete, dann sprachen sie nicht darüber, als ob sie beide von etwas gezeichnet wären, worüber es nichts zu sagen gab.

Und wie stand es um Elisa? Allein! sagte der galante Kapitän Thompson. Vollkommen allein. Sie schenke auf dem Balkon Kaffee ein und spreche von der Heimat. Wenn der Tag heiß oder das politische Klima aufgeheizt sei, dann führe sie die Hand an die Brust und sage »Paris, ah, Paris!« – genau in diesem Ton. Klimpere auf dem fabelhafterweise wirklich existierenden Piano eine kleine Melodie, greife nach einem Buch und lasse es wieder sinken. Sie habe sehr wohl etwas im Köpfchen, das sehe man. Einmal hatte der Kapitän einen dieser Bände aufgeschlagen und entdeckt, dass er nicht etwa *Geneviève de Brabant* enthielt, sondern Voltaires *Candide.* Sie hatte ihm eine Hand auf den Arm gelegt, ihm sanft das Buch fortgenommen und gesagt: »Ah, das – wissen Sie, das ist die Geschichte meines Lebens. Und Sie, Kapitän Thompson, sind mein Doktor Pangloss.« Nein, kein Zweifel, Elisa Lynch sei ein Genuss. Sie zu lieben, sagte der Kapitän, heiße Erfolg zu haben, sie zu hassen bedeute ganz einfach zu versagen.

In diesem Falle war niemand erfolgreicher als Francisco Solano López. Die Stadt war eine einzige Baustelle – er ließ von einer Armee ausgemergelter, kleinwüchsiger Jungen Steinblöcke vom Arsenal zum Postgebäude schieben, das Dach der Bibliothek abtragen und es auf die Stufen der Schiffswerft schaffen. Nach einem harten Tag voller energischer Schritte und Fingerzeige kam López dann ins Haus, und wenn der kleine Sohn Papa! Papa! rief, kniff ihn sein Vater mit erdverkrustetem, tintenfleckigem Zeigefinger und Daumen in die rosige Wange. Es gab bislang nur ein Kind. Laut Madame Cochelet war Elisa geritten wie eine Furie, um sich des zweiten zu entledigen, doch Thompson sagte, sie habe das totgeborene kleine Ding in einem weißen Kleid mit Gazeflügelchen am Rücken aufgebahrt, wie eine Engelspuppe. Thompson hatte es selbst gesehen, bei der Totenwache, die geschmackvoller nicht vorstellbar gewesen wäre, und an dem Schmerz der Mutter konnte man nicht zweifeln. Nun gab es ein reich geschmücktes kleines

Grab hinter dem Tor des Friedhofs von La Recoleta, mit der Inschrift:

Eh Sünde und Kummer zerbrachen ein Herz
Gab der Tod seinen schützenden Hort
Er führte das Vögelein himmelwärts
Und ließ es erblüen dort

Und so werden wir endgültig gedemütigt, dachte Stewart – durch die Orthografie. Das bedeutet es, fern von der Heimat zu sein. Und jedes Mal seufzte er, wenn er an dem verpfuschten Stein auf dem Rückweg zu seinem Hause vorüberging, wo er sich setzen, sich seiner Stiefel entledigen und über sein eigenes, schreckliches Leben nachgrübeln würde.

Von Zeit zu Zeit fragte er sich, was aus Francine, der Zofe, geworden sein mochte – anscheinend wurde sie nie erwähnt, obwohl sonst doch über alles geredet wurde.

Doña Cordal und ihre aus unklaren Gründen zerrüttete Tochter Carmencita sagten, Elisa halte in ihrem Patio lauter Vögel: Sittiche, Kolibris, Aras aus Brasilien und, an eine Stange in der Ecke gekettet, einen fetten, großen Karakara-Geier. Madame Cochelet sagte, Elisa halte sich einen Trupp primitiver Indios, fürstlich gekleidet und darauf dressiert, Wein einzuschenken wie französische Diener. Die Speisen draußen in La Recoleta kämen anscheinend Wundern gleich, sagte sie.

Über einen mitgenommenen Billardtisch hinweg ließ Benigno López die Bemerkung fallen, Elisa Lynch bringe im Bett Dinge fertig, die ein Mann kaum glauben könne – das habe er von seinem Bruder –, stieß die blaue Kugel auf das Loch in der Mitte zu und verfehlte es. Galant bemerkte Kapitän Thompson, sie habe eine reine Seele. Alle jedoch stimmten sie darin überein, dass sie hinter López' Rücken mit jemandem schlief – mit einem Engländer oder mit diesem Indio oder mit einem Hund. Keiner aber sagte, sie schlafe mit der Zofe, und das war auf seine Weise ebenso sonderbar.

Keld Whytehead achtete nicht auf Klatsch; er baute für López ein Arsenal, und danach baute er López ein paar Kanonen. Er sandte sein Geld nach Hause. Er begab sich nach La Recoleta hinaus, weil es notwendig war, und manchmal, sagte er, konnten einem Mann dort von all der Schönheit die Augen schmerzen. An Weihnachten sang er Weihnachtslieder (vielleicht jenes französische, das er auf der Tacuarí gesungen hatte), und Elisa begleitete ihn am Piano. Das war alles.

Auf der anderen Seite der Stadt siebte Juana Pesoa, López' verlassene Mätresse, die Wahrheit aus der Spreu. Sie sagte, Elisa schlafe mit López und mit keinem sonst, denn wenn sich eine Frau López einmal hingegeben habe, gebe es für sie nichts anderes mehr, dem sie sich zuwenden könne. Juana Pesoa hatte einen Sohn von López – seinen ersten –, und der Junge lebte nun bei Elisa. Wenn er seine Mutter besuchen kam, brachte er ihr Geschichten von La Recoleta mit, wie man einem Tier im Käfig Fleisch mitbrächte.

Stewart saß bei ihr und labte sich.

Elisa will ihren Sohn in der Kathedrale taufen lassen – sie will ihn zum Kronprinzen, zum Erben machen, zum wichtigsten Sohn. Aber der Junge ist ein Bastard und wird es immer bleiben, und der Bischof verwehrt ihr nicht nur die Kathedrale, sondern jeglichen geweihten Boden. Elisa zetert. Elisa tobt. Sie lässt López keine Ruhe. Sie ruft einen Querkopf von Priester herbei, der einen Blick auf den Jungen wirft – zwei Jahre alt mittlerweile, mit den strahlend grünen Augen seiner Mutter – und erklärt, dass er diese kleine Seele nicht dem Limbus ausliefern kann. Wenn ihnen die Kirchen versperrt sind, dann wird er das Kind dort in der *quinta* taufen. Für dieses Versprechen nimmt er einen dicken Beutel Gold entgegen.

Juana Pesoa war eine hübsche, bedrängte Frau. Sie litt an einer Krankheit, die Stewart »seinen Platz kennen« nannte. Sie wütete weder gegen Elisa, die ihren Sohn ganz zu dessen Vorteil aufzog, noch schmachtete sie nach López, dessen Kutsche noch immer von Zeit zu Zeit vor ihrer Tür stand. Sie wurde sehr still und widmete sich ihrem Magenkrebs. Einer Sache, die sie ihr Eigen nennen konnte.

Stewart verließ sie in trauriger Stimmung. Er selbst hätte nichts dagegen gehabt, sich Juana Pesoa zu nähern, nur um sie aufzuheitern, nur um gegen etwas so Bitteres vorzustoßen. Doch als er die Straße entlangging, wurde ihm klar, dass nicht der kleine emotionale Schnabel von Juana Pesoas Geschlecht ihn beschäftigte, sondern Elisa Lynch. Waren ihre Augen nun blau oder waren sie grün, fragte er sich. Welchen Farbton genau hatten die Augen von La Lincha? Die Farbe von Absinth? Oder von Curaçao? Egal. Sie hatten die Farbe dessen, was sich gerade am Grund seines Glases befand, und da würde er nun nachschauen, jetzt gleich.

Madame Cochelet sagte, Elisa könne zu ihrer unchristlichen Taufe einladen, wen sie wolle – niemand werde hingehen. Der alte López habe ein Machtwort gesprochen. Und vor befriedigter Empörung hob sie die Stimme, während Stewart blindlings unter ihren Unterröcken am Werk war und das Bruchband fester zurrte (nach fünf Kindern litt Madame Cochelet an einer schmerzhaften Lockerung des Schambeins).

»Gut«, sagte Stewart. Seit Elisas Einladungen hinausgegangen waren, hatte er kaum etwas anderes getan, als den López-

Damen Riechsalz unter die Nasen zu halten; von einer zur anderen zu gehen, von der hysterischen zu der phlegmatischen, und jede von ihnen hatte ihre speziellen, höchst *mobilen* Beschwerden. Endlich ein wenig Ruhe. Am Tag der Taufe selbst, beschloss er, würde er sich hübsch besaufen.

Dies tat er allein. Sämtliche Jalousien waren geschlossen, und in der Stadt war es so still, dass Stewart sich wie ein Geist vorkam, als er durch die Straßen streifte. Alle blieben im Haus. Die Frauen nähten vielleicht, die Männer flickten ihre Stiefel oder lasen die Gazetten, die Kinder mucksten sich nicht. Und alle dachten sie an die verlassenen Räume von La Recoleta, die unerhörten Speisen, die auf den Platten verdarben, die herrlichen Weine, die unberührt blieben; ein paar indianische Diener mochten sich um das eigens geschmiedete silberne Taufbecken versammeln, während Tausende von Schnittblumen in der Hitze welkten. Alle hatten Elisa vor Augen, wie sie sich, in einem unvorstellbar edlen Kleid, mit leicht bebender Wange und zuckenden Lidern über ihren lieblichen Hurenaugen in den leeren Räumen umsah und erkennen musste, ja schlucken musste, dass ihre Schande sie auffraß und verdientermaßen schändete. Von hinten.

Und Stewart hasste sie allesamt – so selbstgefällig und genüsslich in ihrer Rache, dass sie, als die Kanonenschüsse ertönten, auf die Straßen liefen und schrien, die teuflische Mätresse von Francisco López komme sie alle töten. Natürlich handelte es sich nur um Salutschüsse. Nur zur Erinnerung daran, dass der alte López zwar das Land in seiner Gewalt haben mochte, der junge López aber die Armee (und zudem noch eine Geliebte, die ihm die Hölle gesandt hatte, und eine Stimme, die aus dem Himmel drang wie Tupa, der Donnergott der Guaraní, und über die Stadt hinwegrollte. Buum. Buum. Buum).

Ein Junge zerrte Stewart, mittlerweile halb beduselt, durch den Donner zum Haus von Doña Cordal. Die würdige Dame öffnete selbst die Tür und schob ihn die Treppe hinauf, wo ihre eingesperrte Tochter, die wahnsinnige Carmencita Cordal, gegen ihren toten Geliebten wütete. Carmencita Cordal brüllte ihrem toten Geliebten zu, dass der Junge, der an diesem Tag getauft werde, den Namen Juan Francisco trage, gerade so, wie ihrer beider Sohn, hätten sie einen gezeugt, genannt worden wäre; dass seine Mutter ihn Pancho rufe, gerade so, wie sie, Carmencita, ihren eigenen süßen Sohn gerufen hätte. Dass sie den Kleinen auf der Straße einem Reifen habe nachlaufen sehen und dass er sehr schön sei. Stewart tastete in seinen Taschen nach Laudanum. Die Salutschüsse hörten auf.

In der Kaschemme, in der er spät in dieser Nacht landete, sagte Miltón (oder sonst irgendein Indio) nichts. Sie sagen nie etwas. Was später in Stewarts verkatertem Kopf hämmerte, war dennoch nicht nur ein Nachhall der Kanonenschüsse, sondern auch eine bestimmte Erkenntnis, die er zwar gewonnen hatte, an die er sich aber nicht mehr erinnern konnte: Da spricht Miltón von einem Land, in dem nichts Böses existiert. Mit diesem Land, dieser Idee erklärt sich Stewart lauthals einverstanden. Sie stimmen wundervoll überein. Miltón sagt, López ist nicht seines Vaters Sohn. Zweifellos, sagt Stewart, er ist europäischer als sein Vater, frischer, mit mehr *Brio*. Nein, sagt der Indio, wie Jesus – wie Jesus nicht Josephs Sohn ist. Nicht auszuschließen, dass sie hierüber eine Weile disputiert haben, aber es kommt Stewart irgendwie so berauschend einleuchtend vor, dass er sich nun die Trupps von Guaraní-Soldaten auf den Straßen genauer ansieht. Sie haben ein Leuchten in den Augen wie Pilger. Nenn es, wie du willst, sie haben ein Ziel, und du könntest genötigt sein mitzuziehen. Was Francisco López – diesen fetten Pavian – angeht, so gibt es hier über ihn einen Witz, der sozusagen universal verbreitet ist: Dass sein Vater gehörnt wurde, seine Mutter (in ihrer Jugend) eine fromme, zitternde Hure war. Das übliche Gerede – aber gleichwohl wahr. Denn der Sohn-und-Erbe ist niemals des Vaters Sohn. Er könnte seinen Vater jederzeit töten.

Hoch oben in den Kordilleren, den struppigen Bergen östlich und nördlich von Asunción, liegt ein Ort namens Piano. Seinen Namen verdankt er dem Umstand, dass Elisa sich dort genötigt sah, ihr Piano im Stich zu lassen, hundert Meilen von Nirgendwo entfernt, und weitere hundert von Überhaupt-Irgendwo. Soweit wir wissen, hat das Piano überdauert. Vielleicht dient ein Holzpaneel als Gatter eines Hühnerstalls, oder die Saiten sind in einen Zaun geflochten und singeln ein wenig, wenn der Wind pfeift. Die Hämmer mit ihrer Moosschicht aus grünem Filz müssen längst vermodert sein, doch vielleicht sind ein paar Tasten übrig geblieben, Bruchstücke eines Lächelns, an denen Rinder ersticken oder ein Pflug abprallen kann. Im noch günstigeren Fall könnte das Piano einen Salon schmücken, einen Saloon oder was in den Kordilleren als solcher gilt, mit einem an den Eingang geklebten Blatt, »El piano del Piano«. Vielleicht bewahrt es in sich noch immer die Erinnerung an die letzten Hände, die es berührt haben, die zarten Hände des Doktors, die auf dem tapfer aufrecht stehenden Piano »La Palomita« klimperten, umgeben von Gras und toten Männern, sehr weit fort von zu Hause.

Doch all dies liegt in unahnbarer Ferne, als Stewart im Dunst von Skrofeln und Alkohol umherstolpert. Er stellt sich Elisa vor, wie sie draußen in La Recoleta sitzt und miserable Petit-point-Stickereien stichelt, mit lauter Knoten auf der Rückseite und voller Lücken vorn. Sie komponiert die Geschichte ihres Lebens um. »Meine Mutter, Adelaide Schnock, entstammte einer Familie, die zweiundvierzig Friedensrichter und einen Flottenkapitän aufwies.« Sie lässt sich Schnittmuster aus Paris kommen. Sie führt ein großes Haus, und man sagt, die Dienerschaft liebt sie. Ungezählte Dienstboten und Männer – das ist das Einzige, was sie hat. Man könnte sagen, sie habe alles, außer der Befriedigung, es zu haben. Zudem kann sie sich wohl auch nicht entspannen, denn sie existiert nicht wirklich. Es muss schwer sein, nur als eine Geschichte zu existieren, welche die Damen der Gesellschaft von Asunción einander nachmittags zwischen drei und vier Uhr erzählen. Was immer Elisa unternimmt, um sie zum Schweigen zu bringen, nährt das Gerede nur. Nein, real werden kann sie nur, indem sie heiratet, und heiraten kann sie nicht, bevor der alte López nicht tot ist.

Doch nichts, was sie unternahm, machte ihm den Garaus, sie konnte noch so viele Soiréen, italienische Dichter, Brillanten oder neuartige Farbtöne in einem Schal aufbieten. Das heißt, nichts machte ihm den Garaus, bis das Theater kam.

Das war der Auslöser, dachte Stewart, auch wenn die Waffe mit Verzögerung wirkte. Er träumte von Bermejo, dem Schauspieler, der einen Revolver zückt. Bumm! Aus dem langen Gewehrlauf schießt eine Flagge hervor. Der alte Diktator lacht. Er greift sich an die Brust. Unendlich langsam sinkt er zu Boden.

Und wo kommt der Schauspieler her? Feucht und duftend schlüpft er unter den Röcken von Elisa Lynch hervor.

Eine Hure braucht ein Theater, und da Elisa eine grandiose Hure war, stellte das Theater eine Miniaturausgabe des Teatro alla Scala in Mailand (und keines geringeren) dar, wenn auch ohne Dach – und dazu ein Orchester, Kulissen, Gasbeleuchtung und erlesen gekleidete Frauen von zweifelhaftem Ruf. Bei diesem oder jenem Gläschen Fino besprach sich Elisa mit dem Architekten und ließ aus Pariser Polstereien roten Plüsch in exakt der richtigen Nuance kommen. Wer sonst verstand sich so gut auf derlei Dinge? Elisa war es, die, bevor die Schieferplatten für das Dach auch nur gehauen oder bestellt waren, Bermejo einlud, aus Madrid nach Asunción zu kommen.

Die Nachricht, dass ein echter Schauspieler im Begriff war, über den Atlantik herbeizureisen, versetzte die gesetzten Damen und ihre jungfräulichen Töchter in Träumereien. Als er schließlich eintraf, ein kleiner Rotschopf mit einer hübschen Frau, nahmen ihre gewohntermaßen leeren Nachmittagsstunden eine kaum merklich veränderte Leere an. Die Abende verbrachte Bermejo natürlich bei Elisa, am Tag aber konnten die Damen an dem Hotel, das einem Franzosen gehörte, vorbeiflanieren, auf dessen Terrasse der Schauspieler Kaffee trank, sie alle ignorierte und schrieb. Wie aufregend! Er schrieb wie von lauter Nadeln gestochen, wie von Bienen überfallen. Manchmal fuchtelte er mit den Armen, um die Gedanken, die seinen Kopf umschwärmten, zu vertreiben. Er focht, er duckte sich, wurde ganz still – dann ließ sich der Schwarm mysteriöserweise nieder, und fließend bedeckte Bermejo Blatt um Blatt, in schläfrige, gefährliche Ruhe getaucht.

Da stand es auf den Seiten. Es wuchs. Es war das erste paraguayische Theaterstück überhaupt.

Gefährlich in der Tat. Als eines Nachmittags eine Kutsche neben der Veranda hielt, befahl Bermejo sein Instinkt, hinauszueilen und die Hand zu küssen, die im Fensterrahmen sichtbar wurde; ebenso die kleinen weiblichen Hände, die bald aus diesem, bald aus jenem Fenster flatterten, wodurch er sich genötigt sah, rings um die Kutsche und wieder zurückzulaufen. Diesen Küssen folgte ein offiziellerer *beso mano* im Präsidentenpalast.

Danach ein Diner mit den Damen López. Wonach Bermejo zu seinem Bedauern feststellte, dass er nicht wieder in Elisas Salon erscheinen konnte. Das erste Theater Paraguays würde nicht der Hure gehören, sondern der Nation. Der Schauspieler war endlich in der Stadt angelangt.

In dem weitläufigen, dachlosen Theater raschelten und wirbelten dürre Blätter umher, als Bermejos Geister die Szene betraten. Und als sie sich verdichteten und in Bewegung kamen, schwanden dem alten López die Kräfte. Die Maid erwachte, und sein Schmerz wurde zum Klumpen, sie hob zu sprechen an, und der Klumpen wurde zur Beule. Bis zum dritten Akt war die Beule zum Geschwür erblüht, bläulich vom Fußknöchel bis zur Wade und auf seine Weise ganz sympathisch. Wenigstens Stewart fand das, als er es versorgte und verband und den alten Mann ein wenig zur Ader ließ, weil der es wünschte. Der Diktator gab einen unerwartet gutmütigen Patienten ab. Er legte sein Bein auf einen Sessel, ließ die Jalousien schließen und den turbulenten Unsinn, den das Theater darstellte, mit seinen aus Madrid importierten Schauspielern und aus Paris importierten Roben, an sich vorüberströmen.

Und eben wegen des Theaters nahm niemand davon Notiz, dass er sich nicht mehr auf den Straßen zeigte und dass sein persönlicher Metzger aufgehört hatte, Schulterladungen von Fleisch an die Hintertür zu liefern.

»Koteletts!«, sagte dieser. »Nichts als Koteletts und Brühe.« Und so breitete sich die Erkenntnis allmählich aus. Die Frauen, die Ballen von Georgette und *satin de Chine* entrollt hatten, ließen die Stoffe auf den Schoß sinken und rührten sich nicht mehr. Aus der Erkenntnis wurde ein Gerücht, und aus dem Gerücht eine entsetzliche Tatsache – er lag im Sterben. Er lag im Sterben! Und mit schuldbewusster Hektik nähten sie weiter, als stichelten sie ihm ein seidenes Sterbehemd. Angst sickerte in die Stadt. Carmencita Cordal begann schlafzuwandeln und wurde im Freien gesichtet, nackt oder blutverschmiert oder weiß gekleidet. Am Morgen entdeckten die Leute zwischen Tür und Türsturz eingeklemmte Blumen und Kränze, die den Fluss hinuntertrieben. Rinder starben an rätselhaften Wunden. Elisa sandte ihre Körpermaße per Privatkurier an das Couture-Haus Worth.

Am Abend der Eröffnung fehlt noch immer das Dach. Die Guaraní stehen, geisterhaft in ihren weißen Kitteln, auf dem Theaterparkett, und um sie her ragen die Mauern schier bis zu den Sternen auf; ein gigantischer Taubenschlag, wo es in jeder Nische von Samt und Plüsch rauscht. Steif betritt der alte López seine Loge, und zu seinen Füßen seufzt das Publikum auf. Er setzt sich. Weder wendet er sich um noch ergreift er das Wort. Neben ihm das stumpfe, glotzende Gesicht seiner Frau und seine überspannten Töchter in ihren Krinolinen, von Bändern und Zickzacklinien starrend, fett und festlich wie bayerische Ostereier.

Die Loge, in der sie Platz genommen haben, liegt sonderbarerweise abseits der Mitte. Die Loge genau in der Mitte, die größte, steht leer. Das wirkt ein wenig so, als hätte man einen Tic im Augenwinkel, aber egal. Das Stück beginnt.

Zunächst vermag Stewart nicht zu erraten, wie das Publikum es aufnimmt oder ob es überhaupt weiß, was es da sieht. Die Szenen trudeln vorbei – eine im Wald verirrte Maid. Eine zärtliche Szene mit dem verletzten Löwen (Bermejo mit Schwanz), eine galante Szene mit ihrem rettenden Guaraní-Prinzen (der sehr weiße Engländer Kapitän Thompson).

Die Indios bleiben atemberaubend still. Gefällt es ihnen? Vielleicht haben sie nicht eigentlich eine Meinung, oder noch nicht. Vielleicht ist das Stück für sie einfach etwa so interessant wie ein unbekanntes Tier, eins mit drei Beinen oder mit fünf. Doch nein – im Parkett kommt Gemurmel auf. Die spanische Maid tritt ihrem Vater entgegen, dem Conquistador. Er sei zu grausam, sagt sie, und jemand ruft laut etwas dazwischen. Ein Stiefel, ein echter, teurer Stiefel, wird auf die Bühne geschleudert. Dann ein allgemeines Schhh!, dann neuerliche Zwischenrufe, auch von Frauenstimmen. Die Maid beweint die Misere des Indio, und ihr Vater weist sie verächtlich zurück – auf den Stehplätzen wird gezischt. Sie bietet ihm trotzig die Stirn – sie rufen Hurra und spornen sie an. Er stolziert in den Kampf davon – die Menge tost vor Verachtung.

Es gefällt ihnen.

Danach die Pause. Was das ist, weiß auf den Stehplätzen niemand so recht. Sie nehmen sich ein wenig töricht aus, während die besseren Herrschaften in den Logen ihren Maté herumreichen und sich in Pose setzen. Dann geht ein Raunen durch die Menge. In einem klar bestimmbaren Augenblick wenden sich alle der Loge in der Mitte zu, welche soeben lächelnd die bemerkenswerteste Erscheinung betritt, die sie je erblickt haben.

Ooh.

In die lang anhaltende Stille hinein erhebt sich Monsieur Cochelet, der französische Gesandte, und verneigt sich. Nicht die Diplomatie befiehlt ihm dies, sondern die Seele. Sämtliche Ausländer erheben sich, einer nach dem anderen. Wäre Elisa ein Pferd, sie wären versucht, vor einem so edlen Geschöpf zu salutieren. Aber sie ist kein Pferd – sie hat sich selbst erschaffen, und der Frau, der diese Schöpfung gelang, wie auch der Frau, die diese Schöpfung *ist*, gilt die tief empfundene und zugleich ironische Hommage der Herren, als habe sie sich in ihrer Schönheit zum überirdischen Wesen aufgeschwungen.

Ihr Kleid besteht, so scheint es, aus Goldgespinst. Ihre Unterkleider haben die Farbe von Lapislazuli, die Farbe, die der Nachthimmel annimmt, wenn er erglüht. Fünf Trauben von Brillanten drängen sich um ihre Kehle, und ein voluminöser Saphiranhänger hängt ihr über die Corsage, so tief, dass er sich in ihren Schoß schmiegt, wenn sie sitzt. So viel Geld!

Stewart findet sich, wie alle anderen, stehend wieder und beugt sich vor, um ihren Blick zu erhaschen. Eine Frau, der er die Hand geküsst hat. Sie gehört ihnen allen. So zärtlich ist sie zu den Armen, den Verkrüppelten, den Kranken, dass man meinen könnte, eine Berührung von ihr genüge, sie heil werden zu lassen. Doch nein. Darum ist ihr Lächeln traurig, sind ihre Augen so weise. Andere müssen leiden, während sie nur segnen und ihnen ihre Schönheit zum Trost darbieten kann.

All dies bringt spürbar Stewarts Blut zum Wallen, und er weiß, dass er ein Narr ist. Doch er ist nicht der einzige. Hingerissen schaut die Menge zu, wie Elisa den Saphir hochnimmt und ihn öffnet. Was kann sich nur darin befinden? Er stellt den Zusammenhang zwischen allem her, als würde das gesamte Theater wie ein hauchfeiner Schal in die Welt hineingesogen, durch dieses reine blaue Tor. Sie blickt hinein – mit kalkulierendem Blick. Es ist eine Uhr, eine unglaublich kleine Uhr. Wozu auch sollte irgendjemand hier schon um die Stunde oder die Minute wissen? Elisa lässt den Anhänger unbekümmert offen, aufgeklappt wie eine Auster auf dem blaugoldenen Kissen ihrer Röcke, und Zeit breitet sich im Theater aus, kostspielige, präzise tickende Zeit. Es ist an der Zeit, dass die Pause endet, an der Zeit, das Stück wieder anheben zu lassen. Es ist Zeit für die Kampfesszene.

»Ein Aufstand«, hieß es später. »Der reinste Aufstand.«

Auf den Stehplätzen drängen sich die weiß gekleideten Indios nach vorn und heben das Gesicht der Bühne entgegen, alle in dem gleichen erschreckenden Winkel, während Männer mit hölzernen Schwertern aufeinander einhacken und »Kruzitürken!« oder »Da hast du dein Fett!« schreien. Anfangs kommt es von nirgendwo, dieses leise Murren, das raue Wehklagen von jemandem, der dem Bühnengeschehen auf den Leim gegangen ist (dort oben verlieren sie – die Indios von 1750), und dann kommt es von überall, ist allgegenwärtig – die Menge knurrt.

Wenige Leute hier haben das Meer gesehen, seine gewaltige trauervolle Weite, wer also könnte die Wellen von Tönen beschreiben, die ohnmächtig gegen die Proszeniumsmauer branden? Ein paar der Reichen sind gereist, doch während sie auf die Bühne schauen, spüren sie, wie die rohen Laute ihnen durch die Stiefel tief in ihre eigene Kehle dringen. Was die ausländischen Diplomaten, die Ingenieure und Eisenbahnfachleute angeht, so hören sie das Tosen nicht einmal – so gebannt sind sie von dem Eindruck, dass die Leute auf der Bühne offensichtlich nicht schauspielern können und daher wohl im Begriff sind, einander wirklich umzubringen.

Und als die Bühne voller Leichen und Schweineblut ist, da verebbt die Flut.

Gott sei Dank gibt es da noch die Handlung, denkt Stewart, als die Maid in den offenen, staunenerregenden Raum hinausschreitet, um ihren (sehr weißen) Geliebten als den Guaraní-Fürsten zu demaskieren, der er ist. Und so nimmt das Theaterstück in seiner ganzen lieblichen Bedeutungslosigkeit seinen Lauf. Die Kerkerszene, das Duett durch das Gitter hindurch, das Exekutionskommando, das mächtige Brüllen des errettenden Löwen, das kurze allegorische Erscheinen des Königs von Spanien (der alte López in seiner Loge ist toter denn je), Vergebung, Buße, Tränen und …

Nein, kein Applaus. Stille.

Warum klatschen sie bloß nicht? Die Wahrheit ist, dass die meisten von ihnen nicht wissen, dass sie es tun sollten, und die übrigen richten sich nach dem alten López. Der alte López aber sitzt reglos da, und die himmlische Elisa Lynch in ihrer Mittelloge blickt lediglich selbstgefällig drein, als ob sie sogar dies erschaffen hätte.

Der Diktator erhebt sich, um zu gehen. Vielleicht weiß er, dass ihn das Stück getötet hat. Oder vielleicht auch nicht – in diesem Augenblick bezeugt er weder Verwerfung noch Geringschätzung; er ist schlicht ein Mann, der sich unter Schmerzen zum Gehen wendet. Es bedarf eines Ausländers, des jungen Dichters Hector Varela, der dieses Abends wegen eigens aus dem fernen Buenos Aires herbeigereist ist, um den verschlagenen, rebellischen Akt des Beifalls auszulösen, der sich in der Menge kurz fortpflanzt und dann endet.

Kurz vor dem Morgengrauen trat die Krise ein. Sie traf ihn in die Brust. Und damit einher ging, wie er Stewart mitteilte (der noch im Abendanzug war), ein übernatürlicher Ansturm von Grauen.

Als Stewart auf das Blatt sah, das ihm Miltón (oder war es ein anderer Indianer?) am nächsten Tag übergab, war sein erster Gedanke, Elisa wolle wissen, wann der alte Mann sterben werde.

»Bitte kommen Sie.«

Er las das Billet und bockte. Er trank ein Glas Madeira. Dann brüllte er nach seinem Pferd und suchte mit dem Fuß den kreisenden Steigbügel (er war ein Idiot, sie lag im Sterben!). Er versuchte den Ritt hinaus nach La Recoleta in die Länge zu ziehen, aber schließlich war die Straße dorthin die einzige Gerade im

Land, und das Pferd legte die Strecke im Galopp zurück und beförderte ihn verschwitzt vor Elisas Tür.

Er wurde in den Salon geführt – der tatsächlich einen herrlichen Anblick bot: Es dauerte einige Momente, bis seine Augen sich daran gewöhnt hatten, und noch einen, bevor er merkte, dass Elisa bereits anwesend war und auf einer Ottomane inmitten ihrer Gegenstände prangte. Zunächst hielt er sie für ein weiteres Kunstobjekt; die Woge von grauer Moiréseide um sie herum ließ ihr Gesicht so winzig erscheinen. Aber es war Elisa, und sie war sehr blass.

Zu seinem Schrecken dachte der Arzt, dass sie verloren oder am Ertrinken sei, dass sie vielleicht unter dem Gewicht von allem zu Grunde sinken würde. Er trat zu ihr hin. Sie reichte ihm die Hand, als wäre es gestern gewesen.

»Was immer ich tun kann«, sagte er und küsste ihr die Hand.

»Können Sie ein Geheimnis wahren?«, fragte sie. Und nun lächelte sie.

Alles war so rasch geschehen, dachte er später. Als ob sie beide es vorhergesehen hätten, diesen Raum, sein Vorwärtstaumeln, ihre Hand unter seinem Mund. Eine Verständigung fand statt, doch worüber, konnte er nicht erraten. Und daher folgte er ihr den Korridor entlang zu einer fernen Tür, ohne zu ahnen, was sich dahinter befinden mochte, außer, dass es alles sein würde, und als sie davor standen, drehte sich ihm schier der Kopf. Mit einem ernsten Blick wandte sich Elisa zu ihm um. Und dann öffnete sie die Tür.

Stewart hatte keine Ahnung, wann sie gegangen war. Etwas Graues vibrierte neben ihm, und als er hinschaute, war sie fort. Vor ihm saß in einem Sessel eine gut gekleidete Frau. Vielleicht stammte ihr Kleid von Elisa, ein rosa Seidenkleid, dessen Rockschichten so angeordnet waren, dass sie an eine Rose erinnerten. Der Rosaton, dachte Stewart, ist falsch. Er hob die Röte im Gesicht der Frau hervor, vielmehr die Röte des Fleisches dort, wo sich ihr Mund hätte befinden sollen. Und auch, wo sich ihre Nase hätte befinden sollen, sich jedoch nicht befand.

Die Augen glaubte er zu kennen. Freilich, es waren die Augen einer jeden Frau, die den Tod zur Tür hereinkommen sieht. Oder vielleicht sehen sie das Leben? Die verzweifelten Augen der Sterbenden, die sich nach etwas sehnen – und das könnten Sie sein, Doktor Stewart.

»Francine«, sagte er.

Die Tränen der Frau peinigten die offene Wunde ihres Gesichts, und er sagte, sie möge bitte aufhören zu weinen, wenn sie könne. Am Kinn drehte er sie ans Licht und bekam sie dazu, dass sie dasjenige, was von ihrem Mund übrig geblieben war, öffnete, damit er den Zustand ihres Rachens abschätzen konnte. Es war ein klassisches Bild, mit Geschwulsten in Nasen- und Mundhöhle, Entartung der Stimmbänder. Er legte die Finger auf den eigenen Mund, für den Fall, dass sie versuchen wollte zu sprechen.

»Sie hatten vor einigen Jahren eine Hautläsion«, sagte er, und sie nickte. Und dann begann er, ihr mitzuteilen, was sie bereits wusste.

Elisa war nicht zu sehen, als er das Zimmer verließ. Auf dem Korridor stand ein Indio – fast sicher Miltón, der ihm das Rezept abnahm und es ziemlich dreist laut vorlas. Um einer so unerwarteten Kenntnisfülle etwas entgegenzusetzen, sagte Stewart:

»Lutzomyie, wissen Sie«, und Miltón sagte:

»Sandfliegen. Sie lieben weißes Fleisch.«

Stewart wünschte, Miltón möge aufhören, vulgär und gewitzt zu sein, und wieder zum Indio werden, und dieses aufreizende Gebaren beschäftigte ihn auf dem gesamten Rückweg zu der Flasche mit rohem Zuckerrohralkohol zu Hause. Er hatte auch Scotch, doch für Scotch war dies kein passender Anlass. Scotch würde ihn zum Flennen bringen.

Und am nächsten Tag traf ein Geschenk ein, von Elisa – ein Korb voller Kirschen, so rot wie eine alte Wunde, und ihre zarten Stiele, ihre pralle dunkle Haut stellten kein größeres Wunder dar als das Eis, auf dem sie ruhten.

Bei seiner nächsten Visite in La Recoleta traf er Elisa im Patio an, wo sie mit dem einzigen Sohn von Juana Pesoa, der verlassenen Mätresse von Francisco López, Diabolo spielte. Der Arzt bemerkte die verstörten, glühenden Augen des Jungen (der für solche Spiele viel zu groß war) und stockte.

»Na los, jetzt lauf schon!«, sagte Elisa, und in unbeholfen gespielter Kindlichkeit flitzte der junge Mann ins Haus.

»Das arme Kind«, sagte sie, als er verschwunden war. »Seine Mutter liegt im Sterben, wissen Sie.«

Wie vollendet sie das sagte – vielleicht meinte sie es gut. Und in des Doktors Schweigen hinein ergriff sie seinen Arm und sagte:

»Wissen Sie, Doktor Stewart, ich bin die glücklichste Frau in Paraguay. Darum halte ich mich daran wie an ein Motto: Man muss stets *einbeziehen.*«

Stewart betrachtete ihre Vögel. Tatsächlich, es gab hier, an eine Stange in der Ecke gekettet, einen Geier, und er war sehr schön. Stewart widerstrebte es, die Frau an seiner Seite zu berühren. Ihm widerstrebte ihre Hand auf seinem Arm.

Sie erkundigte sich nach seinem Quartier – ob er einen Garten habe? Und seine Tante, ob sie wohlauf sei? Als all dies nichts half, gab sie einem Diener ein Zeichen.

»Sie müssen Pancho kennenlernen«, sagte sie.

Ihren Sohn. Dessen Herz er durch die dicke Haut dieser Frau hier hatte flattern hören. Inzwischen musste er vier oder fünf sein. Dem Klatsch nach eine kleine Bestie, die seine Amme biss und nicht lesen lernen wollte, doch als Stewart ihn auf der Schwelle erscheinen sah, fand er ihn rein – reiner, als es Kinder normalerweise sind, rein wie eine Flamme. Und nun bot seine Mutter ihre Szene dar. Sie lief auf den Kleinen zu und schloss ihn in die Arme; beugte ihr reizendes Knie, tauchte ihre reizende Seide in Staub. Das Kind kämpfte sich frei und fing an zu reden, und der Winkel ihrer Gesichter zueinander war so vollkommen, die Distanz zwischen ihnen so licht, so behutsam, dass Stewart ihr verzieh – welches Vergehen, das wusste er noch nicht. Dies war das Gegengift. Dies wollte er. Dies. Besitzen wollte er – nicht den Körper einer Frau, sondern die stille Sphäre zwischen ihrem hinabgebeugten Gesicht und dem aufblickenden ihres Kindes. Eine von Wangen und Wimpern, von lächelnden Mündern und hoffnungsvollen, beruhigenden Augen geschaffene Sphäre. Er wollte keine Frau besitzen – nicht einmal diese hier, Elisa Lynch –, sondern er wollte irgendeiner Frau seinen Sohn schenken. Oder ihn irgendeiner Frau entziehen.

Nach diesem sentimentalen Überfall gelangte er zu der Einschätzung, dass Francine durchaus gut behandelt wurde; dass sie ordentlich ernährt und in einem Zimmer gepflegt wurde, das klein, aber reinlich war – dass sie einen normalen tristen Fall von Problemen, Symptomen, Linderungen darstellte, einen Fall von Tropenkrankheit; einen normalen, hoffnungslosen Versuch zu sterben.

Auf der anderen Seite der Stadt ließ sich der alte López Zeit. Er war niemals dünn gewesen, jetzt aber wirkte er fett, zumal an seltsamen Stellen. Seine Lider wurden schwer und unbeweglich, seine Ohrläppchen schwollen an. Stewart behandelte ihn mit diuretischen Mitteln, mit Löwenzahnpuder und Digitalis, und der Alte pisste eimerweise. Er blähte sich auf, pisste sich dünner, blähte sich wieder auf, und Stewart, dem flüssige Genüsse und ebensolche Leiden nicht fremd waren, stellte fest, dass er eine trockene Phase durchlebte. Er wurde dabei gesehen, wie er in trunkenem Zustand seine *caña* auf die Straße leerte, sodass der ordinäre Wein in den Staub gluckerte und spritzte. Wenn er beduselt war, verabscheute Stewart alles Alkoholische, und wenn er nüchtern war, schätzte er Tee nicht sehr.

Überhaupt waren die Gerüchte über seine Nüchternheit zeitlich verschoben. Er hörte zu trinken auf während der ersten Krankheit des Diktators, als die Geschwüre dessen Körper sozusagen verflüssigten. Stewart hörte einmal auf, dann erneut. Insgesamt hörte er sechs- oder siebenmal auf. Aber wirklich Schluss machte er (zum letzten Mal, zum ersten Mal ernstlich) erst an jenem Abend im Theater, als er beim Verlassen des Gebäudes Venancia Báez streifte, die Maid.

Oder vielleicht war das auch nur die Geschichte, die er sich um diese Zeit selbst erzählte – dass die beiden Gründe dafür, dass er nüchtern wurde, die beiden Augen von Venancia Báez waren, braun wie die Selbstvergessenheit, so braun, wie Schwarz braun ist (oder, wie er zu sagen pflegte, nachdem sie verheiratet waren, so braun wie Affenaugen, verspielt und weise). Denn die Geschichte veränderte sich, als sie sich mitten im Krieg befanden und die liebliche Venancia quengelig und kleinlich wurde, weil ihr der Krieg nicht passte und sie keinen Grund sah, warum er ihr passen sollte. Der Krieg brachte sie dazu, Sachen zu hamstern und fett zu werden, und wenn Krieg herrschte, konnte sie sich nicht der Liebe hingeben, konnte sie nicht lieb sein, nicht einmal zu ihren eigenen Kindern. Als dies passierte, kam Stewart zu dem Schluss, dass doch die Krankheit des Diktators ihn dazu bewegt hatte, das Trinken sein zu lassen, denn dieses Blutbad, diese Vergeudung, die es bedeutete, dieser neben ihm auf dem Fußboden wachsende Haufen von Gliedmaßen, die er von Verwundeten einsammelte – das alles gab ihm das Gefühl, lebendig zu sein und unverdünnt zu existieren. Die ersten Kriegstage machten ihn zu einem so einfachen Menschen, dass er glaubte, er habe sein wahres Ich gefunden; dass all die Irrwege und scheinbaren Sackgassen in seinem Leben ihn hier hergeführt hatten und er sich somit doch stets für die richtige Fährte entschieden haben musste.

In einer weiteren Geschichte ließe sich sagen, dass Stewart das Trinken schlicht satter hatte als sich selbst – was immer eine diffizile Gleichung ist. Eines Nachts erwachte er davon, dass seine tote Mutter ihn streichelte, und stellte fest, dass ein Hund an dem Erbrochenen in seinem Haar leckte – und was in ihm nachklang, was siegte, könnte man sagen, war seine Mutter und nicht der Hund. Dies stellte eine Geschichte für sein Alter dar, als seine – so lange vergessene – Mutter wieder bei ihm war, ohne jemals zu verschwinden.

Doch mit welcher Geschichte oder Lüge darüber Stewart im Lauf der Jahre auch aufwartete, Tatsache war, dass Stewart sich an englischen Tee und an die ständige Behandlung der aufgedunsenen Gestalt des alten López gewöhnte. Und wenn er sich nicht an dessen Bett aufhielt, dann in Romanmanier unter dem Fenster von Venancia Báez. Er hofierte ihren Vater wie eine Frau und ließ sich seine Liebesbriefe von einer der alten Jungfern aus der Familie Cordal verfassen, die all ihre Träume hineingoss und mit der Form vertraut war.

Von jener ersten Begegnung im Theater an sollte es zwei Jahre dauern, bis er die entblößte Brust von Venancia Báez wiedersah, bis ihm ein Blick auf ihren nackten Hals und die Haut ihrer reizenden Arme gegönnt war. An jedem Sonntag betrachtete er sie, wenn sie auf dem Weg zur Messe war, verborgen unter einer schwarzen Spitzenmantilla und von ihrem schweren Samtkleid überwuchert wie von Moos, und manchmal fragte er sich, ob sich ihr Körper darunter nicht verändert hatte. Im Geiste dichtete er ihr Leiden an: einen Kropf, der gegen die Perlen drückte, die sie an jenem Abend getragen hatte, eine sich ausbreitende Schuppenflechte, ein schwindsüchtiges Rasseln, das ihre schönen, unbelasteten Lungen dahinraffte. Zudem hatte er sich in ein Kind verliebt, und sie wurde allmählich zur Frau. Nichts konnte er tun, um dies zu verhindern oder anzuhalten – er saß in der Klemme zwischen seinem Verlangen nach dem, was er bereits verloren hatte, und seinem Verlangen nach dem, was er vielleicht gewinnen konnte, und das machte ihn wahnsinnig, als wäre er zugleich in die Zukunft und in die Vergangenheit verliebt, und seine Tage welkten pflanzengleich dahin, während irgendwo in ihrem tiefen, kühlen Hause Venancia Báez erblühte.

Das Theater war mittlerweile geschlossen. Letztlich war es doch ein Freudenhaus, und wer konnte an solche Freuden auch nur denken, wo man den Tod des alten López erwartete? Er musste nahe sein – der Arzt war nüchtern, er wurde nüchterner von Tag zu Tag, und allenthalben herrschte eine rasende Gelassenheit.

Vor seinem Fenster mit den geschlossenen Jalousien schien das Land stillzustehen, und doch stürmte es gleichzeitig vorwärts. Eisenbahnlinien schlängelten sich in die Landschaft hinaus, ein Gleisstück nach dem anderen wurde mit zunehmender Geschwindigkeit verlegt, geradeso, wie eine Frau schneller strickt, bevor ihr die Wolle ausgeht. Ununterbrochen kamen die Befehle – oder bildete man sie sich nur ein? – aus dem abgedunkelten Raum, in dem der alte López wassersüchtig darniederlag. Es war, als verleihe seine Schwäche ihm Allmacht. Doña Paula, seine Gattin, nahm den ihr würdigen Platz als Cerberus vor seiner eisenbeschlagenen Tür ein und verwehrte den Zutritt manchmal selbst ihren eigenen Söhnen, die wie geprügelte Welpen umherschlichen und einander auf der Straße schnitten.

Überall in Asunción ritten die Menschen auf dieser mächtigen Welle, ohne zu erkennen, dass der Gezeitenwechsel kurz bevorstand. Der nächste Präsident, hieß es, werde ein Cordal sein, Francisco, hieß es, sei am Ende, und man ergötzte sich an der bevorstehenden Demütigung von Elisa Lynch. Jeden Tag nun war dies fällig. Jetzt war es so weit. Sie wurde des Nachts gesichtet, wie sie mit einer Kiste Gold davonfuhr. Sie wurde mit den Malen von Schlägen gesichtet. Sie war sichtlich von Krankheit gezeichnet.

Wenn Stewart sich in dieser Zeit nach La Recoleta hinausbegab, fand er eine vor Angst erstarrte Elisa vor. Francisco saß in dem Salon in der oberen Etage und stierte in die Ferne, als lausche er den mühseligen Atemzügen seines Vaters auf der anderen Seite der Stadt. Eines Nachmittags wartete ihm Elisa nicht selbst auf, sondern schickte ihren Sohn quer durch den Salon, mit der zerbrechlichen Last eines Glases Cognac für die Zähne seines Vaters. Elisa gab ihm einen Klaps aufs Hinterteil, als schicke sie ein Spielzeugschiff hinaus aufs Wasser, und das kluge Kind begab sich auf die lange Reise zum Sessel seines Vaters. Vor dem alten Bullen blieb es stehen, der Cognac funkelte in der Sonne auf, sein Vater sah das Kind an und es erwiderte den Blick mit einem entzückend ernsten Lächeln. Für einen Augenblick, dachte der Arzt, stand alles auf der Kippe – ob López das dargebotene Glas nehmen oder es dem Jungen aus der Hand schlagen würde. Dann wuchtete López sich herum und stützte sich auf die Sessellehne, wie um sich auf die Füße zu hieven. Und dann sackte er zurück.

»Auf den Tisch«, sagte er und meinte das Tischchen neben sich. Vorsichtig setzte der Kleine das Glas ab, und mit einem matten Stiefeltritt auf das Hinterteil bugsierte López ihn zu seiner Mama zurück.

»Wird Zeit, dass wir dir die Haare schneiden«, sagte er. »Was, Pancho?«

Er zeigte Stewart ein Stück Papier – das allererste Eisenbahnbillet für die erste Eisenbahn in ganz Südamerika. So stolz war er darauf, dass er es nicht aus der Hand geben wollte. Er befingerte es und strich es auf seinem gewölbten Schenkel glatt, bis er zu seiner Überraschung sah, dass er es zu einer festen kleinen Zigarre gerollt hatte, die er, als der Arzt sich gerade empfahl, Elisa ins Dekolleté schnippte.

Und: Er liebt sie, dachte Stewart. Er liebt sie also doch. Denn sie hatten – über das geheime Einverständnis in dem geteilten Salon und Bett hinaus – einen Blick getauscht, den man sehr wohl »Liebe« nennen konnte: sanft, ungestüm und vollkommen leer. Stewart fielen die Geschichten ein, die nun kursierten – dass Elisa für Francisco die Töchter von Besitzern ferner Plantagen besorge; dass sie zusammen mit deren Vätern überprüfe, ob sie auch jungfräulich seien, als kaufte sie junge Kühe; und dass diese Mädchen ihm nicht die gewohnte Befriedigung verschafften. Ihn vielmehr traurig machten. Elisas »lieber Freund« liebte sie. Was blieb da noch zu sagen?

Francine, die Zofe, starb röchelnd. Der Krebs, der Franciscos früherer Mätresse Juana Pesoa ureigener Besitz war, fraß sich durch ihre Bauchdecke, und sie starb einen entsetzlichen Tod. Und der alte López lebte wieder auf, nur um ein bisschen mehr zu sterben. Seine Töchter wuschen den Leib des Diktators bis zur Gürtellinie, um die untere Hälfte kümmerte sich seine Frau. Die gebrauchten Waschlappen wurden an einem unmarkierten Ort vergraben, und vor des Diktators Tür stritten sich die Priester. Dann – es mochte an dem unaufhörlichen, aufreizenden Gebimmel der Kathedralenglocken liegen oder an dem ersten Eisenbahnzug, der vor Enthusiasmus über das Ende der ersten Gleisstrecke hinausschoss – doch von irgendeinem Punkt an wurden die Leute das Sterben des Diktators leid, und mit der Langeweile kam Hass auf und das Bedürfnis, aus seinem entsetzlichen Griff befreit zu werden. Es war an der Zeit, die Schnellen von den Toten zu trennen. Es war an der Zeit, wieder zu singen und mit einer Flasche auf dem Kopf zu tanzen. Die Zeit für Elisas Picknick war gekommen.

Sie gab es an Bord der Tacuarí.

Als Stewart seiner (nun endlich Verlobten) Venancia Báez den nachmittäglichen Besuch abstattete, nahm er erstaunt die Karte in Augenschein, die sie ihm bebend zur Billigung entgegenstreckte. Es war ein dicker Karton mit Goldrand, wie Stewart ihn schon oftmals gesehen hatte – wenngleich nicht, wie ihm stechend klar wurde, seit er in Asunción angekommen war.

»Und was hat das mit mir zu schaffen?« fragte er, verärgert über sein Heimweh nach dem Leben, das er hinter sich gelassen hatte – eines, in dem es solch wundervoller, alltäglicher Objekte viele gab. Venancias Tante, die in einem Zimmerwinkel döste, schlug ein kaltes Auge auf.

»Du musst hingehen, wenn es dir Vergnügen bereitet«, sagte er und wusste bereits, als er es aussprach, dass es um Vergnügen hier nicht ging. Venancia presste die Karte an die Brust und warf ihm einen braunen Blick zu. Die Einladung war im Namen von Elisa Lynch ergangen.

Fünfzig baskische Bauern waren jüngst in Asunción eingetroffen, hockten am Pier und warteten darauf, zu einer Waldlichtung flussaufwärts verschifft zu werden. Die Lichtung würde Nueva Bordeaux getauft werden. Es würde eine Fiesta geben. Die Männer würden über Land anreisen, während die Damen sich auf dem Wasserwege in die neue Stadt begeben würden, und auf dem Fluss würde ein prächtiges Picknick abgehalten werden.

Mittlerweile war an die Stelle der mühseligen Atemzüge des alten López ein milchig-rötlicher Schaum getreten. Am Pier schaufelten die Basken die Luft vor ihren Gesichtern hin und her und machten ungläubige Glotzaugen, als die Jungfern und Matronen zwischen den frisch eingetroffenen Stoffballen hindurchtrippelten. Ein weiteres Kleid. Ein weiteres für die Leiche ihrer Tugend zu stichelndes Hemd. Der sonderbar elegische Akt, zwischen Crêpe de Chine und Glacéseide zu wählen, die vor ihnen hingegossen lagen wie herrliche Teiche. Sie befühlten die Stoffe, begehrten sie und ließen die Finger davon, als ob sie schon prächtig verheiratet wären, nur alle mit dem falschen Mann.

Stewart wies Venancia an, Blau zu tragen. Er wies sie an zu lächeln. Sie müssten nun an die Zukunft denken, sagte er, sie müssten ihre Chance nutzen. Sein Ehrgeiz überraschte ihn. Natürlich tat er es für sie – für die liebliche Venancia, die ernährt, behaust und aufs Feinste eingekleidet werden musste –, und darum warf er es auch ihr vor; denn der Preis für Venancia, der Preis seiner Zukunft, bestand darin, dass er sich auf eine solche Weise vor den gescheiten Augen von Elisa Lynch beweisen musste.

»Aber ich bin es doch, die beschämt sein wird«, sagte Venancia. In diesem Falle, erwiderte Stewart, werde sie nicht die

Einzige sein. Das munterte Venancia ein wenig auf, denn es stimmte: Jede Frau, die sie kannte, würde sich auf diesem Schiff befinden. Noch Monate danach würden sie darüber reden.

In Wirklichkeit aber sprach von Elisas Picknick auf dem Fluss, sobald es stattgefunden hatte, keiner. In »Nueva Bordeaux« schwangen die Männer Reden, tranken und trieben mit einer lebenden Ente etwas Baskisches, während sie das Eintreffen der Damen erwarteten. Doch die Damen trafen nicht ein, und eine gewisse Zeit vor Einbruch der Dunkelheit ließen die Männer die neuen Siedler mit einem Haufen von Vorräten (ein paar kostbaren Eisenspaten, Säcken voller Saatgetreide, das schimmeln würde, Säcken voller Maniok, den sie zur falschen Zeit pflanzen würden) auf ihrer Lichtung zurück und ritten heim. Es war von einem Zusammenstoß auf dem Fluss die Rede, von sich verlagernden Sandbänken, als sie jedoch um eine Uferbiegung kamen, erspähten sie die Tacuarí. Die Feuer auf dem Schiff waren gelöscht, die Takelage war leer. Der Kapitän hörte die Männer rufen und antwortete mit einem Tuten des Nebelhorns, und gemächlich drehte sich das große Schiff dann in die Strömung, stieß ein träges Dampfwölkchen aus und folgte den Reitern zurück nach Asunción.

Die Männer warteten am Pier auf ihren weiblichen Anhang. Sie sahen die Damen im Gänsemarsch von Bord gehen. Sie halfen den Damen in Kutschen, hoben sie vor sich aufs Pferd oder nahmen, wenn die Pferde müde waren, den Zügel in die eine und ihre Frau an die andere Hand. Und wenn ihre Frau erschöpft war, legten sie ihr den Arm um die Taille, und so füllten sich die Straßen auf derlei leichtfertige Weise mit Paaren, ihnen nachzockelnden Pferden und nachzockelnden Dienern, die Männer stumm, die Frauen wacklig auf den Beinen und leise weinend – oder lachend, wie es einige taten –, bis sich das triste

Bacchanal vollends aufgelöst hatte und die Türen ihrer Häuser eine nach der anderen geschlossen worden waren.

Und keiner sprach darüber. Nicht eine Silbe.

Natürlich klatschten die Frauen auch nach dem Picknick noch, die Männer brummten noch immer vor sich hin und spieen aus, aber in die Ritzen zwischen ihren Worten sickerte Schweigen ein, bis schließlich den Worten selbst jeglicher Zusammenhang abhanden kam. Alles klang nun wie ein Scherz vor einem leeren Raum.

Stewart wagte den Vorstoß und bat um eine Zwiesprache mit dem kommenden Diktator Francisco Solano López. Diese wurde ihm gewährt. An dem angesetzten Tag wurde er in einen großen, weiß gekalkten Raum geführt, der nichts als einen großen Tisch enthielt. Auf dem Tisch lag eine dicke, bis zum Boden fallende Decke, über und über mit matten Goldfäden durchwebt. Über diese ausgedehnte Fläche hinweg sah Stewart sich López gegenüber, und in den Blicken, die sie einander schenkten, lag der gleiche müde Scherz. »Wer hätte das je gedacht?«

Wann immer López in dieser Zeit sprach, geschah etwas; wenn er sich bewegte, wich die Welt ihm aus. Zwischen Sehen, Wissen und Tun gab es nun keine Verzögerung mehr. Francisco Solano López war einfach geworden, und Stewart stellte fest, dass er wie zu einem Tier sprach, so gefährlich und so ungezwungen. Er bedauerte die beiden Narren von der Tacuarí, den eitlen kleinen Mestizen und sich selbst, den ganzen Stolz der Universität Edinburgh, überwältigt, sentimental und betrunken. Wo war er nur hin, dieser wirre junge Mann, der auf den Sumpf hinausgeblickt und gefunden hatte, was er suchte – endlich eine Wildnis, so groß, dass er darin sein Geheul ausstoßen konnte (denn der Salon seiner Tante war für diesen Zweck ein wenig zu klein). Was war in den dazwischenliegenden Jahren mit ihm geschehen? Härter und schwächer war er geworden, das war geschehen – und er hatte es Liebe genannt.

Als Venancia ihn fragte, wie die Begegnung verlaufen sei, antwortete er, er habe sich, seinem Wunsch entsprechend, den Posten des Generalfeldarztes der Armee gesichert. Er habe den Export von Maté erörtert und eine Lizenz zu außerordentlich günstigen Bedingungen erlangt. Ihre Zukunft, sagte er, sei nun gesichert. Er sagte nicht, dass er sein Leben verpfuscht hatte. Aber er wusste, dass der Gedanke, wenn er sich erst einmal in seinem Kopf eingenistet hatte, sich irgendwann seinen Weg hinaus bohren würde.

Stattdessen fragte er nach der wahren Geschichte von Elisas Picknick – noch grausamer wollte er Venancia gegenüber vorerst nicht sein. Sie ergingen sich in dem ummauerten Orangenhain hinter Venancias Haus, zwischen berauschend blühenden Bäumen. Ihre Tante saß ein wenig entfernt, und Stewart hielt es für nicht ganz unmöglich, Venancia hier im gesprenkelten Schatten rasch zu küssen. Vielleicht wurde es sogar erwartet, und so eindringlich schaute er ihr auf die Lippen, dass er ein wenig von den Worten abgelenkt war, die zum ersten Mal zwischen ihnen hervordrangen.

Venancia blickte zu Boden. Als sie sprach, tat sie es gleichmütig und federnd und ohne ihm in die Augen zu sehen.

Madame Cochelet war es gewesen, sagte sie, die die Damen geeint hatte, erstarrt wie sie angesichts der Demütigung waren, die sie an Bord der Tacuarí erwartete. Es gebe gewisse Dinge, hatte Madame Cochelet erklärt, die sie als Gattinnen vielleicht nicht vermeiden könnten; und dann gebe es gewisse Dinge, die sie – als Damen – einfach nicht tun könnten. Also müssten sie leiden und einen Kompromiss eingehen. Sie würden der Einladung Folge leisten. Sie würden gut gekleidet sein. Sie würden an

Bord der Tacuarí gehen wie zu einer *fête-champêtre* und nicht zu einem Begräbnis. Aber bei Elisa Lynch würden sie die Grenze ziehen.

Und so gingen sie am vorgesehenen Tag zu früher Stunde mit ihren Goldschnitteinladungen in ihren perlenbestickten Ridiküls die Gangway der Tacuarí hinauf, in jungfräuliches Weiß gekleidet, in grünen Damast, in rosa-graue Bonbonstreifen. Sie quetschten ihre Reifröcke zwischen den Geländern hindurch, lüpften sie vorn, damit sie hinten nicht unziemlich hochkippten, und als sie am Ende der Gangway ankamen, ignorierte jede Einzelne von ihnen die Person, die dort oben stand. La Concubina Irlandesa. Ihre Gastgeberin. Sie trug ein ganz aus Spitze bestehendes Kleid. Es schmiegte sich an ihren Hals und floss ihr bis über die Hände, wo ihm die Ringe, die sie trug, einem funkelnden Handschuh gleich, Einhalt geboten. Sie war *enceinte* – schon wieder –, was es ihnen irgendwie erleichterte, sich dünn zu machen und sich an ihr, ihrem Bastardbauch, ihren schamlosen Smaragden und dem himmlischen Duft, den sie trug, vorbeizuschlängeln. Elisa lächelte und begrüßte eine jede von ihnen, manche (wie schrecklich!) mit ihrem Namen. Nicht eine antwortete. Sie fühlten sich dazu nicht imstande, sagte Venancia, als Stewart (aus seinem Traum von Küssen erwacht) sie fragte, wie sie nur so störrisch hätten sein können. Sie *konnten* einfach nicht, sagte sie, und die Gänsehaut, die er auf ihrem lieblichen Unterarm wahrnahm, zeihte sie nicht der Lüge. Ihre Abscheu war physischer Natur. Venancia Báez, wurde ihm klar, vermochte Elisa so wenig zu berühren wie einen Kothaufen.

In einer Reihe zogen sie an ihr vorbei, sagte Venancia, und behielten die Nerven: sprachlose Mädchen und nervös feixende Frauen, die altjüngferliche Cordal mit ihrem jähen, gellenden Kichern und weniger bedeutende Närrinnen, die sich vorbeiduckten oder sich mit einem Satz an die gegenüberliegende Reling retteten. La Lincha wandte den Kopf, um mit dem Blick jedem vorbeikommenden Profil zu folgen, hier einer hochgereckten Cordal-Nase, da einem hervorquellenden, weiß gerandeten Augenpaar, das eine Tochter von Madame Cochelet verriet. Selbst ihre eigenen »Schwägerinnen« Rafaela und Innocencia (nun, wie sollte man sie auch nennen – »Mitsünderinnen« doch sicher nicht) fixierte sie kühn, während diese rasch an ihr vorbeisahen, um lauthals die Girlanden zu bewundern, mit denen die Masten geschmückt waren. Elisa hielt stand, das musste man ihr lassen, und immer wieder blitzte Stolz in ihrem Gesicht auf, als wollte sie sagen: »*Ich kenne dich.* Ich kenne deinen Mann, deinen Bruder. Sogar deinen Vater kenne ich. Sie erzählen mir Dinge, die sie dir nicht im Traum erzählen würden.«

Es war grauenvoll, sagte Venancia, und schwierig. Es war das Schwierigste, was sie je getan hatte. Einige von den Mädchen benötigten ihr Riechsalz, um auch nur die Gangway hinaufzukommen. Aber sie schafften es alle, und mit pochendem Herz und glitzernden Augen setzten sie sich, schwatzten fast wie gewohnt und genossen, als das Schiff vom Kai ablegte, das Wasser und die Brise.

Niemand an Deck wurde so wenig beäugt wie Elisa. Fünfzig Augenpaare weigerten sich, sie zu sehen. Fünfzig glatte Stirnen behandelten die Stelle, an der sie stand, wie Luft. Und so glitten sie dahin, bewunderten die beiden mächtigen Schaufelräder, die Luxuskabine mit ihrem angeschraubten, leicht modrigen Mobiliar, das dennoch so zierlich war, dass man hätte glauben können, das Schiff werde einen geradewegs nach Paris bringen, oder man werde Paris hinter der nächsten Flussbiegung liegen sehen. Sie saßen auf der Sonnenseite, denn La Lincha hatte die schattige Seite gewählt, und sie warteten auf das Picknick.

Venancia hielt inne, um zu schlucken. Und als sie begann, die Speisen zu schildern, die man vor ihnen aufgetragen hatte, da fiel Stewart ein anderes Mädchen auf der Tacuarí wieder ein, dass vom Essen geträumt hatte. Ihm fiel wieder ein, wie Elisa mit neunzehn nach Melonen gejammert hatte. Ihm fiel wieder ein, wie sie bei Tisch versucht hatte, gleichmütig zu essen, und wie sie die Vögel auf dem Wasser und die Tiere am Ufer betrachtet hatte. »Gedünstet«, sagte ihr Blick zu einem Reiher mit schneeweißer Brust. »Gebraten« zu einem schlafenden Tapir. Und zu einem springenden Fisch: »Gegrillt, mit Sauce Meunière.«

»Getrüffelter Truthahn«, sagte Venancia. »Œufs à la neige, in Pfeffer gebeizter Schinken, Räucheraal.« Zu jedem Gericht, das aufgetragen wurde, murmelte ein Majordomus Namen und Herkunft. Die Aale kamen aus Russland, der Schinken aus Xeriga, die Foie Gras aus Straßburg. Es gab auch Sachen, die nur vorgeblich aus Europa kamen, was aber wahrscheinlich nicht stimmte – ein gefüllter, gespickter Fisch namens »Hecht«, dessen Kopf aber eher harmlos und einheimisch wirkte, Rebhuhnflügel, die genau wie Tinamu aussahen, obwohl die Kastaniencremesauce roch, als wäre sie echt. Es gab Bries in Krebssauce, frischen Thunfisch, Platten mit Rogen. Es gab Champagner und Bordeaux und, für die weniger Beherzten, Sillabub, Negus und Punsch. Es gab mit Eis gefüllte Lederkübel, in denen Karaffen mit Erdbeer- und Ananassaft standen, es gab Flaschen mit Montbello-Wasser für solche, die zu Dyspepsie neigten. Immer weitere Gerichte wurden aufgetragen, Kalbfleisch mit fettem Speck im eigenen Saft, wundersam frühe Erbsen, Backwerk jeglicher Art, Huhn Marengo, ein Spanferkel. Auf einer riesigen Platte prangte ein Berg von Spargel, dem Majordomus zufolge in einem französischen Hafen an Deck eines Schiffes gesät und, unter Nutzung des vorgezogenen Frühlings bei der Reise über den Atlantik, auf hoher See herangezogen (Spargel gedeiht in salziger Erde, erläuterte Madame Cochelet später), sodass die Schößlinge, als sie im Hochsommer in Asunción eintrafen, an den Wurzeln weiß waren. Reif. Die Wirkung, die dieser grüne Hügel auf Madame Cochelet ausübte, war so stark, dass die Damen beiderseits von ihr sie an den Armen festhielten. Ob nun, um sie vor einer Ohnmacht oder vor ihrer Gier zu bewahren – in jedem Falle war ihnen allen klar, dass Madame Cochelet ihre Entschlossenheit bewahren musste, sonst wären sie alle entlarvt – auch wenn sie nicht wussten, als was. Nun aber trat Madame Lynch an die Tafel heran, um den Vorsitz über das Picknick zu übernehmen, denn schließlich hatte sie dazu geladen, und diejenigen, die ihr am nächsten saßen, wichen natürlich zurück. Glücklicherweise (so schien es zumindest in diesem Moment) hielt sich am Kopf der Tafel ein gemischtes Kontingent von Cochelets und Cordals auf, und sie bewiesen ihre Courage, indem sie Sekunden, bevor La Lincha das Buffet erreichte, die Reihen schlossen.

Madame Lynch unternahm einen Versuch, die Linie zu durchdringen, doch ihre Gegnerinnen hinderten sie daran, indem sie sich in Formation leicht hin und her bewegten. Da stand sie also und blickte auf die Reihe von Rücken, während den Frauen, vor Erregung ganz erhitzt, die nächste große Herausforderung Sorge bereitete – wie es erreichen, dass ihnen die Speisen serviert wurden? Madame Cochelet fällte eine Entscheidung für sie alle. Eigenhändig ergriff sie einen Teller und winkte den Majordomus zu sich, der einen bebenden Löffel in der Hand hielt.

»Danke«, sagte sie.

Der Spargel würde im nächsten Moment ihren Teller berühren, die Sauce Hollandaise tropfte schon auf die kühle Sèvres-Glasur, da ließ sich Madame Lynch vernehmen. Sie hob die

Stimme nicht, sprach aber in einem so reinen, klaren Ton, dass alle sie hörten.

»Miltón«, sagte sie (sie meinte den Mann mit dem Löffel), »wirf ihn über Bord.« Blitzschnell schleuderte der ungestüme kleine Indio das Utensil über die Schulter; der Spargel flog in weitem Bogen durch die Luft und teilte sich in sechs saftige Stangen, die sich langsam drehten (so sah es zumindest aus) und eine nach der anderen hinter der Reling verschwanden. In der nächsten Sekunde hörten sie das Plisch-plisch-platsch. Der Indio legte, fast wie belustigt, den Kopf schräg und sah La Lincha an, die seinen Blick in vollkommenem Einverständnis erwiderte und sagte:

»Alles.«

Und er klatschte in die Hände, klapp-klapp.

»Mal angepackt, ihr Mistkerle«, sagte er (natürlich auf Guaraní – eine Sprache, die zu verstehen keine Dame je zugegeben hätte), »schaffen wir das Zeug hier in den Fluss.« Sie drängten sich mit den Ellbogen durch den Kreis der mit angehaltenem Atem dastehenden Frauen, ein Diener für jede Schüssel – die sie hoch über die Köpfe der Gäste hoben und sodann, als sie voll Eifer zur Reling liefen, auf Schulterhöhe senkten. Manche warfen, um das Maß voll zu machen, auch das Porzellan hinein und strichen sich die Hände aneinander ab wie nach einem gut abgeschlossenen Werk. Und dann schlüpften sie durch eine Deckluke, bis auf den letzten Mann. Alles war verschwunden, sogar das Tischtuch. Auf dem Fluss schwamm ein bisschen Schaum von Sauce Hollandaise und Sauce à la Soubise, doch auch der versank mit der Zeit.

Es war merkwürdig, sagte Venancia, auf den Platten sah das Essen so köstlich aus, und als es im Wasser versank, wirkte es wie Erbrochenes. Nicht dass sie zur Reling gerannt, ihm nachgelaufen wäre wie eine Närrin, natürlich nicht – obwohl Madame Cochelet auf einmal genau dort stand und einem blöden Gemüse hinterherkreischte, ihm nachheulte, vor aller Augen. Nein, Venancia war stumm geblieben und hatte sich nur abgewendet. Und dies war die wahre Geschichte des Picknicks. Wenn sie denn wirklich erzählt werden musste.

Stewart wusste, dass dies längst nicht alles war. In der Woche nach der Heimkehr der Frauen war er so beschäftigt gewesen wie noch nie. Er setzte Venancia zu, indem er Fälle von Sonnenstich anführte, von Nervenkrisen, die beiden Fehlgeburten, bei denen er persönlich Beistand geleistet hatte, und schließlich räumte sie ein, die verbleibenden Stunden jenes Tages seien … nun, schwierig gewesen.

Nach ihrer großen Geste hatte sich Elisa auf die Schattenseite des Schiffes zurückgezogen. Für eine Weile stand sie dort und blickte hinaus auf das Wasser. Dann erteilte sie dem Kapitän den Befehl, nicht weiterzufahren, und nahm Platz. Zehn Stunden lang blieb sie sitzen. Auf der anderen Seite der Tacuarí fielen Frauen vor Aufregung in Ohnmacht und wurden wiederbelebt – nur um in der Nachmittagssonne erneut ohnmächtig zu werden. Ihre Kleider wurden fleckig, zuerst von Schweiß, dann von der nervösen Unfähigkeit zur Beherrschung, die mit Hitzschlägen einhergeht, und endlich zerrissen sie einige in ihrem Delirium sogar.

Eine Zeit lang, sagte Venancia, habe sie nicht gewusst, wo sie sich befand.

Hätte ihr Stewart da in die Augen geblickt, hätte er erkannt, dass dieses Mädchen nun mehr über sich wusste, als sie je hatte wissen wollen. Doch der Arzt in ihm musste die Situation aufklären – die verschiedenen Stadien der Notlage: Wann hatten die Damen begriffen, dass diese womöglich nicht enden würde?

Hatten sie um ihr Leben gefürchtet? Versuchte denn keine, den Schatten mit Elisa zu teilen? Nicht eine, sagte Venancia sehr entschieden. Und was das Übrige angehe, so könne sie sich nicht erinnern. Zunächst sei es spannend gewesen, dann langweilig und schließlich furchtbar. An irgendeinem Punkt habe Madame Cochelet Kirchenlieder gesungen, aber französische, und darum sei niemand eingefallen. Es habe den Anschein gehabt, als blieben Mitglieder einer Familie beieinander, aber sicher sei sie sich nicht, denn einige Familienzwiste habe es auch gegeben. Und Elisa – hatte sie gegessen, um die anderen noch mehr zu verhöhnen? Nein, sagte Venancia, sie saß da und rührte sich nicht. Aber sie war doch in gewissen Umständen, warf Stewart ein, Venancia müsse noch einmal nachdenken, sie müsse sich erinnern.

»Ich erinnere mich genau, dass sie nichts gegessen hat«, sagte Venancia. »Ich bin doch nicht ganz ohne Verstand.« Und dann fing sie zu weinen an. Als Stewart sich ihr näherte, um sie zu trösten, scheuchte sie ihn fort, und ein entsetzlich tiefer Klagelaut entrang sich ihr, wobei sie die Hände dort verkrallte, wo (wie er nicht umhin konnte zu bemerken) eines Tages vielleicht ihr Leib anschwellen würde.

»Und jetzt werde ich niemals Spargel essen! Nicht einmal erfahren, wie er schmeckt! Nie! Niemals!«

Woraufhin ganz plötzlich ihre greise Tante erschien, sie mit einem finsteren Blick bei der Taille nahm und sie, wie ein Tanzpartner, davonschwenkte.

Daraufhin ließ der Diktator natürlich sein ewiges Im-Sterben-Liegen endlich bleiben, und stattdessen starb er einfach. Und natürlich warf der junge López einen flüchtigen Blick auf die Leiche, bevor er das Testament des Alten erbrach und sich zum Erben erklärte. Und natürlich bekam niemand sonst das

Testament zu sehen – dafür bestand keine Notwendigkeit, da der junge López natürlich kein Lügner war. Und so verlief alles wohlverzahnt – die einberufene Versammlung, die einmütige Abstimmung, der Ball zum Amtsantritt. Und die Einladungen zum Ball ergingen im Namen von Elisa Lynch.

Stewart konnte kein Interesse für die allgemeine Demütigung der Damenwelt aufbringen – er hatte sich eine ganz eigene, persönliche selbst zugefügt. Seine Hochzeit stand bevor. Eine Woche, nachdem aus dem jungen López der einzige López geworden war, wurde Stewart zum Generalstabsarzt der Armee ernannt, und Vorkehrungen wurden getroffen, die liebliche Venancia Báez aus dem Hause ihres Vaters in das seine zu überführen.

Vielleicht hatte die Verlobungszeit zu lange gewährt. Stewart fand keinen Gefallen an der Vorstellung, seine hübsche Frau zu entjungfern, wie sehr er es auch zu tun begehrte. Es ging ihm durch den Sinn, dass sie ihn ein wenig verdross. Die glücklichste Zeit in seinem Leben, dachte er bereits, war diejenige gewesen, nachdem er sie zuerst erblickt hatte, als er zwischen dem Kind und der Frau gefangen gewesen war und weder jenes noch diese in seinen Armen gelegen hatte. Und tatsächlich wich er von dieser Version seiner Lebensgeschichte niemals ab. Am glücklichsten hatte er sich gefühlt, als er von Liebe trunken gewesen war und ihr Name ihm alles bedeutet hatte. Venancia Báez. Venancia Báez.

An dem Morgen, an dem sie Venancia Stewart werden würde (ein Name, den sie nicht einmal aussprechen konnte), nahm der Arzt eine medizinische Dosis von bestem Speyside Scotch ein, eigens für den Hochzeitsempfang importiert. Bis er Venancia ehelichte, war er so betrunken, dass er schon wieder nüchtern wirkte; und bis zum frühen Nachmittag war er von Sinnen.

Venancia weinte nicht. Sie lächelte. Sie klatschte kindlich entzückt in die Hände, als er über seinen Stuhl fiel. Und so ging sie, in aller Grazie, die sie in beachtlichem Maße aufbieten konnte, ein weiteres Mal ihrem Verhängnis entgegen.

Von allen Leuten, die Stewart sich vorknöpfen konnte, suchte er sich ausgerechnet Whytehead aus. In einer Ecke bekam er ihn zu fassen. Whytehead sei eine Maschine, ließ er ihn wissen, ein Automat, ein Ding aus Hebeln und Flaschenzügen, und wo, fragte er, sei der Hebel für sein Herz? Hier? Oder da? Und er stupste seinen Landsmann in die Brust und (fast) zwischen die Beine. Und wie steht's mit Frauen, Whytehead?, fragte er. Er habe selbst keine Lust auf sie, sagte er, Whytehead habe Recht, die ganze Sache sei zum Speien. Whytehead mache es ganz richtig, hart arbeiten und auf dem Bauch schlafen. Das Geld nach Hause schicken. Das Geld, immer das Geld. Stewart habe eine Tante. Whytehead habe doch drei Schwestern und eine Mutter, die noch lebten, oder? Da könne er Gott danken. Dafür, dass sie alle am Leben seien, diese Frauen, damit ein Mann auch etwas habe, was er anstellen könne mit seinem *Geld.*

Whytehead setzte sich und tat nichts. Er hörte zu. Stewarts Worte schienen ihm willkommen zu sein; er schwelgte beinahe darin. Und die Hochzeitsgäste, die schon Schlimmeres erlebt hatten, gossen unbemerkt ein bisschen Whiskey in Venancias Punschglas und ließen die beiden *Inglese* die Angelegenheit unter sich ausmachen.

»Wir waren bisher keine Freunde«, sagte Stewart und griff nach Whyteheads trockener Hand. »Nicht, wie wir es hätten sein sollen.«

Für eine Weile saßen sie stumm da. »Es wird Krieg geben«, sagte Whytehead.

Stewart sackte in sich zusammen. Seine Augäpfel kamen

blutunterlaufen hoch, um wahrzunehmen, wie seine frisch verheiratete Frau sich am anderen Ende des Raums tapfer unter die Gäste mischte.

»Ich mag sie, wenn sie krank sind«, sagte er.

»Doktor Stewart«, murmelte Whytehead, um dem anderen zu bedeuten, er müsse nicht aussprechen, was ihm durch den Sinn ging; er müsse nicht fortfahren. Aber beide wollten sie, dass er weiterspreche. Sie wandten den Blick voneinander ab, Stewart mit einem Ruck des Kopfes, Whytehead so betont ruhig, dass man hätte glauben können, ihm schwänden die Sinne.

Eine Frau mit einer ordentlichen Krankheit gefalle ihm, sagte Stewart. Denn die brächen einem Mann das Herz. Und nicht nur das – er sehe Frauen am liebsten so, wie er Männer am liebsten sehe, im Rohzustand, an ihre Grenzen getrieben. Im Körper – da erweise sich die Wahrheit. Whytehead erhob keinen Einwand. Mit entsetzlich ausdrucksloser Miene wartete er nun ab.

»Dieses Mädchen damals war gehörig krank. Die Zofe. Wussten Sie das?«, sagte Stewart schließlich, und dann berichtete er Whytehead, am Ende sei sie ruhig gestorben. Vor dem Ende aber war es grauenvoll, sagte er, und wiederum davor habe sie sich an ihn geklammert. Wofür Whytehead dankbar sein solle, für einen anderen Mann, der die Schmutzarbeit für ihn verrichtete.

Und seine kleine Wutanwandlung verebbte und verwandelte sich in Liebe zu dem menschlichen Wesen jenseits des Tisches. Tränen traten ihm in die Augen, und eine Weile lang stierte er auf ein Blumensträußchen, das verlassen auf dem Tischtuch lag.

»Sie verlangen Dank von mir?«, fragte Whytehead. Worauf er sich erhob, nach Hut und Handschuhen griff, Stewart die beste aller Ehen wünschte und den Raum verließ.

DER FLUSS

II

KALBFLEISCH

Dezember 1854, Río Paraná

Unser toter Seemann hat begonnen, süßlich zu stinken – so rasch, bei dieser Hitze. Mit der Beseitigung gibt es Schwierigkeiten, und daher liegen seine Überreste da, wo er gestorben ist, in der Koje des Doktors, und der schläft im Freien.

Auf dem Schiff war es still, solange er im Sterben lag, weil die Leute ihn mit ihrem Gehämmere und Geklopfe nicht (woraus wohl?) wecken wollten, und daher ist der Kessel noch nicht repariert. Jetzt herrscht eine andere Stille – diejenige, die sich vom Munde eines toten Menschen auf die Welt überträgt. Unsere Herzen weiten sich. Die Männer sind alle ruhelos – und großmütig. Sie schleppen sich umher oder sitzen nur da, und bei dem kleinsten Geräusch blicken sie sich düster um.

Wir rühren uns nicht, wie um ihm an dieser Stelle inmitten der Strömung ein Grabmal zu setzen. Vielleicht ist seine Seele noch hier verankert. Weit jenseits des Wassers – eine Meile oder mehr entfernt – der grüne Ufersaum. Hie und da triftet ein Geruch nach glitschigen, feuchten Pflanzen über das Wasser. Manchmal ein ferner, abschließender Tusch, wenn ein längst toter Baum nachgibt und fällt.

Man sagt, die Stille des Waldes sei erwartungsvoll, ich dagegen sage, die Bäume hier warten auf nichts, und ebenso wenig trauern sie. Sie wachsen, sonst nichts. Und ich fühle mich mit ihnen wachsen. In meinen Fingerspitzen liegt ein Puls, und wenn ich mir über das Kleid streiche, erkennen sie mit jeder Linie, jedem Wirbel die Seide und entziffern das Muster, das in ihr Schimmern eingewoben ist.

Stille. Die Luft bewegt sich, und mit ihr der Geruch des Seemanns, bis er uns verrückt macht. Francine befeuchtet ein Tuch, das ich mir über Mund und Nase halten soll, und meine Haut wird davon wund. Törichtes Mädchen.

Señor López wollte den Toten heute Morgen nach seemännischem Brauch in den Fluss gleiten lassen – aber er schlug dies so zweifelnd vor, dass niemand sich verpflichtet fühlte zu gehorchen. Er stammelte, und die Männer wandten sich ab und lächelten ein wenig. Ein weiterer verlorener Tag. In Señor López tobt nun die kalte Wut. Der Kapitän lässt sich mit Bedacht nichts anmerken. Die Arbeiten am Kessel gehen weiter.

Vor seiner Kabine ausgestreckt, betäubt sich der Arzt die Nase mit einem Arzneiflakon und schläft endlich ein – doch der Geruch muss in seine Nachmittagsträume geradeso eindringen, wie er meine durchwabert. Nichts geschieht, nur Blähung und Verwesung. Ich stelle mir vor, dass der Bauch des Mannes anschwillt wie meiner. Ich stelle mir vor, dass er platzen muss und entsetzliche Dinge hervorschlüpfen.

So schlimm kann es doch nicht sein. Ich sollte einmal in die Kabine schauen und mir sein gelassenes Totengesicht ansehen; die Wirklichkeit würde mich beruhigen. Ich bin versucht, mich dort hinzuschleichen, nur um mir vor Augen zu führen, dass er nichts Besonderes ist, dieser Mann, der nun in uns alle eindringt: Wir atmen ihn ein und müssen würgen.

Ein bisschen gesprenkelt wird er sein, violett und schwarz, gewiss nichts Schlimmeres. Oder vielleicht gibt es noch gar keine Verfärbung, nur eine leichte Aufgedunsenheit; eine gewisse Schwammigkeit da, wo das Fleisch zu verfallen beginnt. Natürlich hätte der Arzt ihn ein wenig einbalsamieren sollen, aber der Arme ist zu sehr damit beschäftigt, sich selbst einzubalsamieren.

Heute Abend wünscht Señor ein bisschen Zerstreuung, also versuche ich, eine Bezigue-Runde zustande zu bringen. Mr. Whytehead weigert sich noch immer, den vierten Mann abzugeben. Ich habe ihn zuschauen sehen und weiß, er mag es sehr, wie die Karten wechseln, aber um Geld zu spielen verbietet sich ihm, und die Zofe hat keines. Stewart lüpft seine Rockschöße, damit sie seitlich über den schmalen Stuhl fallen, und nimmt feierlich Platz; in seinen großen Händen nehmen sich die gefächerten Karten wie Naschwerk aus.

»Worum soll es gehen?«

Um Whytehead eins auszuwischen, sage ich, wir werden um Geschichten spielen – wer verliert, erzählt alles.

»Um Geschichten?«, wiederholt er, als wäre es gar noch schlimmer, die zu verlieren als Geld. Und ich befehle ihm, sich nicht zu mucksen und Francine allen Beistand zu gewähren, den sie benötigen mag. Und das Spiel beginnt. Sehr verständig und gesittet beugt er sich über Francines Schulter, während Stewart neben mir heftig schnauft.

Am Ende ist die Zofe diejenige, die verliert. Ich würde sie gern vor der Verlegenheit bewahren, aber mein lieber Freund ist in überschwänglicher Laune. Also setzt sie sich ganz anmutig auf die Kante ihres Stuhls und wendet das Gesicht halb ab. Ihre Geschichte hält sie hinlänglich bündig, doch es ist nicht die Erzählung einer Frau, jedenfalls nicht nach meinem Geschmack in solchen Dingen. Wenn sie liebenswürdig erscheinen will, dann hat sie falsch kalkuliert. Oder vielleicht zu gut. In diesem heißen Raum hier spricht sie von der Kälte, und aus ihrem Atem rieche ich den toten Matrosen, obwohl ich all unsere Kissen mit Eau de Lilas getränkt habe.

Die Geschichte handelt von ihrem Großvater, der unter Bonaparte gedient hat. Als Francine ihn kennen lernte, sagt sie, hatte er bereits die Fingerkuppen eingebüßt, und an seiner Nase über dem gütigen, lächelnden Mund fehlte ein ganzer Zentimeter, wenn nicht mehr. Und so ähnlich geht es weiter, bis wir zum Russlandfeldzug gelangen.

»Irgendwo mitten in der unermesslichen Weite dieses Landes«, sagt sie (in feierlichem Singsang), »setzte er sich auf die Erde, die so kalt war, dass sie einem schon wieder warm vorkam. Er wollte sich zurücklehnen und den Himmel betrachten, weil die winterlichen Sterne dort schöner waren als alle, die er jemals gesehen hatte. Und dann, während die Soldaten an ihm vorüberstapften, muss er sich hingelegt haben. Es war so angenehm. ›Vergiss das nie‹, sagte er später oft. ›Auch der Tod kann angenehm sein.‹ Und die Sterne kamen näher, bis er meinte, sie schienen nur für ihn.

»Er wäre dort ganz zufrieden gestorben, hätte neben ihm nicht eine Kutsche angehalten. Der Mann, der ausstieg, war klein und trug eine Kokarde am schwarzen Hut. Können Sie erraten, wer es war? Er knöpfte meinem Großvater den Mantel auf und fuhr mit der Hand hinein. ›Warum beraubst du mich?‹, fragte mein Großvater, ›wo ich dir doch schon mein Leben überlassen habe?‹ Le Petit Caporal sagte nichts, sondern blickte auf die Papiere, die mein Großvater zur Wärmung am Herzen aufbewahrte. Dann sagte er: ›Estella. Sie hat eine hübsche Handschrift, findest du nicht? Und sieh mal, das Veilchen, das sie für dich gepresst hat, wie blau es noch ist auf dem Papier.‹ Und der Gedanke an seine Tochter, die meine Mutter ist, brachte meinen Großvater auf die Beine – so taub und schwarz angelaufen sie waren und umwickelt mit der Haut von zwei russischen Hühnern. Er stolperte weiter, ließ hinter sich im Schnee eine Spur von Federn zurück, und bis ihm einfiel, sich nach der Kutsche umzusehen, da war sie schon verschwunden.«

Hühner! Darunter macht sie es nicht. Ich finde die Fußbekleidung so quälend und morbide wie die Geschichte selbst.

»Glaubst du, sie ist wahr?«, frage ich. »Oder hat dem armen Mann nur sein Verstand einen Streich gespielt?«

»Nun ja – doch«, sagt Francine, »in einer Hinsicht.« Gewiss, als Kind hatte sie mit Ehrfurcht zu ihrem Großvater aufgesehen. Der große Napoleon hatte ihn gerettet; was konnte wahrer sein als das? Obwohl er ihnen allen vielleicht nur Mut für die böse Zukunft machte, die ihnen bevorstand, sobald er fort wäre.

Mein lieber Freund nimmt in seinem Sessel eine andere Haltung ein. Er ist sehr gerührt.

»Also, Francine«, sagt er, »ich hoffe, Sie verlieren von nun an immer beim Kartenspiel«, und mit seinem Glas Madeira trinkt er auf ihr Wohl, das ihres verstümmelten Großvaters und das des Kleinen Korporals. Danach ist niemand von uns mehr in der Stimmung, zum Spiel zurückzukehren.

Der tote Seemann wälzt sich in meinen Träumen herum und scheint nach mir zu rufen: »Dora! Dora!« Ganz krank von ihm erwache ich mitten in der Nacht.

Es ist hell. Der Mond scheint, und fließende Spiegelungen tanzen auf den Wänden, bis ich ganz darin gefangen bin – ein Fluss von Lichtschlieren, die kleine Wellen schlagen und sich an der Decke und auf meiner Haut brechen. Ich kann sie nicht ertragen, diese flirrende Strömung auf meinen Armen, und dass mein Körper unter ihr verschwindet, dass ich nichts als eine weitere Oberfläche im Dunkeln bin.

Draußen, unter einem kahlen Mond, bin ich davon befreit. Dort ragt mein Bauch wieder hervor, groß, hart und rund. Ich halte mich im Schatten der Wand und bewege mich schwerfällig, wie ich bin, auf die Kabine des Arztes zu. Er liegt ausgestreckt davor; der schale Alkoholgeruch vermischt sich säuerlich mit der entsetzlichen Honigsüße des verwesenden Matrosen. Ich gehe an Stewarts ganzer Körperlänge, von den Stiefeln bis zum Haar, vorüber, er regt sich und kommt wieder zur Ruhe; sein Mund sucht den Trost des Leintuchs.

Als alles still ist, drücke ich die Tür nach innen. Der Geruch ist nun stärker; er überdeckt alles. Und anstelle der Dunkelheit ist da wieder dieses Flusslicht und verhöhnt mich, als ich versuche, den Matrosen von der Koje zu unterscheiden, in der er liegt. Wir befinden uns in einem flackernden, wogenden Unterwassergrab. Und da ist er. In diesem Licht wirkt er lebendig. Ich trete vor und möchte sagen … was eigentlich? Dass ich hier bin – dass ich seine Dora bin, oder nicht seine Dora – ich verspüre den entsetzlichen Drang, es zu flüstern, aber ich weiß seinen Namen nicht.

Ganz abrupt atme ich aus und erschrecke mich mit dem Geräusch selbst. Eine Luftblase hat sich seiner toten Lunge entrungen, dessen bin ich mir ganz sicher. So spricht ein Toter. Man sagt, der letzte Atemzug entfleucht ihm am nächsten oder übernächsten Tag, und wenn man darauf lauscht, hört man – einen Fluch manchmal, oder einen Segen, oder einen Namen. Was aber möchte ich hier hören? Sobald ich sein Gesicht deutlich gesehen habe, gehe ich. Und im Dunkeln trete ich einen Schritt näher.

Sein Auge ist geöffnet. Ich habe es ihm geschlossen, als er gestorben war, doch nun steht es wieder offen. Es schaut, nicht auf mich, sondern auf alles – auf das Licht, das überall gleich ist, auf die vier schwankenden Wände und auf mich –, es greift nichts heraus, sondern lässt alle Dinge unterschiedslos in den Brunnen seines toten Blicks fallen – und wir sind alle gleich.

Sein Gesicht gleicht nicht, wie mir auffällt, als ich mich zum Gehen wende, demjenigen, das er als Lebender hatte. Es ist düsterer. Und älter. Uralt, und von der Nase beherrscht. Und das bläuliche Fleisch ebenso wie das nicht verbrühte fällt ungerührt von all den spitzen Knochen. Er sieht sehr vornehm aus.

Als ich wieder in meiner Kabine bin, sehe ich dieses Auge vor mir, wann immer ich die eigenen Augen schließe. Und auch das eine aufgetane Auge, mit dem der Arzt mich fixierte, als ich die Kabinentür schloss. Seines ist unzweifelhaft lebendig: Seine Pupille ist schwarz und geweitet vor Angst.

Er ist in mich verliebt, glaube ich. Man sieht das in dem Moment, wenn jemand erwacht – etwas dämmert dann in seinen Augen. Oder vielleicht lieben wir alle mühelos, wenn wir schlafen. Denn ich meine, noch vor der Angst hätte ich Liebe oder etwas Verwandtes – Verwunderung vielleicht – gesehen. Darum legte ich einen Finger auf die Lippen, damit er nicht einen Schrei ausstieß.

»Nur ein kleines Gebet«, sagte ich und lächelte ihm zu, als wäre ich ein Traum. Ich hoffe, er hat mich für einen solchen gehalten.

Das Schiff wiegt sich sanft auf dem Wasser, und immer von neuem ruckt es träge an den Ankertauen. Alle hält es uns umfangen, die hustenden, unruhigen Matrosen, den Toten und mich, die ich in der strömenden Nacht in eine Schüssel würge.

Man sagt, in meinem Bauch ist nun ein Meer, und mein Kind

schwimmt in mir. Und manchmal stelle ich mir vor, wie dunkel, wie segensreich es da drinnen sein muss.

Heute weht eine Brise, die es zulässt, das Ufer anzusteuern und den Seemann zu begraben. Endlich. Fast laufen wir in unserer Ungeduld, das Ufer zu erreichen, auf Sand, und die Männer warten nicht erst die Boote ab, sondern springen über Bord.

An einer Kette wird der Leichnam des Matrosen hinabgelassen, mit Hanf bedeckt und kreuz und quer mit Schnur umwickelt, wie man aus Stoff und Zwirn eine Puppe macht. Er hält sich steif und, wie ich finde, recht zeremoniell, denn er landet mit den Füßen voraus. Ich würde ihm gern eine Kopfbedeckung aufsetzen, einen Admiralshut etwa, und ihn in seinem Skiff zu einer Flotteninspektion hinaussenden. Aber sie lassen ihn hinunter, bis er flach da hängt, parallel zum Schiff. Mit jedem Schlag tappt der Ruderer gegen ihn und zieht sein Ruder ängstlich zurück, und so bewegen sie sich für eine Weile im Kreis.

Für all das gibt es keine richtige Etikette. Alle purzeln irgendwie von Bord. Mein lieber Freund klettert hinab, um den armen Mann zu beerdigen; Mr. Whytehead überwacht das Ausheben des Grabes (dass er nicht zunächst Pläne dafür zeichnet, überrascht mich). Mit einem sanften Blick verschwindet Francine die Strickleiter hinunter. Sollte das etwa ein Ersuchen gewesen sein? Zurückbeordern kann ich sie wohl dennoch kaum. Auf die Strickleiter hilft ihr der Arzt, der sich dann zu mir umdreht und zu einer Verbeugung ansetzt, die ihm misslingt. Er beehrt mich mit einem beduselten Blick, in dem noch etwas von der vergangenen Nacht nachschwingt, und dann büchst er zu meiner Erheiterung aus und hopst über die Reling.

Nur Miltón bleibt zurück. Wir sehen einander an, und zum ersten Mal, glaube ich, lächelt er – ein sehr angenehmes Lächeln, überhaupt nicht das eines Wilden, sondern fein und zärtlich; wie ein Mann im Theater einer Frau zulächeln könnte, mit der er einmal vertraut war und die er noch immer bewundert. Ich erwidere sein Lächeln – mit dem hübschesten in meinem Repertoire – und frage ihn, wie alt er sei.

»Zweiundzwanzig?«, antwortet er, »kann sein, fünfundzwanzig.« Ich behaupte, er lüge. Wieder lächelt er über den Scherz, der, worauf er sich auch beziehen mag, nun zwischen uns schwebt, lässt mich rücksichtsvoll allein und begibt sich ungezwungen zum Bug.

Allein. Nur einige wenige Matrosen sind geblieben. Das Schiff unter meinen Füßen fühlt sich leichter an, es liegt weniger tief im Wasser. Es drängt mich, es zu erkunden. Ich brauche einige Zeit, bis ich begreife, welcher Geruch mich so entzückt – es ist der verschwundene Geruch des toten Matrosen.

Ich sehe dem Beerdigungstrupp zu, der dort am Werk ist, wo das sandige Flussufer in Gestrüpp übergeht. In der Hitze gestikulieren die Männer sparsam, und Gesprächsfetzen erreichen das Schiff. Nach einer Weile geben sie diese Stelle auf und rücken weiter landeinwärts vor, aber auch dort gräbt es sich offenbar schwer. Als die beiden Männer, die das Loch schaufeln, bis zu den Schenkeln in der Erde stehen, wird erneut diskutiert. Sie stemmen sich heraus, hocken auf dem Rand und springen dann zurück, als die Leiche – eins, zwei, drei – in die flache Grube geschleudert wird. Ich horche auf das Geräusch des Aufpralls, aber es bleibt aus. Ich kann die Grube nicht einmal erkennen. Mein lieber Freund steht dort mit seinem schimmernden Zylinder und liest aus einem Buch vor – es muss wohl eine Bibel sein, obwohl ich an Bord noch nie eine gesehen habe. Die Matrosen senken die Köpfe und einer, wohl der Mann aus Galway, bekreuzigt sich.

Und somit ist es offenbar geschafft.

Die ganze Zeit über beuge ich mich über die Reling – ich, seine Dora. Ich drücke mir ein Taschentuch ans Auge und träume von einem Cottage in Portsmouth oder Plymouth, wo ich einen Mann mit Hammelfleisch satt machen und vergessen würde, seine Wäsche von der Leine hereinzuholen. Gar kein so übler Traum. Falls der Mann eine Frau hatte, werde ich ihr eigenhändig schreiben.

Liebe Mrs. Titmouse (oder irgendein englischer Name dieser Art), mit dem größten nur erdenklichen Bedauern … bitte glauben Sie mir, wenn ich sage … Ihr Mann bewies, auch wenn er nicht gesprächig war, die Tapferkeit eines … langwierige und mit großem Ernst eingegangene Fährnisse … die Gaben der Einfalt und des Glaubens … bei Ihnen in Ihrem Schmerz, Doña Elisa Lynch Schock y López, wie ich hier tituliert würde, als Ehefrau.

Ich muss mir für mein Briefpapier ein Wappen zulegen. Irgendein Kolonialmotiv – zwei gekreuzte Tabakblätter unter einem wachsam sprungbereiten – Gott stehe uns bei – Wasserschwein, das aussieht wie ein geistesgestörtes Kalb.

Mit der Rückkehr eilt es den Männern nicht. Sie hätten ein Picknick mitführen sollen. Planlos und langsam füllen sie das Grab auf, einer schaufelt, der andere steht dabei und nuckelt am Griff seines Spatens. Señor López spaziert mit dem Arzt ein bisschen umher und hält ihn am Ufer des Flusses zurück. Der Arzt kauert sich hin, während mein lieber Freund den Hut abnimmt und zum Himmel blickt; dann hat Stewart alle Mühe, das Gesicht zu wahren. Ich bin von dem Tableau so gebannt, dass ich die Gestalten von Francine und Mr. Whytehead erst bemerke, als sie die schmale Landspitze des Ufers schon fast überquert haben und jenseits davon in der Ferne versinken.

Anscheinend hat mein Freund etwas im Auge. Was tun sie nur alle? Worüber sprechen sie? In Zweier- und Dreiergruppen gehen die Männer umher, trennen sich und gruppieren sich neu. Als Francine wieder um die Landspitze herum in Sicht kommt, hält sie ihre Schuhe in der Hand, und wo ihre Strümpfe stecken mögen, kann ich nicht erkennen. Sie plantscht ein wenig am Wasserrand umher. Ich sehe, dass sie Mr. Whytehead lachend das Gesicht zuwendet, und erst einen langen Moment später dringt ihr Lachen durch den trägen Äther bis zu mir. Sämtliche Männer blicken auf ihre bloßen Füße. Der Arzt hastet herbei und bückt sich, als wollte er sie eigenhändig emporziehen. Ich drehe mich um, sehe Miltón sie beobachten, wie ich es tue, und den Kopf schütteln.

»Ganz schlecht«, sagt er, »für eine weiße Frau. Ganz schlecht.«

Wenigstens hat jemand hier einen Sinn für Moral, so verzerrt er auch sein mag (Miltón selbst ist praktisch unbekleidet). Als ich erneut hinüberschaue, lehnt sich Francine an Mr. Whyteheads Schulter, und der Arzt fuhrwerkt sehr kurios unter ihren Röcken herum – er zieht ihr die Schuhe wieder an. Mein lieber Freund steht müßig da; er sieht zu.

Mein Söhnchen ist nicht blind. Ich weiß nicht, was es an augenartigen Organen bereits haben mag, aber ich fühle, dass sie unter meiner Haut, durch das Fleisch hindurch, voll entwickelt und offen die ferne, lieblich dahinfließende Welt betrachten.

Die arme schwangere Dora watschelt vom Geländer fort. Wie kann ich diese oder irgendeine andere Szene meinem künftigen Kind erklären? – Es ist eine Frage der Schuhe, mein kleiner Liebling, eine Frage der Füße. Ich versuche, sie wichtig zu nehmen, doch die ganze Welt erscheint mir nun so gleich, so gleichgültig, da ich mich ausruhe und er strampelt – da ich zusehe und er die Augen auftut und nichts versteht.

Einmal habe ich etwas in einem Glasgefäß gesehen, in der Privatsammlung eines Mannes in der Rue Vaugirard. Und all meinen Hoffnungen zum Trotz glaube ich, das Ding in mir ist noch immer nur ein Ding. Sähe ich das Glasgefäß jetzt, würde ich es genauer betrachten. Aber das Einzige, woran ich mich erinnere, ist die gegen das Glas gepresste Falte zwischen Schulter und Arm. Und sonderbarerweise auch daran, wie fett die Schenkel des Herrn waren.

Die Männer strahlen große Befriedigung aus, als sie zurückkehren. Sie haben den toten Seemann beerdigt und damit etwas, das jeder von ihnen einmal sein wird, nur ein wenig später. Sie haben seinen Leichnam also vor dem Fluss und der trägen Strömung bewahrt und ihn in gute Erde gebettet, wie sie ein Mann zu Hause nicht besser finden könnte.

Beim Abendessen beugt sich der Arzt mir zu und führt fahrig die Hand zur Kehle. Es gebe im Sand Fliegen, erklärt er mir, die bissen. Ich sage, ich wisse nicht, worauf er hinauswolle (traut er mir etwa zu, dass ich barfuß umhergehe?). Er lässt seinen hässlichen Klotz von Kopf sinken, und eine Zeit lang verfolgt er mich mit Augen so groß und dem Weinen nahe wie die eines vierjährigen Kindes.

Den ganzen Abend über bin ich wie vor Schmerz erstarrt, angegriffen und matt.

In der Nacht legt mein Freund im Dunkeln beide Hände auf meinen Bauch, dann legt er die Wange darauf. Ich glaube, er weint. Etwas benetzt mir die Haut, und ich bin mir sicher, dass es aus seinen Augen kommt. So lautlos, so heimlich vergießt er seine Tränen, dass ich nicht fragen kann, was ihn bekümmert. Er scheint jedoch allgemeiner Natur zu sein, dieser Kummer – ich fange selbst zu flennen an, obwohl das nicht meine Art ist, und bald lachen wir beide darüber, und schluchzen und kosen, und es fühlt sich an, als hebe und senke sich mir das Herz in der Brust, denn ich will ihn nicht lieben, aber wie es scheint, liebe ich ihn doch ein wenig, oder zumindest liebe ich es, ihn zu küssen.

Ich habe keine Geheimnisse, mein Liebes, außer demjenigen, das die Liebe selbst ist.

An meiner Seite schläft er ein. Ich liege da und sehe ihm zu. Im Schlaf schmiegt sich sein Fleisch eng an die Knochen und an die Augäpfel an. Ich berühre sein Haar und kneife fest hinein. Ich will ihn wecken. Ich verspüre einen entsetzlichen, törichten Drang, mich fallen zu lassen. Es überfällt mich, das Bedürfnis, ihm alles zu sagen, alles zu offenbaren – die Männer, die außer sich waren oder liebevoll oder freundlich, und meine eigene Grausamkeit. Ich möchte, dass er die Schwärze meines Herzens kennt.

Der erste Mann, der um mich geweint hat (mein lieber Freund), war Bennett – der Mann, der meinen Vater immerhin so gern hatte, dass er ihm dreihundert Pfund lieh; der mich so gern hatte, dass er die Lippen auf meine jungen Füße drückte und dann weinend meinen ganzen Körper mit Küssen bedeckte, während ich nur dastand und auf die Wand sah. Dies geschah – nicht zum ersten, sondern zum zehnten oder elften Mal – in jenem Zimmer in Bordeaux.

Ich pflegte aus Madame Huberts Töchterschule hinauszuschlüpfen und, mein Häubchen baumelnd an der Hand, die Straße entlangzulaufen. Einige Stunden später kam ich dann zurück; grüßte an der Tür Miss Miller, knickste in der Halle vor Madame Hubert und blickte ihnen (möglicherweise unfreundlich) in die Augen. Keine sagte ein Wort.

Der Raum war weiß und hinterließ seinen trockenen Puder auf meinen Kleidern und auf meiner Haut. Ein Bild der Magdalena, auf Blech gemalt, hing an einer Wand, das weiß ich noch. Sie trug ein Kleid aus Kamelhaar und hielt einen Schädel in der Hand. Ich nahm an, das Kleid müsse aus Männerhaar bestehen – aus den Haaren all der Männer, die sie jemals gekannt hatte –, weil das für mich nun die größte Überraschung darstellte, wie viel Haar es an einem Mann gab und an welch kuriosen Stellen es sich anscheinend häufte, dass es sich in den Höhlen und Tälern hielt wie Schnee. Es überraschte mich, dass die Haare eines Mannes an den intimen Stellen offenbar ebenso weiß oder grau wurden wie die auf seinem Kopf, und ich fand, Magdalena habe ganz schön Glück gehabt, wenn sie es zu einem überwiegend braunen Kleid gebracht hatte. Auch der Schädel schien mir einen Teil ihres Daseins abzubilden; denn während des Aktes hatte ich Mr. Bennetts Schädel stets deutlicher vor Augen als das Gesicht, das er darüber trug. Wenn er den Mund öffnete, sah ich das knöcherne Hufeisen, in das seine Zähne eingelassen waren; und auf einmal bestand er nur noch aus Höhlen und Kieferknochen und dem durchlöcherten, stumpfen Dreieck der Nase.

Und daher schien mir, dass die blecherne Magdalena nicht etwa bereute, sondern etwas von neuem durchlebte – wie sich die haarige Haut eines Mannes anfühlt und wie seine schlanken toten Knochen aussehen. Denn von Bennett berührt zu werden, war für mich so süß wie der Tod. O ja, der Tod ist süß, wenn man vierzehn ist.

Ich rannte zu jenem Zimmer. Manchmal traf ich vor der verabredeten Zeit ein, und das Warten war entsetzlich. Ich werde müde, wenn ich nur daran denke. Es gab keine Uhr. Ich konnte die Leute auf der Straße hören und manchmal aus Madame Huberts Töchterschule die Gesangsstunde, die ich versäumte. Mit dem Gesicht zur Tür saß ich auf dem Bett und presste die Füße fest auf den Boden, damit das Zittern aufhörte. Was sich, wenn die Tür aufging, in meiner Vorstellung immer von neuem auftat, waren nicht meine Beine oder, wie man sagen könnte, mein Geschlecht. Nein, mein Magen und mein Herz taten sich auf – das Fleisch, wie man es auf jeder Metzgertheke sah, schmolz ganz plötzlich dahin in einer einzigen Bewegung der Seele, die wieder und wieder das Aufgehen jener Tür herbeisehnte.

Er sah jedes Mal, wenn der Riegel sich klickend hob, anders und kleiner aus. Doch das könnte man erwarten.

Dies ist noch nicht die Liebe, dachte ich, wenn Mr. Bennett sich prüfend umblickte (obwohl nie jemand sonst im Zimmer war). Dann sah er zu mir herüber und lächelte.

Er war durchaus freundlich, das muss ich sagen, und ließ zu, dass meine Neugierde die Führung übernahm. Ich war sehr fasziniert vom Anblick seines mattrosa-bläulichen Gliedes, das grundlos aufwärts zuckte – am Anfang ließ er mich viele Male nur damit spielen, damit ich einen Sinn für dessen wulstige Masse entwickelte, für sein federndes Gewicht und sein hässliches, tränendes Auge. Als er dann in mich eindrang und die Augen verdrehte, glaubte ich, ich hätte ihn umgebracht, was mich ängstigte und mindestens für eine Woche gefügig machte. Und als ich den Dreh begriffen hatte, ließ ich es mir nicht anmerken.

Ich wartete auf den Moment, in dem sich alles wenden würde – denn irgendwo in meinem vierzehnjährigen Herzen wusste ich, dass ihm eine Wende kurz bevorstand, ein vernichtendes Ereignis.

Und ich hatte Recht.

Manchmal denke ich darüber nach – über die Agonien von Männern in Absteigen. Ich denke an die Männer, die davon zerrissen werden wollten, die wollten, dass man ihnen die Kehle durchschneidet oder ihnen die Daumen in die Augenhöhlen drückt.

Es gibt Männer, die – wie jede Frau, die auf dem Rücken gearbeitet hat, wohl weiß – wimmern und zappeln wie Säuglinge. Ich habe einen Herzog mit dem Hintern wackeln und hecheln sehen wie einen Hund, und ungezählte reiche Männer, die kicherten und greinten. Was mich interessiert, ist jener erhabene, einsame Moment, in dem man weiß, man könnte diesen Mann töten und er würde nur darum betteln, erneut getötet zu werden. Und das Verlangen nach diesem Moment brachte mich dazu, zu jenem Zimmer in Bordeaux zu rennen.

Und so ergab sich, vielleicht nach einem Monat, die Wende. Dort kauert Mr. Bennett weinend auf dem Boden. Und hier bin ich, ein junges Mädchen, das auf die Wand gegenüber schaut und denkt: Jetzt! Das hier ist Liebe. Und jeden Tag renne ich die Straße entlang, um auf dem Bett zu sitzen und darauf zu warten, dass ich wieder lieben kann. Und ich nehme ihm, in einundzwanzig Tagen, eintausendundsiebzehn Pfund ab.

Eines Nachts um diese Zeit wurde ich wach, und meine Lehrerin Miss Miller saß auf meinem Bett. Zumindest hörte ich ihr Kleid wispern und spürte im Dunkeln dieses grauenhafte Einsinken der Matratze. Erkennen konnte ich nichts, und als sich eine Hand näherte und mein Haar berührte, duckte ich mich und hätte aufgeschrien, wenn Miss Miller nicht gesagt hätte:

»Ich bin es nur.«

Eine Weile saß sie nur da, dann fragte sie:

»Fürchtest du dich?« Ich antwortete nicht, und ein paar Augenblicke später hob sich die Matratze wieder, und sie war fort. Ich musste lachen, denn ich wusste, wonach sie fragte – nicht, ob ich mich vor dem Mann oder vor der Zukunft (oder gar vor ihrer eigenen geisterhaften Gestalt im Dunkeln) fürchtete, wollte sie wissen, sondern ob mich der Akt selbst ängstige. Miss Miller wollte wissen, wie es sich *anfühle*, mit einem Mann nah vertraut zu sein. Dies war das Geheimnis, das ihr mit seinen Einflüsterungen das ganze Leben ruiniert hatte. So sehr zermürbt war sie davon, dass sie des Nachts in das Zimmer eines jungen Mädchens schleichen und sein Haar berühren musste.

Am nächsten Morgen stand ich auf und legte ebendieses Haar mit Jeanette Blanchots Brennschere in verbotene Locken. Ich ging über die Korridore und von einem Raum zum nächsten, lächelnd und frei. Ich hatte mit diesem Ort bereits abgeschlossen. Ich war bereits fort.

Dennoch, mir graut vor Bettgespenstern, vor denen, die einem eine Kuhle in die Matratze drücken, sodass man nichts mehr fühlt, außer dass man mürbe wird – im Schlaf das Gefühl hat, etwas gebe nach. Ich habe Angst vor allem, das einen im Schlaf aus der Balance bringt, sodass man, wenn man Träume hat, vom Fallen träumt. Zurzeit bin ich so rund, dass ich nicht auf dem Bauch schlafen kann. Wenn ich auf dem Rücken liege, habe ich im Schlaf das Gefühl, ein Geist sei in der Nähe, der mich ersticken will. Also bleibe ich auf der Seite liegen, so um meinen Bauch herumgebogen, wie das Kind meines lieben Freundes in mir liegt. Mir wäre es lieb, wenn er um uns beide herumgebogen daläge, aber er erträgt die Nähe nicht. Er wird unruhig, wacht auf und geht dann zu seiner *hamaca* hinüber, wiegt sich darin und schnarcht.

Was wollte ich noch über die Liebe sagen? Ich wollte etwas über den Moment sagen, in dem aus einer Notwendigkeit Liebe wird – denn immer habe ich gespürt, dass die dreihundert Pfund meines Vaters an mir zupften. Und doch gibt es immer – man frage jede Ehefrau – einen Moment, in dem aus Notwendigkeit Liebe wird.

Er weiß gar nicht, wie grausam ich bin. Er weint an meinem Bauch – vielleicht, weil wir heute einen Mann begraben haben, oder weil er heimfährt, oder weil er mich liebt. Ich kann es nicht erraten. Ich streiche ihm über das Haar, wenn er schläft und es nicht wahrnimmt.

Heute war der Weihnachtstag. Morgen ist das Fest des heiligen Stefan.

Heute Morgen sagte mein lieber Freund, ganz ausgelaugt von einer tränenreichen Nacht, in die Stille hinein:

»Ich habe einmal einen Mann getötet.«

»Nur einen?«, sage ich.

Betrunken banden er und seine Brüder den Mann eines Nachts an die Schweife ihrer Pferde und zogen grölend durch Asunción. Sie hinterließen Fetzen von ihm auf den Straßen. Weiß sah man seine Knochen aus dem zermalmten Rücken ragen.

»Aber nicht auf die Tatsache kommt es an, auch nicht auf das Fleischliche«, sagt er. »Sondern auf das Warum.«

»Dann also – warum?«, frage ich und vermeide sorgsam, ihn anzusehen.

»Warum nicht?«, kontert er und lacht gequält auf. »Ich weiß es nicht. Eine Frau hat mich seinetwegen abgewiesen – eine nicht sehr anziehende Frau –, aber auch das war nicht der Grund. Wir mussten es einfach tun. Das Mädchen zählte nicht: Carmencita Cordal. Sie bildete sich ein, dass ihrem Vater die ganze Stadt gehörte, und so war es eben nicht.«

Oder nicht mehr, denke ich und sage nichts.

»Aber der Mann ist gestorben, das steht fest. Ich habe ihn umgedreht und in seine leeren Augen geblickt. Ich dachte, ich würde in sie hineingezogen.«

»Und wurdest du hineingezogen?«

»Nein. Überhaupt nicht.« Er klingt enttäuscht.

»Und dann?« Ich muss mich in die Frage flüchten, so eng ist mir um die Brust.

»›Und dann?‹« Er lacht. »Für mich war es das erste wirklich tote Ding. Und es hat die ganze Welt verändert.«

Noch eine Weile liegen wir da, und jeder von uns beobachtet die mit Sonnenschein gesprenkelten Wellen, die an der Decke tanzen, und ich möchte ihn mit meinen nackten Fingerspitzen berühren oder mit meinen Lippen, die der Wunsch, ihn zu berühren, nun so prall lebendig macht. Ich möchte ihn da berühren, wo die Haut am dünnsten ist, um es aus ihm herauszusaugen, es aufzulecken wie Schweiß – es prickelt mir im Mund, wenn ich an all das denke, was in diesem Mann verborgen liegt.

Einmal angenommen, ich hätte den Matrosen getötet, statt ihm die Stirn zu trocknen, wäre ich dadurch so viel stärker geworden? Würde ich aufrecht durch die Welt gehen? Statt um Mitternacht umherzugeistern, um mich an ihm *satt* zu sehen? Vielleicht würde ich stattdessen einfach leben. Einfach atmen. Denn mir wird nun immer enger um die Brust. Sie verschließt sich, während mein Bauch sich aufbläht, und ich werde nicht mehr satt, an Essen nicht und nicht einmal an Luft. Diese zimperlichen, kurzen Atemzüge, die ich tun muss. Welch ein Kerker.

López steht am Fußende des Bettes, greift nach meinem Fuß, hebt ihn hoch und setzt ihn sich flach aufs Herz.

»So. Nun frag.«

»Wonach?«

»Nach Carmencita. ›War sie hübsch?‹ oder: ›Liebst du sie noch?‹«

Ich wende das Gesicht ab.

»Wie hat sich die Welt verändert?«, frage ich. »War der Himmel danach blauer?«

»Ja.«

»Von mehr Vögeln bevölkert?«

»Eindeutig.«

»War das Gras süßer?«

»Und so weiter. Und so fort.«

Ich weiß nicht, worüber wir nun reden. Aber plötzlich ist es höchst vergnüglich, und es geht überhaupt nicht mehr um den Tod.

In Mallow brachte meine Schwester immer alles zu mir, was zu töten sie zu zimperlich war: Kinderkram, einen Frosch oder einen Weberknecht, und dann machte ich sie tot, und meine Schwester weinte. Und später konnte sie dann natürlich nicht den Mund halten, Mama machte ein entsetztes Gesicht, und innig aneinander geschmiegt sahen sie mich dem Höllenfeuer entgegengehen. Immer schon war sie ein Dummerchen, meine Schwester. Ging mit einem durchreisenden Pianisten auf und davon und beschloss, das »Ehe« zu nennen. Soll sie es doch nennen, wie sie will.

Nur habe ich heute Nachmittag von Weberknechten geträumt, und ich war selbst das Tierchen, mit dickem Bauch und ganz schwachen Gliedmaßen, die zappelten und an denen Stücke fehlten. Und so fort.

Es ist sehr heiß.

Ich denke an eine Anprobe bei dem Schneider in der Rue de Rougemont zurück. Das Kleid war so zart, dass sich zwei Frauen auf Stühle stellten, um es mir überzustreifen. Jede von ihnen nahm zwei Stäbe, sie breiteten damit den Rock zum Baldachin aus, und ich trat darunter. Dann ließen sie das Kleid über mich fallen, und es war, als stürze seidig rauschend der Himmel auf mich nieder.

Was haben glatte Dinge nur an sich, dass sie uns zum Weinen bringen können? Einmal habe ich den Fuß einer Statue gestreichelt, und die marmorne Fußsohle war so kalt und glatt, dass ich die Augen schließen musste. Meine Hände waren jedoch nicht geschmeidig genug, um über jene Seide zu streichen, über jenes unerhörte Blau. Sie waren zu stumpf und rau: Mit der Wange musste ich das Gewebe berühren, beinahe mit den Lippen, und konnte es gleichwohl nicht glauben. Es steht fest, ich hatte den Unterschied zwischen Glätte und unvorstellbarer Glätte vor mir, als gäbe es einen Grad von Feinheit, von dem an die Welt dahinschmilzt.

Und in jenem Moment erfuhr ich, wofür Geld da ist. Damit man Dinge haben kann, die nicht möglich sein sollten. Und um mich her kam ein ganzes Reich von Dingen zum Vorschein, die diese Grenze zum Wunderbaren überschritten hatten. Dinge, die man kaum glauben kann, so lange bleiben sie vor einem verborgen, bis zu jenem Augenblick, in dem man sie zum ersten Mal erspäht. Und von da an winken und locken sie und rufen dich beim Namen. Der schönste Stoff für ein überirdisches Blau; das schönste Motiv, das sich mit Goldstickerei auf einen rosafarbenen Grund zaubern lässt; der schwarze Marmor, der am schönsten von weißem absticht. Alles absolute Dinge. Alle mit einem Preis versehen.

Da stand ich unter jenem Kleid, und es war, als senke sich mein Leben über meinen Kopf. Und die glatte blaue Haut wurde zu meiner Rüstung, verlieh mir überirdische Macht. Ich schwöre, in ihr ging ich nicht dahin, sondern ich schwebte. Ich blickte in den Spiegel und wusste, Schönheit hat etwas in sich, das sich niemals fassen lässt, das niemals böse sein kann, gleich wie hoch ihr Preis ist.

Ich glaube, das wusste er, als er in den Raum trat: als er aus seiner leichten Verbeugung hervor mit glitzernden Augen aufblickte, da, glaube ich, wusste er, dass er etwas vollkommen anderes wahrnahm. Auch wenn der Blick, den er mir gönnte, weniger der eines Mannes war, der sich ein Kunstwerk leistete, als der Blick, mit dem ein reicher Mann ein gutes Mahl betrachtet, bevor er es verzehrt – denn glücklicherweise hat das Schmausen da, wo Francisco Solano López ist, niemals ein Ende: Immer folgt noch ein weiterer Gang und danach noch einer, und darum habe ich ja auch so viele Kleider, nicht wahr? – damit der Genuss, sie abzulegen, sich nie wiederholt, sondern stets ein neuer ist.

So wehmütig denke ich an ihn – obwohl er sich hier auf dem Schiff befindet, kaum fünf, sechs Meter entfernt –, dass ich Francine rufe, auf dass sie wie eine liebe, brave Tochter bei mir sitzt, während ich rede und seufze.

Ich frage sie, ob sie an jenem Abend, als sie ihm die Tür öffnete, die Reise vorausgeahnt habe, auf die wir uns bald begeben würden – denn dies ist ja auch ihre Reise. Und sie sagt Nein. Woran hätte sie ihn denn auch von einem der anderen unterscheiden sollen?

Was natürlich die pure Frechheit ist.

Ah, wenn sie es sich nun *überlegt*, doch – er hatte etwas von einem Mann an sich, der durch nichts aufzuhalten ist.

Ich könne nicht leugnen, sage ich, dass ich mir bei seinem Eintreten zunächst gewünscht hätte, er wäre größer und vielleicht ein wenig hellhäutiger; aber was seine Wirkung angehe, habe sie Recht – die mache einen ganz kribblig, aber auf angenehme Weise. Und sie sagt:

»Ja.«

Mir hat gefallen, wie er Karten spielte, sage ich, denn er spielte, wie es sich gehört und mit hohem Einsatz. Er sah mich über sein Blatt hinweg an und versuchte, sich gleichgültig zu geben, nicht weil er mich im Bett genießen wollte, sondern weil er zwei Asse und einen König hatte. Und ich gewann. Ich hätte immer weiter gewinnen können (wir spielten schließlich mit meinen Karten), nahm aber davon Abstand und sagte: »Wenn ich gewinne, werden Sie mich nicht mögen.« Natürlich war es wichtig, ihn nicht zu vertreiben. Aber, weißt du, ich wollte auch, dass er mich mochte – dieser Mann, der beim Spiel ein ernst zu nehmender Gegner war. Und zugleich wollte ich auch weiterspielen. Und so saßen wir in der Falle, in der Falle dieser Liebesschlacht, die wir heute noch ausfechten.

Und er legte seine Karten offen.

»Erinnerst du dich?«, frage ich, doch Francine mag diesen Bruch der Etikette nicht. Sie ist eine Dienerin. Sie hat damals so getan, als wäre sie nicht im Raum, wie kann sie da jetzt zugeben, dass sie sich erinnert? Zu nicken wäre indiskret von ihr, und sie möchte, dass ich aufhöre zu reden. Sofort.

Und auch ich möchte damit aufhören, denn beim Dahinplappern wird mir klar, dass mein lieber Freund Francine besitzen möchte und dass ich sie ein wenig zurechtklopfe, wie man es etwa mit Kalbfleisch tut, damit es desto zarter ist, wenn es Zeit wird, es in die Pfanne zu werfen.

Er verbeugt sich und begibt sich auf eine weitere Runde um das Deck. Oder er trabt vielmehr. Er ist immer in Bewegung. Immer wird gebrüllt und geplant. Immer wird in einer Ecke etwas besprochen, wird durch den Raum etwas zum Deck hinaufgerufen, wird eine andere Gruppe von Männern in einer anderen Kabine zu einer neuerlichen oder zur nächsten Besprechung versammelt. Er nimmt sie sich einzeln vor, sie sprechen mit leisen, festen Stimmen, und immer geht es um Eisenbahnschwellen und Nebenlinien, um Waggons und Minen und Salpeternachschub.

Ich blicke ihm nach. Er verschwindet um das Heck, und auf dem Schiff ist es still. Dann kommt er zurück. Er redet auf Whytehead ein, wie gewohnt über die Schmelztemperatur von – war es Holzkohle? –, jedenfalls über das Gewicht davon, und über Waggons. Das Wort ›Waggons‹ höre ich immer wieder, offenbar hängt von ihnen alles ab.

Ich wiege mich in meiner *hamaca* und spreche vor Francine von dem Tag, an dem mir dieser Mann zum ersten Mal vor die Augen kam. Und die Tatsache, die wir alle kennen – außer vielleicht dieser Waggonkopf Whytehead –, die Tatsache, die jedem, der auf diesem Schiff fährt, zugänglich sein dürfte, ist, dass Francisco López, mein lieber Freund, gern eine gewisse Zeit unter vier Augen mit meiner Zofe Francine verbrächte. Und dieser Wunsch lässt uns vor ihnen zurückscheuen, als trüge er ein Gewehr und sie wäre ein Vogel. Und tatsächlich gleichen ihre Augen sehr denen eines Vogels, denn sie beobachtet ihn nicht und tut es aus dem Augenwinkel doch.

Ohrfeigen möchte ich das Biest, aber ich tue es nicht.

Ich sage: »Wir müssen uns eine Handarbeit holen und hier im Freien nähen, wo das Licht gut ist.« Das Mädchen starrt mich an, sie weiß, dass ich lieber Hanf pflücken als nähen würde; meine Finger sind jetzt so geschwollen, dass ich kein Gefühl für eine Nadel habe. Aber sie geht dennoch davon, und ich gewinne einen Moment Zeit, um durchzuatmen.

Mein lieber Freund kommt näher und verbeugt sich, Whytehead lüpft den Zylinder, sie machen kehrt, um ihren Gang auf der Steuerbordseite fortzusetzen. Anscheinend verstehen wir einander vollkommen.

Als Francine mit dem Korb wiederkommt, ist sie ganz rot im Gesicht, als wäre in der kurzen Zeit, die sie brauchte, um den Korb zu holen und damit zurückzukommen, die Sache bereits vollzogen worden. Sie verströmt diesen gewissen Übermut, der mich – wie ein Schlag – an die Momente in Bordeaux erinnert, wenn ich aus jenem Zimmer zurück in die Schule kam. Miss Miller öffnet die Tür. Madame Hubert steht in der Halle. Von Gleich zu Gleich sehe ich sie an. Halb hasserfüllt, halb hoffnungslos. Und ich staune über die Macht, die Männer besitzen. Darüber, dass wir ihrem Verlangen den Weg bereiten.

Und nun sitzen wir da und nähen. Oder vielmehr, ich tue so und schaukele, während Francine an meiner Seite adrett stichelt. Und die Verhandlungen beginnen.

Doch zuvor möchte ich noch dringend einige Dinge sagen.

Ich möchte sagen, dass ich meinen Gatten liebe. Ich möchte es herausschreien, als säße ich in einem Gerichtssaal auf der Anklagebank. Nur ist er nicht mein Gatte, und eine solche Liebe zu erklären steht mir nicht zu. Es steht mir nicht einmal zu, eine solche Liebe zu empfinden. Was nur zu meinem Vorteil ist, denn eine solche Liebe besitzt für mich keinen Reiz.

Aber es ist manchmal reizvoll, so zu tun. Ein Seufzen auszustoßen und zu fragen:

»Wann hat es begonnen?«

Und bei einem Klopfen an der Tür lässt sich geradeso gut beginnen wie an jedem anderen Punkt. Mein lieber Freund kam in meinen Salon an der Rue St-Sulpice spaziert, und mein Leben veränderte sich von Grund auf. Sein Auftritt hätte sich auch als so banal erweisen können wie alle anderen – es war nicht vorherzusehen; so viele Anfänge beruhen auf Irrtum oder schlagen fehl. Da erwidert man eine Sekunde zu lang einen warmen Blick, und in dieser Sekunde denkt man, ich könnte mich fallen lassen, ich könnte sehr viel Zeit damit zubringen, in die Arme dieses Mannes zu fallen. Oder aber er bleibt für eine Nacht, oder für drei. Oder er geht. Oder man mag ihn am Ende doch nicht.

Nein, Francisco Solano López spielte mit mir Karten, und ich sagte: »Wenn ich gewinne, werden Sie mich nicht mögen.« Und er legte seine Karten offen, denn auch er wollte mich mögen, bevor er mich nahm. Und mit einer so alltäglichen Geste der Höflichkeit – der Ermattung, könnte man auch sagen – wurde über meine Zukunft entschieden. Eine Zärtlichkeit, eine Geste der Rücksicht von einem Mann, der in der Regel weder zärtlich noch rücksichtsvoll ist. Doch woher sollte ich das wissen? Ich hatte den Schritt in meine Zukunft getan. Sie hätte sich als kurz erweisen können, oder als miserabel. Andererseits aber waren wir so überaus glücklich im Bett. Und das ist keine Fügung des Schicksals: Es ist eine Frage der Nase. Sagte zumindest einmal mein Mentor in diesen Dingen, Monsieur Raspail. Es ist eine Frage des Geruchs.

Also sind Sie an der Nase hierher geführt worden, sagt Francine, und wir lachen beide.

An der Nase wurde ich hierher geführt. Um zu lügen, zu schaukeln und zu träumen, von Kleidern an Stäben und von Insekten mit fehlenden Beinen. Um dazuliegen und den Sohn des Mannes zu liebkosen, der in hektischer Umsicht auf dem Deck umhergeht, während ich mich mit meiner – mittlerweile beinahe zur Gesellschafterin aufgestiegenen – Zofe unterhalte, die zum Objekt jener Aneignungsgelüste geworden ist, mit denen sich Männer untereinander so oft amüsieren. Stewart. Whytehead, López. Wer wird sie schon bekommen, wenn nicht der Stier?

Es könnte schlimmer sein.

Er klopfte an, und Francine öffnete. Es sieht so aus, als habe er auch ihr eine Zukunft gebracht. Und nicht einmal eine schlechte. Wenn sie ihn bekommt – wer weiß? Es könnte zu einer Ehe führen – zu einem Arrangement, vielleicht sogar mit

Whytehead, so wie ich einst Quatrefages untergeschoben wurde. Denn furchtbare Dinge, wie ich im Flüsterton (sie ist so viel jünger als ich) sagen möchte, bedeuten niemals das Ende. Sie liegen nur auf dem Weg.

Heute Nacht aber beiße ich ihn, all meinem Gleichmut zum Trotz, in die Schulter und schlage ihn auf die Schläfen. Auch er versetzt mir Hiebe, auf den Nacken und einmal schallend auf ein Ohr, und keiner von uns gibt einen Laut von sich. Nichts können andere vernehmen außer einem Scharren oder dem Geräusch von Kissen, die aufgeklopft werden, oder dem Schnaufen, als López mit der flachen Hand mein Gesicht auf Armlänge von sich fern hält: Finten, einmal, zweimal, und da fängt er erst meine eine, dann meine andere Hand ein. Er packt sie an den Gelenken und zieht sie mit solcher Macht abwärts, dass mein Gesicht sich seinem zuneigt. Wir sind uns sehr nahe. Er schaut mir in die Augen, und da schwebt ein Wort, das er mir ins Gesicht sagen – oder zischen – will.

Ich warte darauf, dass es ausgesprochen wird. Es hängt in der Luft, dieses Wort. Ich will, dass er es äußert. Aber er tut es nicht. Stattdessen hält er meine Handgelenke in der Zwinge und sieht mich an, und unterdessen dreht sich das Kind in meinem Bauch um, und dann, träge, noch einmal.

TRÜFFEL

1865, Asuncion

Whytehead ließ Stewart wegen einer Verletzung rufen, die er keinem der Ärzte, die bei ihm zu dinieren pflegten – Fox oder Skinner –, zeigen wollte. Das jedenfalls nahm Stewart an, als er, zu Whyteheads Quinta unterwegs, durch die sanfte Kuhle im Berghang ging, welche die Einheimischen Tapé taú nde yurú nannten, ›den Pfad, wo meine Küsse deinen Mund verschlingen‹. Es war ein Pfad wie jeder andere, nur vielleicht ein wenig schöner. Weiß Whytehead eigentlich, wo er da wohnt, fragte sich Stewart.

Neben Fox und Skinner hatte Whytehead oft auch Cochelet zu Gast. Und Kapitän Thompson. Gelegentlich kam eine Dame zum Abendessen in Whyteheads Haus und ging schlanker wieder, als sie gekommen war, so sehr hatte sie der Hammelbraten und das Dessert aus Zuckergespinst in Form einer jüngst eröffneten Hängebrücke verblüfft. Whytehead gab vortreffliche Dinners, bei denen sich die Gespräche endlos um das Kaliber von Kanonen drehten, um den Zustand der Welt und um die Frage, ob Geranien in der Hitze brandig würden. Ein sechs Gänge langer Tod bei lebendigem Leibe. Jedenfalls für mich, wenn ich je dazu geladen würde, dachte Stewart, als er Whyteheads Auffahrt hinaufschritt. Knirsch, knirsch, knirsch. Man stelle sich das vor – Kies. Sogar die Stiefel brachte das Geräusch zum Jaulen.

Hinter der Haustür sodann Großbritannien, in Gestalt von Eames, einem echten Butler, der doch wahrhaftig aus Yorkshire stammte. In der Halle ein leise tickendes Großbritannien. Im Salon erst recht Großbritannien, und zutiefst britisch die Haltung, mit der Whytehead in seinem Polstersessel saß und über seinen üppigen, soliden Schnurrbart hinweg in die mittlere Ferne starrte. Das Dominospiel, die Rosshaarpolster und die unglaublichen Plüschvorhänge: eine bemerkenswerte Leistung, dieser Raum. Stewart sah sich um und meinte, in der Hitze eine Fata Morgana der Mile End Road zu erblicken.

Verletzt habe er sich, sagte Whytehead, an der Hand – eine Bagatelle, dachte Stewart, um die sich auch Whyteheads Barbier hätte kümmern können, es sei denn, der Chefingenieur des Staates hatte dem Generalstabsarzt mehr zu sagen als ›Es tut weh‹. Und in der Tat fehlte es ja an Gesprächsstoff nicht. Schließlich war da der Krieg. Intrigen ohne Zahl waren zu erörtern oder aufzudecken. Geld musste gerettet oder erst noch verdient werden. Was Stewarts Tante ›Krämergerede‹ nennen würde und López möglicherweise ›Verrat‹.

Stewart bog Whytehead die Finger auf, um die Wunde in Augenschein zu nehmen – eine hässliche, unklare Sache mit alten Narben und frischem Schorf. Kein Schnitt, sondern eher ein Loch – irgendetwas, oder irgendjemand, hatte sich in Whyteheads Hand gebohrt, ein Weilchen gewartet und dann erneut gebohrt. Und dies schon seit geraumer Zeit, weshalb Stewart befürchtete, man habe es mit einem Parasiten zu tun, mit einem seltsam hartnäckigen Pilz, dessen Geduld bald belohnt werden würde, denn er hatte sich nach Monaten des Angriffs und der Heilung fast bis zum Handrücken durchgefressen.

»Anscheinend bin ich damit an einen Nagel geraten«, sagte Whytehead, als Stewart ihn fragend ansah. Und zur Präzisisierung nahm er das Ding von einem Beistelltischchen und hielt es dem Arzt hin.

»Eisen«, sagte er.

»Aha«, sagte Stewart.

Beide blickten sie auf die Spitze des Nagels, den Whytehead zwischen Daumen und Zeigefinger drehte und damit eine imaginäre Kurve in die Luft schrieb.

Nun ja, mit Eisen hatte es der Mann eben zu tun. Ließ es aus der Erde scharren, mühselig Unze um Unze; ließ es schmelzen, gießen, formen. Opferte eine halbe Tonne Munition, weil der Kriegsminister elegante Gitter um sein Haus haben wollte, die das Land weniger gekostet hätten, wären sie aus purem Gold geschmiedet worden. *Mit Goldmunition lässt sich kein brasilianisches Panzerschiff versenken.* Wie Whytehead bei einem seiner langweiligen Dinners sagen könnte, bei dem all diese Langweiler umhersaßen und über den beschwerlichen Umstand grübelten, dass sie am Leben waren.

Stewart beäugte den Nagel. Vielleicht wollte Whytehead sagen, dass die Verfärbung an der Spitze Rost sei und nicht Blut; oder dass beides nach einiger Zeit die gleiche Farbe habe. Stewart dachte nicht daran, das Ding zu berühren. Sollte der Mann doch seinen Trost behalten, seinen Bluff, sein Betrugsinstrument. Seine kleine private Kreuzigung.

»Kostbares Zeug«, sagte er.

Die Brasilianer waren auf dem Fluss. Zwar weit im Süden, aber sie waren da – irgendwo hinter einer Biegung, oder hinter der nächsten. Nichts kam ins Land, nichts hinaus. Niemand konnte Asunción verlassen.

Whytehead legte den Nagel hin. Stewart setzte sich in den

zweiten rosshaargepolsterten Clubsessel. Die Uhr (noch eine Uhr!) tickte britisch dahin. Sie waren beide so entsetzlich müde.

Ein angenehmer Raum. An den Fenstern die moosgrünen Vorhänge mit den kleinen Troddeln an den Längskanten. An der Wand ein gerahmter Stich: *Die Königin zu Balmoral, auf ihrem Pferd Fairy*. Ich würde Whytehead gern heiraten, dachte Stewart. Das wäre ungemein tröstlich. Zu reden brauchte man nicht. Alles sehr ordentlich und pünktlich. Ein kleines Frauchen, das sich ein Loch in die Hand bohrt, während man unterwegs ist.

Und Whytehead sagte: »Möchten Sie den Garten sehen?«

»Das wäre nett«, sagte Stewart.

Durch eine Verandatür traten sie auf die Granitplatten der Terrasse. Aus ein paar Tonkübeln ragten die Skelette von Büschen, die zu Singvögeln gestutzt waren. Zu gewöhnlichen Vögeln: Spatzen oder Finken oder Zaunkönigen.

»Die Ameisen haben sich darüber hergemacht«, sagte Whytehead. Eine Weile blieb er stehen und betrachtete den Jammer.

Stewarts Tante vertrat die Ansicht, alle Gärtner seien Wahnsinnige, die sich als Gärtner ausgäben. Das Gleiche sagte sie über Männer, die gern fischten, und sie hielt solche Käuze mit bedächtiger, lauter Stimme bei Laune. Weswegen Stewart sich nun, ohne die Miene zu verziehen, erkundigte:

»Trotz der Kübel?«

»Ach, sie kommen überallhin«, sagte Whytehead, und dann ging er voran, über den schütteren Rasen und durch eine Lücke in der Hecke.

Unter einem tiefen, wohltätigen Himmel strebten sie durch Whyteheads Versuchsgarten einigen Schuppen zu. Sie gingen so schön im Einklang dahin: Wie sie so ihre Stöcke schwangen und mit großen Schritten das Land durchquerten, spürte

Stewart jede Bewegung seiner Schenkel. Bohnen, Maniok, Mais: Whytehead deutete darauf, nicht ohne die Merkmale von botanischem Interesse zu erwähnen, auch auf die schmucken Rosenbüsche, die Nelken und Dahlien, die zwischen den Gemüsebeeten gepflanzt waren. Bei seinem Schweinestall hielten sie an. Sie streichelten die unglaubliche Jerseykuh, die er ihrer Milch wegen hielt (gewiss so dick wie Butter, in dieser Hitze).

Stewart spazierte über den Landsitz des staatlichen Chefingenieurs, Keld Whytehead, neununddreißig Jahre alt, zur Hälfte gekreuzigt, dessen Vater nichts in Gesellschaft Erwähnenswertes gewesen war, dessen Großvater nach Stewarts Schätzung ein Fischer von den Orkney-Inseln gewesen war, also ein Mann vom Land, der drei englische Wörter kannte, nämlich ›pence‹, ›bailiff‹ und ›Sir‹.

»Du meine Güte«, sagte Stewart. »Alles Ihres?« Ein Tabakfeld erstreckte sich vor ihnen, durchquirlt vom Wind und von den Buckeln der Landarbeiter, die inmitten der Blätter schufteten.

»Dafür ist es ein gutes Jahr«, sagte Whytehead, außerstande, ein so ordinäres Wort wie »meines« in den Mund zu nehmen. Oh, welche Wonne.

Sie würden über den Krieg nicht reden – weder wie Krämer noch wie Verräter; sie würden vom Wetter reden wie Gentlemen und ihre Pflicht tun, die darin bestand, in großem Maßstab zu töten und zu retten; Kanonen und Krankenhäuser zu bauen und sich mit der Schulter gegen das Rad zu stemmen, gegen das Rad der Geschichte.

»Und das habe ich aus einem Setzling gezogen, den Madame Lynch mir gesandt hat.«

Elisa verbrachte ihre Zeit nun mit Wohltätigkeitskampagnen zugunsten der Truppen. Sie gab großartige Soireen, bei denen sie an der Tür stand, um persönlich die Juwelen der Damen entgegenzunehmen. »Gold für Kanonen«, sagte sie, »Gold für Kanonen«, und die Frauen gingen zum Ball, als wollten sie sich zu Bett begeben, so schläfrig fassten sie sich ans Handgelenk, an die Ohrläppchen und an den Hals, um die Verschlüsse zu lösen.

Und gleichwohl fand sie anscheinend die Zeit, ein paar Lavendelsträucher zu züchten. Stewart hatte von diesem Zwiegespräch mittels Ablegern und Samenproben gehört, das sie von einem Ende der Stadt zum anderen mit Whytehead führte, von einem Austausch mittels Chutney- und Konfitürekompositionen, Sonnenschirmen und Regengaloschen – von kleinen Tröstungen, wie sie Schwestern einander zukommen lassen könnten, wie sie persönlicher kaum vorzustellen waren, Zeichen des dankbaren Werbens einer Nation. Elisa Lynch war Paraguay. Der Nation zur Ehre hatte sie drei lebende Söhne hervorgebracht. Außerdem war sie, seit López ihr seine Ländereien überschrieben hatte, eine der reichsten Frauen der Epoche. Und sie machte Whytehead getrocknete Samenschoten zum Geschenk, die sie eigenhändig abgeschnitten und in ihr eigenes Weidenkörbchen gebettet hatte. Dies wog all die Mühe auf.

»Und wie geht es Il Mariscal?«

»Bei bester Gesundheit«, sagte der Arzt. »Bestens.«

»Gut. Sehr gut. Und sein Katarrh?«

»Sehr gebessert.«

»Gott sei Dank.«

Mit wachsendem Bedauern starrten sie auf Elisas Lavendelstrauch. Tatsache war, dass ein Gentleman (oder jemand, der in Paraguay als solcher durchging) sich kaum gegen das Rad der Geschichte stemmen konnte, wenn der Kutscher des Molochs ein Tyrann wie López war. Ganz zu schweigen von den Sklaven, die sich an den Seilen abrackerten. Whyteheads Bergleute arbeiteten in Ketten, und schon der Gedanke daran verstörte ihn. Um sich so erniedrigter Menschen zu bedienen, hätte man edleren Geblüts sein müssen – Blut in den Adern haben müssen, das einen Farbton irgendwo zwischen Blau und Kohlschwarz aufwies, Blut, welches beim Anblick grüner Samtvorhänge nicht sonderlich in Wallung geriet, nicht einmal bei dem eines gerahmten Porträts, das *Die Königin zu Balmoral, auf ihrem Pferd Fairy* darstellte.

Neben dem Haus lehnten sie sich an einen sehr britischen Zaun, um Whyteheads bestes Pferd zu bewundern, einen großmütigen prächtigen Colorado, der losgaloppierte, als er sie sah, dann bebend stehen blieb und nicht näherkommen wollte.

»Schrecklich ist sein prächtiges Schnauben«, sagte Whytehead und, als Stewart keinen Versuch unternahm, die Stelle zu benennen: »Das des Pferdes. Hiob 39.«

»Aha«, bemerkte Stewart.

»Sooft die Trompete erklingt, spricht es hui! Und wittert den Kampf von ferne und das Rufen der Fürsten und das Kriegsgeschrei.«

Stewart fühlte sich bedrängt. Er drückte sich vom Zaun ab und ging auf das Haus zu. Whytehead hielt mit ihm Schritt. Er schlug einen lässigen Ton an, als rede er mit einem nahen Freund; als rede er mit jemandem, der ihn ziemlich gern hatte.

»Irgendwann kam mir einmal die müßige Idee, Israel könnte irgendwo hier liegen«, sagte er. »Damals auf dem Schiff. Auf dieser entsetzlichen Seereise. Da habe ich mir überlegt – nun ja, wie viele Tonnen pro zurückgelegter Meile natürlich, aber ich habe auch an einen verlorenen Stamm gedacht. Oder an ein Arkadien.«

»Und nun ist hier alles arkadisch«, sagte Stewart mit unverbesserlicher Güte, bewegt von der plötzlichen Erkenntnis, dass der Mann, mit dem er gerade sprach, sterben würde. Und wenn schon, dachte er. Das tun wir alle.

»Ja. Es gibt hier alles«, sagte Whytehead. »Außer Elefanten.«

Nach Whyteheads Tod würde das Arsenal einstürzen und es würde keine Kanonen mehr geben. Als er einen Blick auf das nervöse, zerrissene Gesicht dieses Mannes warf, ging Stewart durch den Sinn, dass sein eigener Tod soeben ein Stück näher gekommen war. *Und wie fühlt sich das an, Herr Doktor?* Und weil Whytehead wusste, dass sie nun beim wahren Kern der Sache angelangt waren, blieb er stehen und wandte sich um.

»Gestern bin ich zum Amtssitz des Kriegsministers gegangen«, sagte er. »Als ich dort ankam, wurde ich aufgefordert, am Tor zu warten. In der Sonne. Natürlich habe ich nicht gewartet. Ich habe hunderterlei Dinge zu tun. Ich bin kein Mann, der wartet. Doch als ich mich schriftlich über die Unverfrorenheit des Wächters beschwert habe, hat er mir dies hier gesandt.«

Stewart nahm das Blatt entgegen und überflog es von »Ihre übermäßige Empfindlichkeit« bis zu der krakeligen Unterschrift am Ende. *Benigno López.* Der jämmerliche Tropf von Bruder. Dass er schreiben konnte, war das einzig Überraschende.

»Darüber müssen Sie sich erheben«, sagte er.

»Das kann ich nicht. Über nichts von alldem kann ich mich erheben. Zu Überheblichkeit bin ich nicht geschaffen.«

»Dann lassen Sie sich eben herab, Himmel noch mal. Hofieren Sie den Kerl ein bisschen.«

»Ich weiß nicht, wie man das macht.«

Das stimmte. Whytehead konnte niemanden hofieren, weder Arm noch Reich. Er hielt das für demokratisch. Stewart hielt es nur für kleinlich. Und eben darum, dachte Stewart, würde er dieses Land hier überleben und Whytehead nicht. Skinner behandelte ihn wegen Darmschwäche, Fox wegen Rheumatismus des Nackens, und Stewart nun wegen eines Lochs in der Hand. Von seiner Würde aber konnte ihn keiner heilen.

Von Fox ließ sich Whytehead täglich eine Morphiuminjektion in den Nacken verpassen. Vielleicht blieb er deshalb so oft unerwartet stehen, machte kehrt oder setzte sich. Oder legte sich, wie jetzt gerade, flach ins Gras. Stewart setzte sich neben ihn, nah an Whyteheads Kopf. Er fand die Situation unangenehm erotisch.

»Ach, fühlt' ich nur die hingeschwundene Hand«, sagte Whytehead. »Und lauschte der verstummten Stimme Klang.«

Für eine Weile betrachtete der eine den Himmel, der andere die Bäume in der Ferne.

»Ich habe meine Schwestern oft geschlagen«, sagte Whytehead verträumt. »Ziemlich fest. Und ich bereue es nicht im Geringsten. Sonderbar, dass sich ein Mann wegen so etwas Sorgen machen kann. Aber jetzt tue ich es, unentwegt. Und wer war dieser Junge denn überhaupt? Ich bin mir nicht ganz sicher, dass ich der Junge war.«

Er stützte sich auf einen Ellbogen und wandte sich Stewart zu. »Der Junge, für dessen Taten ich einmal gerichtet werde.«

»Sie glauben, wir werden einmal gerichtet?«, fragte Stewart.

»Dessen bin ich mir sicher.«

»Streng, meine ich?«

»Es gibt nur eine strenge Gerechtigkeit.«

»In letzter Zeit«, wagte Stewart einzuwenden, »bin ich sehr eingenommen von der Idee eines mitfühlenden Gottes.«

Whytehead lachte.

Stewart ging auf dem ›Pfad, wo meine Küsse deinen Mund verschlingen‹ heimwärts. Wenn er nur wüsste, was ihn mit dem Mann, von dem er kam, eigentlich verband. Die gleiche Abstammung war das Geringste daran. Jedes Mal, wenn ihre Lebensfäden sich kreuzten, verhedderten sie sich sogleich. Kein Wunder, dass sie einander mieden. Oder vielmehr einander abstießen, wie Magnete – wann immer einer von ihnen sich auch nur ein klein wenig drehte, schwenkte der andere herum, und sie hafteten aneinander fest.

Natürlich waren sie auch geschäftliche Konkurrenten. López, der den Zugang zu einem ausländischen Bankkonto schätzte, gewährte ihnen beiden die gleichen günstigen Konditionen, wenngleich Whytehead sie um einiges besser zu nutzen verstand als Stewart. Das Geld, dachte Stewart, immer ist es das Geld, das eines Mannes Herz erstickt.

Und das Geld war es auch, das sie nun verrückt machte, die Briten von der besseren Sorte, die in Asunción festsaßen oder unten in dem riesigen Militärlager von Léon an der Eisenbahnlinie arbeiteten. Während der Krieg dahintröpfelte, irgendwo im Mato Grosso im Norden oder in Corrientes im Süden, wurde ihre Entlohnung von Gold auf Silber und schließlich auf Papiergeld umgestellt, bis kaum noch festzustellen war, ob sie überhaupt entlohnt wurden. Dennoch hielten sie durch. Sollte jemand sich verdrücken, dann würde er es sicher spät in der Nacht tun, nach einigen überzähligen Gläsern und nach irgendwelchen unbedachten, irrigen Bemerkungen – über die Chance zum Beispiel, die ein Mann habe, sich über Land bis nach Buenos Aires durchzuschlagen, oder über die Frage, ob López wohl ›ganz richtig‹ sei oder *gegen wen* eigentlich überhaupt Krieg geführt werde. Und dann saß Stewart, völlig nüchtern, in einer Ecke und erteilte jeweils seine stumme, angewiderte Antwort: Nein, ein Mann habe keine Chance, sich bis nach Buenos Aires durchzuschlagen, da die Brasilianer den Fluss besetzt hielten, und: Nein, López sei nicht ›ganz richtig‹, er sei auf der falschen Schule gewesen, das wisse man doch wohl, und schließlich: Krieg geführt werde gegen alle. Natürlich gegen alle – es sei eben ein Krieg.

Wenn er von solchen Zusammenkünften nach Hause ging,

brüllte er innerlich heraus, wie es stand. Das ist ein Mann, wollte er laut sagen, ohne Zugang zum Meer. Er gleicht einer Ratte im Sack.

Aber mehr noch, er ist ein Mann, der nie seinen Homer gelesen hat; er begreift nicht, dass Kriege Unternehmen sind, von denen man jeweils nur eines in Angriff nimmt, und darum wird sein Krieg unvermeidlich nach und nach zu einem Krieg gegen alle – wenn es in der Ostprovinz ein Problem gibt, dann annektieren wir doch ein Stück von Brasilien. Schicken wir unsere Armeen doch quer durch Corrientes, das nun Argentinien ist. Und so fort, bis die drei vor kurzem noch ein paar zu Rempeleien aufgelegte Provinzen einen Pakt gegen dich unterzeichnen, drei Nationen: Uruguay, die Republik Argentinien, das Königreich Brasilien – alle eingeschworen auf die Vernichtung von Francisco Solano López.

Doch wichtiger noch – dies ist ein Krieg, der zu Hause geführt wird, in dem ein Mann ohne benennbaren Grund erschossen werden kann, hier, mitten in Asunción. Während man sich gerade des Nachmittags zum Tee nach Hause begibt, kann jemand erschossen werden. Dieser Krieg ist allgegenwärtig, wie die Luft. Er tobt im schweigsamen Herzen und Mund des Indios. Er wird für ›Paraguay‹ ausgefochten. Was so viel heißt wie für überhaupt nichts. Nach britischen Maßstäben war López vollkommen wahnsinnig.

Doch Stewart mochte ihn; der Mann war vollkommen er selbst, fand er. Ihm gefiel seine Intelligenz, die beachtlich war. Und wenn Stewart in jenen frühen Kriegstagen nachts nach Hause ging, erwog er, seine Bestie López mit der einen oder anderen Tatsache zu füttern. Mit demjenigen, was Cochelet gesagt hatte, zum Beispiel, was Thompson über die Kompetenz von López' Bruder Benigno angedeutet hatte, eine Verteidigungsanlage für das Lager in Léon zu errichten, was Benigno so über Lopez' Freundin Elisa Lynch munkelte. Vielleicht würde er eines Tages ja all diese Säufer satt haben und dieses oder jenes Wörtchen ins pelzige Ohr seines Herrn und Meisters hauchen.

Bis er an seiner Haustür anlangte, waren diese um Loyalität und Verrat kreisenden Überlegungen zu einem einzigen Wunsch verschmolzen, dem nach einem Drink. Nichts war so stumpfsinnig wie diese Engführung. Ein-, zweimal im Monat überkam Stewart ein Gelüst. Es gelüstete ihn nach dem unmoralischen Akt. Er wütete gegen die Ungerechtigkeit seines Lebens; irgendetwas an Unterstützung oder Rache stand ihm zu, das wusste er, etwas Kleines, Giftiges. Etwas Schmutziges. Oder Harmloses. Ein Schlückchen Schnaps vielleicht.

Er wusste, warum er diese Männer hasste, Benigno López, Thompson und die übrigen. Weil er ihnen das Glas, von dem sie tranken, unter dem Mund wegziehen wollte. Aber er rührte das Glas nicht an, und er würde die Männer nicht verraten. Er wanderte umher. Von Mitternacht bis manchmal gegen drei trabte er durch die Stadt und auf die Landstraßen hinaus. Immer würde er jetzt ausgeschlossen bleiben, das wusste er, es lag nun einmal in der Natur der Sache, und so suchte er sein Vergnügen in der Dunkelheit und Trost bei den Schläfern, an denen er vorüberkam, Mensch oder Tier. Er hielt inne, um sie zu betrachten, wie sie zuckten und seufzten, Gliedmaßen ausstreckten, jagten, die Lippen bewegten – begehrten und besaßen, begehrten und nicht besaßen, begehrten und endlich ergatterten, die ganze Nacht hindurch.

Auf einer seiner nächtlichen Wanderungen geschah es, dass er Elisa Lynch traf. Und küsste. Oder glaubte, er habe sie geküsst. Oder nein, sie tatsächlich küsste. Jedenfalls etwas tat, wofür man das Wort ›küssen‹ verwenden konnte. Auch hatte er – und davon war er überzeugt – zwischen ihren Beinen eine merkliche Feuchtigkeit gefühlt. Zumindest bezeichnete er es bei sich im Nachhinein so, obwohl er sich eindeutig nicht – wie denn auch? – gebückt und ihr dort auf der Straße den Rock gelüpft hatte. Berührt hatte er sie, das wohl. Er hatte sie berührt, aber nicht so intim. Und was ihm Sorge machte, war weniger der Sprung, den seine Gedanken vollführten, als vielmehr der Punkt, an dem sie landeten – bei diesem Schock, den Flüssigkeiten auslösten, diesem Symptom von Entgleisung, ob nun genitaler oder mentaler Art, das den Arzt in ihm beschämte – verhöhnt, wie er bereits durch das Verlangen war, das diese allzu späte Begegnung in ihm weckte, verhöhnt auch durch die Jahre, die seine Hand gebraucht hatte, um sich so weit in den Wahnsinn voranzutasten, den Elisa Lynch verkörperte. Er wurde blöde davon – von einer Hitze, die oberhalb seiner Knie einsetzte und vibrierend unter seinen Rippen einen flatternden Apex erreichte. Das Gefühl war nicht schlicht ein physiologisches – wenngleich in überwältigendem Maße auch ein solches. Wäre es lediglich eine Sache des Körpers gewesen, dachte er später, dann hätte er wenigstens gewusst, wohin er mit dem Ding zielen musste, statt diesen klaffenden, wogenden Drang zu verspüren, innen, außen und überall dazwischen zu sein: über, unter und zwischen Elisa Lynch.

Eine Sache des Körpers war es jedoch auch. Es hatte sich im Dunkeln ereignet. Was immer es aber gewesen war, ereignet hatte es sich wirklich. Nennen wir es einen Kuss. Er wurde gegeben – oder genommen –, als der Krieg noch allenfalls eine Idee war, mit der im Norden und Westen von ihnen gespielt wurde. Als Stewarts Lazarettbetten noch mit Beinbrüchen und den gelegentlichen Fieberfällen belegt waren. Es war Anfang Juni. Am

Rand von allem. Es war in der Nacht, bevor der größte Teil der Armee, und mit ihm die halbe Stadt, flussabwärts zum Fort bei Humaitá abzog.

Stewart war in jener Nacht nach Asunción zurückgekommen, um sich ein paar Dinge zu holen, darunter einen letzten Blick auf seine Frau. Er wurde nicht erwartet und ging vom neuen Bahnhof aus zu Fuß. Nach dem Armeelager kamen ihm die Wände der Häuser besonders ausdruckslos, feminin und häuslich vor. Schwer zu sagen, ob irgendjemand schlief. Scharrende Geräusche waren zu hören, von Schätzen, die unter Dielenbrettern verborgen wurden, und die gedämpften Laute, bildete sich Stewart wenigstens ein, der Empfängnis und vergossener Tränen. Auch Laute der Enttäuschung, das ferne Wimmern von Frauen, die betrachteten, was zu verlieren sie im Begriff waren, und ihr Jammern darüber, dass es ihnen ohnehin nie sehr viel bedeutet hatte. Als Stewart vor seiner eigenen Tür stand, wusste er genau, was dahinter lag. Und ihm kam der erschreckende Gedanke, dass er sich nun in einem Krieg befand, dass er getötet werden konnte und dies, wenn es denn geschehen sollte, hierfür: für seine zeternde Frau, seinen senilen Schwiegervater, sein Haus, für Paraguay.

Und so zog er weiter. Er wählte die geradeaus führende Landstraße, denn die Nacht war dunkel, und verlangsamte seine Schritte nicht, bis er sich auf einmal unweit des Friedhoftors von La Recoleta befand, wo er eine hell gekleidete Frau sah, die am Rand der Landstraße entlangging wie er.

Sie hätten Flüchtlinge sein können. Sie führte kein Pferd mit, keinen Diener, soweit Stewart sah. Genau das sind Geister, dachte er – Gestalten, die nichts haben, die immer nur davongehen. Der Mond stand hoch, und der glatte Schimmer auf ihrem Haar weckte in Stewart eine vage Furcht. Er wollte nicht, dass sie sich umblickte. Er wollte ihre Miene in diesem Moment nicht sehen: das entsetzliche, stumme Flehen darin, oder aber ein völlig alltägliches Gesicht, nun grauenvoll und starr geworden. War Elisa denn tot? Jahre waren vergangen, seit er sie so gesehen hatte wie jetzt – seit sie gleichsam zum Nationalbesitz geworden war, war Elisa niemals allein.

Nun war sie allein. Auf derselben Seite der Landstraße ging sie vor Stewart her, an einer der jungen Zypressen nach der anderen vorüber, die dort Spalier standen. Eine Zeit lang näherte er sich ihr nicht, sondern passte seine Schritte ihrem traumwandlerischen Gang an; und obwohl sie weder rascher noch langsamer ging, wusste Stewart doch, dass sie ihn in der Nacht hinter sich spürte. Also war sie lebendig. Mehr als lebendig. Ihre Gedanken, das fühlte er, suchten ihn geradeso, wie seine Gedanken ihren Rücken umspielten. Er hätte laut gerufen, um sie zu beruhigen, wäre da nicht dieser starke – und unerwartete – Genuss gewesen, den sein Schweigen ihm bereitete. Und so passte er sich ihr mit jedem Schritt an, setzte, um den Abstand zu wahren, den einen Fuß immer näher vor den anderen, bis er lauernd fast auf der Stelle trat und der Moment vorüber war. Nun fürchtete sie sich nicht mehr.

Sie wandte sich um. Stewart hatte erwartet, ein Mädchen werde sich umdrehen, doch eine Frau sah ihm entgegen, und der Gruß, den sie ihm gönnte, hätte auch in einem Salon fallen können: Er errichtete Mauern um sie herum und leugnete die Nacht.

»Doktor Stewart«, sagte sie.

»Meine liebe Madame Lynch.«

Angesichts der Distanz zwischen ihnen, die er nun überwinden musste, kam er sich töricht vor.

»Sie werden mich nach Hause begleiten?«, fragte sie.

»Gewiss, es ist sehr spät.«

»Ich danke Ihnen.«

Sie wandte sich ihm zu und fasste ihn am Ellbogen – so zielsicher, als folge sie einer Aufforderung zum Tanz. Doch Stewart konnte sie nicht begleiten, stellte er fest, und ein kurzer, furchtbar peinlicher Moment trat ein, als sie an seinem Arm zog wie eine Mutter, die einen mitten auf der Straße bockenden Schuljungen mitzerrt.

Er hatte ihr etwas mitzuteilen, entdeckte er.

»Elisa«, sagte er.

Er wollte ihr mitteilen, wie sie gegenwärtig wahrgenommen wurde. Er wollte sie warnen vor dem, was aus ihr werden konnte.

Zunächst einmal war sie schöner geworden. Stewart befand sich in dem Alter, in dem Männer nach Jugend süchtig werden, und daher war Elisas zunehmende – und zunehmend neuartige – Schönheit ihm ein Rätsel. Nach den üblichen Maßstäben war sie alt. Und sie machte Umstände. Demonstrativ erschien sie mit großer Entourage und vielen Damen in seinen Lazarettzelten, und man hätte meinen sollen, die Männer müssten dies als Störung empfinden, in Wahrheit aber wirkte ihr Gesicht tröstlich auf sie, ihr Lächeln balsamisch und das wenige, was sie von sich gab, allein schon (gelegentlich zu Stewarts Verärgerung) heilsam. Und nicht nur die Einfältigen und die Vergessenen spürten diese Macht. Wenn sie in einen Raum trat – es konnte irgendein kahles Zimmer im Lager von Léon sein –, wenn die Männer scharrend ihre Stühle verrückten und sich erhoben, dann bewegte sie dazu nicht nur Höflichkeit, sondern vielmehr das Wissen, dass Elisa, im Gegensatz zu all den Gattinnen, Töchtern und Schwestern, die sich im Lager nützlich machen wollten, den Ernst ihres großen Unterfangens begriff und dass sie auf irgendeine reizende, unbefangene Weise ihnen allen gehörte: die schönste Frau der Welt.

Und somit war das Erste, was Stewart ihr im ungehörigen Dunkel am Rand der Landstraße mitteilen musste, dass Elisa schön war. Das Zweite, was er ihr sagen musste, war, dass sie auch böse war.

Nicht dass er dieses Wort leichthin in den Mund zu nehmen pflegte, aber der Krieg war für ihn nun so erregend wie eine Religion, und López rein zu halten, war lebenswichtig. Il Mariscal wutschte sich mit der Reitgerte über die Stiefelschäfte, er pirschte umher, war überall, und wenn die Kapelle ›La Palomita‹ spielte, dann wirkte er doppelt so groß und sehr nobel. Und so wie er mit der Reitgerte wutschte und umherpirschte, konnte er hier einen Mann auspeitschen, dort einen erschießen lassen. Er konnte späte Gelage veranstalten, an denen eine Frau besser nicht teilnahm. Das Folgende wollte Stewart sagen: Dass Elisa ihrem Großen Freund gegenüber eine Attitüde annehmen müsse – eine Attitüde, wie man sie womöglich auf einer alten Vase fände. Sich vielleicht vor ihm auf die Knie werfen. Ihn besänftigen. Ihn anflehen. Nur von frühmorgendlichen Auspeitschungen und nächtlichen Gelagen musste sie sich fern halten. Und nie durfte sie ihm ins Ohr flüstern, niemals.

Wie Stewart es sie erst neulich hatte tun sehen, auf dem Podium in Cerro Léon. Während einer großen Parade. Sie flüsterte ihm etwas zu, dann lachte sie; er lachte ebenfalls; dann wandten sie sich beide wieder den Männern zu, die auf ihrem Weg zum Grab vorbeimarschierten. Elisas Gesicht war, ohne sich eigentlich zu verändern, irgendwie unerbittlich geworden. Oder gierig. Oder abscheulich heiter. Ohne auch nur mit den Wimpern über ihren lieblichen Augen zu zucken, war sie vom Gnadenengel zum Todesengel geworden.

War es zur Umkehr zu spät? Gab es für sie überhaupt einen anderen Weg? Stewart wünschte, López möge sie heiraten –

sehnte dies geradezu herbei. Im törichtsten Teil seines Wesens hatte er das Gefühl, diese Frau könnte etwas bewirken – mit irgendeinem Schlafzimmerwort, das ihrer aller Schönheit zu ihrer aller hitzigem Mariscal sagen und das allem ein Ende machen würde, all den Qualen und dem Grauen, das sich nun über sie alle senkte. Die Schicksalspflicht von Engeln war es doch, Fürsprache einzulegen, oder etwa nicht?

Und nun stand sie ganz irdisch und leibhaftig hier neben Stewart an der Landstraße, und er war ihr Beschützer. Sie lächelte ihn an, nachdem sie erst an seinem Arm gezogen und ihn dann freigegeben hatte. Er hatte noch nichts gesagt außer ihrem Namen.

»Elisa.«

»Ja?«, antwortete sie und legte erneut die Hand an seinen Ellbogen, geduldig und schwesterlich.

»Seien Sie vorsichtig«, sagte er. Und jetzt ging er mit ihr zusammen weiter, denn erbärmlicherweise wusste er nicht mehr zu sagen.

»Vorsichtig bin ich immer«, sagte sie (diese böse, böse Frau) und eins ums andere schlüpften ihre spitzen Satinschühchen unter ihrem Kleid hervor auf den Grus der Landstraße.

Es war nicht weit bis zu ihrem Hause. Bemerkenswert, dass sie von Südengland sprach, von dem Städtchen in Kent, in dem sie getraut worden war. »Denn, wissen Sie, ich bin verheiratet« – mit einem Monsieur Xavier Quatrefages. Einem Schurken, aber einem sehr unbedeutenden, sagte sie. Einem Pferdedoktor in der Armee. Dennoch, Kent war wundervoll. Diese Landschaft namens Weald – gehörte sie zu Kent? Vielleicht auch zu Surrey. Und so gelangten sie ans Tor ihrer Quinta, wo sie sich umwandte und seine Hand in beide Hände nahm, und mit einem Ruck beugte er sich vor und küsste sie wie ein Romeo vom Dorf auf den Mund. Oder auf die Wange. Oder er streifte mit dem Mund die Haut ihres Gesichts, als sie sich abwandte.

Er mochte die Frau noch nicht einmal. Das alles gehörte nur zu der Rolle, die zu spielen er verpflichtet war, und sie rundete die Szene ab, indem sie sich abwandte und aufs Lieblichste ins Haus floh. Das Theatralische daran ärgerte ihn, doch nicht so sehr wie das Tosen seines Blutes, das immer stärker geworden war, seit er im Dunkeln ihre Fährte aufgenommen hatte. Er fühlte sich achtlos behandelt. Er fühlte sich in Versuchung geführt und verschmäht. Selbst wenn es so nicht war (und es war nicht so) – darauf kam es nicht an. Worauf es ankam, war die Heftigkeit, mit der er sie begehrt hatte, eine Frau, die von Kent-oder-war-es-Surrey plapperte, als begehrte sie ihn nicht auch. War das Leidenschaft? Dieser *epileptische Anfall*? Dieser Drang, wie ein Kind, das einen Koller hat, den Raum, das Haus, die gesamte Welt zu zerstören? Und dieses anatomische Ding da, sein Glied, das so töricht dreist auf eine Stelle zielte, die er sich nicht mehr vorstellen, geschweige denn benennen konnte, bis – da, auf seiner Hand, diese entsetzliche, eingebildete Feuchtigkeit! Armes gespaltenes Tier, das sie doch war. Verschwunden jetzt, durch das Tor ihres Hauses. In ihr Bett.

Er schüttelte das Erlebte ab wie ein Hund, begab sich auf den Weg zurück in die Stadt und fühlte sich, wie ein Hund, ausgepeitscht. Doch die Landstraße führte geradeaus, und er wusste, wohin er unterwegs war. Zu seiner lästigen Frau Venancia und zu ein bisschen Liebe. Nur dorthin. Zu dem duftenden Kissen ihrer Brust unter seinem Ohr.

Für lange Zeit haftete die Erinnerung an jene nächtliche Begegnung an Stewart wie ein Traum, den man am Morgen nicht fortwaschen kann. Sie kehrte wieder, mit diesem oder jenem Detail – die Insektengeräusche in der Dunkelheit; der Augenblick, in dem sie sich auf der Landstraße umgewandt hatte; und all die Dinge, die hätten geschehen können, wenn es zu irgendeiner anderen Geste gekommen wäre. Wenn er mehr gesprochen hätte. Oder besser. Wenn er stehen geblieben wäre. Wenn diese oder jene Regung nur ein klein wenig gekippt wäre und er eine Frau, die er nicht einmal mochte, geschändet hätte (oder von ihr geschändet worden wäre), eine Frau, die des Nachts ausging, allein wie er.

Viel wäre natürlich nicht geschehen. Ein sexueller Akt. Ein verändertes Bild von López. Ein Messer vielleicht, das ihm, Stewart, lautlos die Kehle durchgeschnitten hätte (oder auch nicht). Eine große Leidenschaft, oder keine große Leidenschaft. Ein Wirrwarr. Alle möglichen Dinge, von denen keines die Summe seines Vergnügens daran mehren würde, Elisa heimlich im Dunkeln zu treffen, als hätte sie ihn zu diesem Stelldichein gebeten, und niemanden als ihn.

Natürlich war sie nicht seinetwegen dort gewesen. Wie Stewart wohl wusste – aber sich noch einige Zeit nicht vergegenwärtigte –, lag Elisas tot geborene Tochter auf dem Friedhof begraben, an dessen Mauer sie in jener Nacht entlanggegangen war. Es ging ihm sieben Jahre später auf, als er ein Kind für Venancia begrub, die nicht dabei sein konnte, weil die Wöchnerinnenmesse für sie noch nicht gehalten worden war. Es war ihr sechstes, eine schwächliche kleine Tochter, die, kaum geboren, gestorben war. Sie scharrten die Erde ein wenig auf und legten sie hinein. Stewart blickte auf, und Venancias Abwesenheit jenseits des winzigen Grabes ließ ihn an andere Geister denken – an Elisas fliederfarbene Blässe in jener Juninacht des Jahres 1865, als es noch schien, als sei der Krieg etwas, das man gewinnen oder verlieren könnte.

Der Friedhof war schön. Es war an einem dieser seligen Tage, an denen man meint, an einem solchen Ort und bei solchem Wetter könne es kein Ungemach geben. Rauchfarben blühten die Jakarandabäume, die Vögel sangen in die Stille hinein, und die ganze Welt schien ›Nachher. Nachher‹ zu flüstern. Alles war nun zu Ende. Der Krieg. López. Tote ohne Zahl. Nach so viel Gemetzel fiel es Stewart schwer, um sein eigenes winziges Kind zu trauern, aber natürlich trauerte er, und der animalische Kummer, den er empfand, kam ihm so unfair vor – dass man niemals davon frei wurde, dass der Schmerz, wie der Hunger, sich stets von neuem einstellte und so schwer zu ertragen war. Und als er sich abwandte, erinnerte er sich wieder, dass auch Elisas Tochter hier begraben war. Das also hatte sie in jener letzten Nacht in Asunción aus dem Haus und auf die Landstraße getrieben. Sie war gekommen, um die Gebeine ihres Kindchens zu besuchen – so leicht, so vorläufig und noch kaum ausgeformt. Er stellte sich vor, wie sie nun in der Erde lagen, entblößt und unverbunden, wieder voneinander zurückgewichen dort, wo die Knorpel keine Chance gehabt hatten, sich zu Knochen zu verhärten.

Mit einem Schnauben, das den Totengräber überraschte, trat Stewart vom Grab zurück. Er hatte sich – aber erst zuallerletzt – wieder an den Kuss erinnert. Und mit der Erinnerung stieg der Gedanke in ihm auf, dass der Kuss, all seiner rauschhaften Deutlichkeit zum Trotz, vielleicht doch kein Kuss gewesen war. Und dass es, so oder so, darauf jetzt nicht ankam. Vielleicht war es auch damals nicht darauf angekommen. Und nun, da er lebend inmitten der seufzenden Heerschar der Toten stand, sehnte sich Stewart auf einmal ungestüm in den Krieg zurück.

Gut möglich, dass sie sich alle auf einer herrlichen Leinwand abgebildet sahen, auf einer, die in einer altertümlichen Halle eine ganze Wand hätte bedecken können. Viel Rauch stiege darin auf. Berghänge wären darauf zu sehen, die Männer mühsam zu erklimmen suchten, während andere Männer von oben auf sie herabfeuerten. Eine Schlucht, ein Sumpf. Ferne Schießscharten und Redouten – strategische Details, in teefarbener Ferne zusammengedrängt, bevor den Paraguayern die Wandfläche ausgeht. Im Zentrum fließt oder trödelt der Fluss, flach und träge, an der Geschichte des Krieges vorüber, der an seinen Ufern ausgefochten wird: vorbei an den Schlachten von Riachuelo, Tuiutí, Curupaití, vorbei an den Schützengräben von Curuzú und an dem alles düster überragenden, belagerten Fort von Humaitá; hoch oben dort an der Lehmwand entrollt sein Erbauer, der tapfere Kapitän Thompson, seine Pläne.

Unter ihm kauern die gepanzerten brasilianischen Schiffe auf dem Fluss, während zwischen Ufer und Schiffen die Mäuler der Kanonen archaisch Feuer speien. Der Fluss ist voller Krater von Geschossen, die knapp vor den Schiffen niedergehen: Die Wälle des Forts weisen wohl Narben und Kerben auf, werden jedoch nie gesprengt. Es wirkt wie ein recht angenehmer toter Punkt – eine kostspielige Anglerhütte. Entlang der Zinnen aus Flechtwerk deuten Männer in die nahe Ferne oder lassen ein Teleskop aufschnappen, damit es in der Sonne funkeln kann. Ihre Namen mögen auf wallenden Bändern unter ihnen verzeichnet sein. In der Mitte López auf einem unglaublich weißen Hengst, der sich unter ihm auf dem hohen Wall aufbäumt. Pedro Inácio Meza, der vernichtete Held von Riachuelo, liegt, an seiner Verwundung sterbend, steif auf den Kirchenstufen. Oberst José Diaz, der bei Estero Bellaco eine Batterie von La-Hitte-Kanonen der Uruguayer angreift und einnimmt. Hussa! General Francisco Isidoro Resquin, der in Tuiutí den linken Flügel anführt, General Vicente Barrios den rechten, die unbezwinglichen Guaraní-Soldaten, die unter feindlichem Feuer durch Sumpf und Dickicht waten, um den sechzigtausend Brasilianern, Uruguayern und Argentiniern die Stirn zu bieten, die in der mächtigen Zeltstadt da kampieren. Wie konnte nur ein einziger Maler sie alle malen? Und wenn wir auch Männer die Arme in die Luft werfen und die Augen verdrehen sehen, auch wenn wir die Kugel sehen, die eben gerade ihr Opfer erreicht, die ergriffenen Gesichter von Kameraden, die zwar die Hand ausstrecken, jedoch nicht retten können (›Oh nein!‹ konnte das Gemälde heißen, ›Oh nein!‹) – obwohl wir sehr viel Sterben sehen, sehen wir doch nicht eine Leiche – so rasch werden die Körper entseelt und sodann beseitigt, sogar von ihren eigenen Geschichten. Und ebenso wenig sehen wir die gewaltigen Haufen von Toten. Wir vermissen sie womöglich, die Haufen von Toten, wir haben Geschmack an ihnen gefunden: Die unverhoffte Lektion in Anatomie, die der bis zum Rückgrat gespaltene Nacken eines Mannes erteilt, die Art und Weise, wie Leiber sich ineinander verstricken und zu Boden sinken; wie wir der Kontur eines Beins folgen müssen, um herauszufinden, wessen Fuß dies ist, so stark ist unser Impuls, den Körper zu vereinen und jedem Mann seine eigenen Körperteile zu lassen. Und dann natürlich auch der Schreck, wenn das Bein abrupt endet. Zehntausend Männer sind in Tuiutí gefallen, und während ihre Haut an der Luft zu Leder wird, setzt sich der Berg von Toten und wird furchtbar flach (wer hätte je gedacht, dass es auf der Welt so viele Ellenbogen geben könnte?). Ein einsamer Fotograf steht auf dem Feld des Todes, und niemand ist da, ihn zu malen: Die Maler sind alle geflohen. Was hat sich bei Tuiutí ereignet? Eine Schlacht, mehr nicht. Verloren wurde nichts als Sumpf, gewonnen nichts als Sumpf. Doch der Mann, der den Sumpf verlor, war López.

Gleichwohl sollte man den Guaraní-Soldaten niemals unterschätzen. Auch er ist auf dem Gemälde, in Reih und Glied, stumpfen Blickes, unentwegt vorrückend. Angesichts überlegener Streitmächte und überwältigender Chancenlosigkeit übertrifft der paraguayische Indio im Täuschen, Kämpfen und Sterben immer und immer wieder den vereinten Feind. Seine Hose ist blau, sein Waffenrock ist rot. Und beides legt er ab, um im Sumpf zu kämpfen, den er kennt und Heimat nennt.

Zuwider aber ist ihm das Fleisch, wie Miltón viele Jahre später berichtet. Nicht weil es verdorben ist, auch wenn es das oft ist, sondern weil diese Männer es nicht gewohnt sind, so etwas zu essen – sie erzeugen es nur oder werden selbst dazu. Was das angeht, so wird in den fünfeinhalb Jahren des Krieges Fleisch im Überfluss erzeugt. Während die Kämpfe scheppernd zum Stocken kommen und eine Taktik knirschend der nächsten weicht, kämpft der Guaraní-Soldat immer weiter, gallig, von Bauchgrimmen, fleischigem Atem und fleischigen Winden gepeinigt. Und ergibt sich nie. Niemals.

Nichtsdestotrotz ist die Geschichte des Krieges eine des Rückzugs. Curupaití verteidigt und verloren. Die listig doppelte Grabenlinie bei Curuzú, dann zurück zum Fort von Humaitá: dreihundertundachtzig Kanonen, ein Labyrinth von Schanzen davor, brodelnd von zwanzigtausend Jungen und alten Männern, denn nur Jungen und alte Männer sind nunmehr übrig. Die Umzingelung wird enger, und immer weitere Namensbänder entrollen sich im Gemäldewind: Auf dem Fluss treibt der furchtlose Díaz in seinem todbringenden Kanu dahin; General Barrios unternimmt einen Ausfall, Paulino Alén erschießt sich angesichts der Niederlage; Bernardino Caballero hält Acosta Nu – allesamt Namen, die laut ausgesprochen werden müssen. Wie auch die Namen der unerschütterlichen Schiffe, die sich in diesem Krieg bewährten, die Tacuarí, die Paraguarí, das erbeutete brasilianische Dampfschiff Marquês de Olinda, die Ygareí, die Salto Oriental und die Pirabebé. Schiffe, auf denen Männer kämpften und in denen sie verbrannten; Schiffe, von denen aus sie ertranken.

Es bietet einen gewissen Trost, die tapferen Männer aus anderen Kriegen aufzuführen: Die Geschichte ist eine Litanei, und wir tun nichts anderes hier auf Erden, als Totenlisten zu erstellen.

Die wir jedoch so eifrig herunterbeten, dass uns die drei brasilianischen Schiffe entgehen, welche soeben die über den Fluss gespannten Ketten durchtrennen und dann ihre Geschütze auf Humaitá richten. Es sind die Barrosso, die Tamandaré und die Brasil: Panzerschiffe allesamt, blind wirkende Gebilde aus unnatürlichem Eisen – sogar das Deck ist überdacht, sodass die Männer darunter entweder sicher oder tot sind: etwas dazwischen gibt es nicht, und beides ist nicht idyllisch. Moderne Ungeheuer, die an den offenen Mündern von zweihundertundvier Kanonen vorübertuckern – von der Geschützstellung von Curupaití bis zum letzten Aufgebot von Humaitá – wie zum Picknick. Und dann flussaufwärts vorrücken, um Asunción zu zertrümmern.

Und hier sieht man nun die Stadt. Sie brennt. Irgendwo im Hintergrund legt Whyteheads Geist eine Hand an die Wölbung eines kalten Schmelzofens und blickt traurig, aber stolz drein. So viel zu den Überresten der jungfräulichen Tacuarí – sie verblassen im Vergleich zu den großen Namen dieses Krieges, spanisch-kreolischen und Guaraní-Namen. Ganz am Ende der Leinwand erblickt man den ritterlichen Kapitän Thompson, der endlich das Fort von Angustura übergibt, weil kein Paraguayer weiß, wie man kapituliert.

Und wo ist Stewart? War er tapfer? Weit unten, auf einem namenlosen Fleck Erde, hebt er irgendeinen Sterbenden an den

Schultern hoch, als wollte er ihm helfen, aus dem Bild hinauszublicken. Der Mann verdreht die Augen. Mit einer letzten, bebenden Geste deutet er zurück nach Humaitá und auf den unglaublichen Hengst auf der hohen Mauer – mein Führer, López. (Oder ist das López selbst, der da wider alle Wahrscheinlichkeit in Stewarts Armen stirbt? Bärtiger vielleicht und veränderten Blickes?

Und wo ist Elisa in dieser Stunde der Not? Außerhalb des Bildes. Ihr Porträt würde an der Wand gegenüber hängen und unaufhörlich hinüberschauen. Herauszufinden versuchen, wo alles fehlgegangen ist.

Hier wird sie es nicht finden. Dies ist ein heroisches Gemälde – eines der letzten – und von zärtlicher Naivität. Es strotzt natürlich von Irrtümern, doch das ist eine andere Frage. Stewart hätte darauf hinweisen können, dass sich während der gesamten Belagerung an den über den Fluss gespannten Ketten aufs Schönste Wasserhyazinthen stauten. An jedem Morgen staunte er über die schärfer werdende Linie – das Wasser flussabwärts wurde glatt wie Glas, und oberhalb davon wucherte der Fluss zu. Eines Morgens stand das Ganze in Blüte, und Stewart verspürte den heftigsten Drang, vom nahen Ufer über den schwimmenden Pfad in die Freiheit drüben zu balancieren.

Oder aber er hätte über das fehlende Rot klagen können – diese Farbe, die mehr als jede andere ablenkt. Er hätte erklären können, es sei dem Maler zum Beispiel nicht gelungen, die verschiedenen romantischen Farbtöne von Blut einzufangen, von dem trockenen Rostton, auf den ihn erstmals Whytehead hingewiesen hatte, bis zum flüssigen, lichtgesättigten Rot des Flusses im Sonnenuntergang. Oder die Farbe der Bougainvilleen, die über Nacht aus dem üppigen Schlamm neben seiner Hütte in Humaitá aufschossen, oder das voll erblühte Hemd eines Mannes, kurz bevor er starb, doch Stewarts Augen waren während des Krieges verätzt von Rot, so wie ihm manchmal das eigentümliche Blau des Himmels das Herz durchbohrte.

Vor allem aber würde auf einem solchen Gemälde nichts Schmutziges oder Schlammiges zu sehen sein. Kein schlammverkrustetes Aas, keine schlammbedeckten lebenden Männer. Und ganz besonders würden darauf keine mit dem Zeug beschmierten Frauen erscheinen, ja nicht einmal solche, die, wie Elisa, verblüffend schlammfrei blieben.

Tatsächlich wimmelte es im Fort von Humaitá von Frauen. Sie lösten sich von den Lehmmauern, um sich einem in ihren schlammfarbenen Kleidern zu nähern, sie hoben ihre schlammfarbenen Gesichter, um das herrlich saubere Rot im Innern ihrer Münder zu zeigen, mit dem Gelb ihrer Zähne als Kontrast. Und was sie auch zu sagen hatten, immer war es lästig – irgendeine Klage, irgendein Begehren: um Nachricht über irgendeinen Mann, um Fürsprache wegen eines Stofffetzens oder eines schützenden Dachfetzens oder, später, um etwas zu essen. Manche von ihnen boten als Gegenleistung nichts an außer dem Anblick ihrer gewinnenden weiblichen Gesichter oder der Aussicht, dass sie vom Ärmel des Angegangenen ablassen würden. Oder aber sie boten mit größter Offenherzigkeit irgendwelche sexuellen Dienste an, doch im Allgemeinen war es um ihr Handelsgeschick schlecht bestellt, und sie schwenkten um von nichts auf alles, ohne anscheinend dazwischen unterscheiden zu können.

In der allumfassenden Verschlammung, die nach jenem ersten Kampfgeschehen bei Riachuelo herrschte (niemand wagte, es eine Niederlage zu nennen), genügte ein Wischen mit einem Lumpen, um einen voranzubringen. Die Frau, der es am besten erging – diejenige zumindest, an deren Ärmel Stewart schließlich zupfen sollte, noch bevor der Krieg zu Ende war –, fing mit einem sauberen Gesicht und einem Bestand an Binsen an, die sie im Sumpf schnitt und mit denen sich Dächer ausbessern ließen. Am Ende verhökerte sie alles Mögliche, von einer Flasche französischen Weins bis zu Flechtkörben für die Festungswälle. Man konnte sie darauf umherschlendern sehen wie ein stämmiger Ingenieur in Röcken und zunehmend besseren Stiefeln, mit Goldketten um den Hals und anderen pendelnden Sachen unter dem Stoff ihrer Bluse.

Sie wurde nie getroffen. Als der Wasserpegel stieg, kamen die brasilianischen Schiffe näher, und die dicken Erdkissen, aus denen die Wälle bestanden, gingen in die Breite und wurden gefährlich flach, nur noch wie Hügelchen. Schwer zu sagen, ob sie unter dem Beschuss nachgaben oder sich in einen naturnäheren Zustand zurückverwandelten, und Stewart konnte sich nicht des Gefühls erwehren, dass sie gar nicht ungern derart in unangestrengte Flächigkeit zurückfielen oder wieder in den Fluss glitten, als Schlamm. Er konnte sich nicht des Gefühls erwehren, dass sogar die Erde nun Verrat an ihnen übte.

Und dennoch machte es Spaß. Jeden Morgen spornten sie johlend einen kleinen Raddampfer an, der flussabwärts dampfte, um ein paar Zwölfpfünder in die brasilianische Flotte zu ballern, um sie ein bisschen aufzustöbern, ein bisschen Schaum zu schlagen. Als der Raddampfer versenkt war, schickten sie stattdessen Jaime Corbalan den Fluss hinunter – einen einzelnen Mann mit einem flatternden Band, Elisas Geschenk, um die Kehle, in einem Kanu voller Torpedos.

»Wir schlagen sie noch leck«, sagte López, als sie auf das Morgengrauen und die erste Explosion warteten, auf die pralle Kugel von Wasser, die in der Luft bersten würde. Doch es kam nichts. Ein unbehagliches Schweigen breitete sich aus, das sich langsam mit Erinnerungen an die diversen Formen von Missgeschick, Feigheit und Verrat vollsog, und daher wussten sie gleich, als das erste schrille Pfeifen ertönte, was geschehen war. Die Brasilianer hatten ihn geschluckt. Corbalan war ein reicher Junge, und da lag das Problem, sagte López und ließ, munter wie stets, den Bruder des Mannes erschießen.

Dann erschienen neue Schiffe, und die Geschosse flogen hoch über die Wälle und warfen dort, wo einst Hütten und Buden gestanden hatten, Schlammfontänen auf. Jeden Morgen sammelten die Frauen draußen die nicht explodierten Geschosse auf und brachten sie zu den Kanonieren, damit die sie besser mit Pulver füllen und zurückschießen konnten. Die Frauen jauchzten, wenn sie zu den Kanonieren rannten, und schubsten einander aus dem Weg, um den Schneid nicht zu verlieren, denn wenn die Hülsen auch nach nichts aussahen, wenn sie so umherlagen – nur Metallklumpen, die im Schlamm steckten –, so lebte doch manchmal eine unter der sanften Berührung einer Frau wieder auf und explodierte.

Stewart sah sich mit dem Frauenproblem jedes Mal konfrontiert, wenn ihre Anatomie ihn in der Operationshütte hinterhältig überfiel – jedes Mal überkam ihn Panik ob des Eindrucks, einem Mann sei das Glied abgerissen worden, und er wühlte sich durch Blut und Haare, um die nicht vorhandene Wunde aufzuspüren. Jedes Mal, wenn er eine Bluse aufknöpfte und darunter eine Brust vorfand oder zwei, seufzte er über das Frauenproblem. Wenn Venancia hier wäre, würde sie Geschosse auflesen? (Denn indem die Wochen und Monate verstrichen, wurde Venancia in seiner Vorstellung so schön wie ein Glas Wasser, wie ein Teller frischen Essens.)

Warum nur, fragte er sich, taten die Frauen so etwas? Für jede Geschosshülse gab es einen Topf voll Mais, aber eine Frau konnte sich auch auf anderen Wegen, an anderen Orten Nahrung beschaffen. »Ich hatte einen Mann, der ist gestorben«, sagte eine, »und dann hatte ich einen andern, der ist auch gestorben.« Wenn das Leben so wohlfeil war, wollte sie anscheinend sagen, dann wurde die Liebe zum Gemeingut. Vielleicht taten sie es also aus generalisierter Liebe. Oder aus Liebe zu *dem* General – zu López. Oder weil sie das Risiko liebten, wie es manche von ihnen zweifelsohne taten. Und letztlich taten sie es vielleicht, weil niemand gern verliert – was nichts anderes ist als Liebe zur Gottheit des Sieges mit ihrem Lorbeer und ihren Schwingen.

Das philosophische Problem der Liebe beschäftigte Stewart in seinem Cholerazelt und seinem Typhuszelt sehr. Er sann darüber zwanghaft nach. Vielleicht war es immer so gewesen, dachte er, während er ein Senfpflaster von der Brust eines Choleraopfers abnahm oder das Blasen werfende Erdreich über den Mulden inspizierte, in denen sie die Toten begruben. ›Meine Tante sagte immer, ich sei ein Sorgenbold.‹

»Aber alle Liebe ist doch besorgte Liebe«, sagte er laut, ohne es zu merken, und mehr als nur einmal. »Alle Liebe ist bang.« Er glaubte zum Beispiel, er fange an, Elisa Lynch zu lieben. Dieses Mal aber richtig. Das störte ihn nicht sehr: Es war eine geistige, sogar androgyne Liebe – keine, die mit Sehnsucht einherging. Er wartete nicht darauf, dass Elisa erschiene. Wenn sie sich jedoch hinausbegab – im wippenden Reifrock knapp über dem schlammigen Boden und mit ihrem Sonnenschirm, der in der Sonne leuchtete wie eine lebende Membran –, dann wirkten ihr Blick so freundlich, ihr ganzes Wesen so schlicht und erlösend, dass sie überhaupt eine Frau zu nennen unmöglich war. Wenn sie sich bewegte, war sie wie eine Schwester, und wenn sie innehielt, ein Traum. Sie war das, wofür sie alle kämpften.

Natürlich war er auch *verliebt* in sie – das waren sie alle, es galt als Gegebenheit. »Wir sind gestorben und zu Elisa aufgestiegen«, lautete der scherzhafte Toast, den sie in dem kleinen Haus hinter der Kirche von Humaitá, in dem Elisa empfing, auf sie ausbrachten – und wenn sie ihren Taufnamen benutzten, so meinten sie dies nicht etwa respektlos, sondern im Gegenteil gleichsam als fidele Seligsprechung.

Elisas Haus war eine Zuflucht – auch, weil es so sicher hinter dem Bogen blutigen Unrats lag, der die ballistische Reichweite der brasilianischen Schiffe markierte. Was jedoch nicht heißen soll, dass Elisa feige gewesen wäre; sie ging unbefangen aus, ein auffälliger Anblick – eine Zielscheibe sogar, könnte man sagen –, ein Wirbel von Farben mit zwei Jungen, die vor ihren Füßen Planken auslegten und hinter ihr hochnahmen. So geschickt wurden sie darin, dass es ein Spiel für sie alle war, für Elisa, die immer schneller ging, und für die Jungen, die um sie herumliefen und ein improvisiertes Rad schufen, auf dessen innerem Rand sie sicher einherging.

Stewart hätte für die Jungen Verwendung gehabt, aber er missgönnte ihr deren Dienste nicht. Sie so nobel erscheinen zu sehen, war ihnen allen eine Herzenswonne. Nicht ein Mann war unter ihnen, der nicht sein Leben dafür hingegeben hätte, ihre Strümpfe vor einem Spritzer jedweder Flüssigkeit zu erretten, die sie beflecken könnte: vor Unrat, Blut (Sperma, dachte Stewart ohne Grund), Eiter, ob nun nobel oder nicht, und, weiß Gott, vor Schweiß; vor der Suppe der Verwesung; vor guter, altmodischer Scheiße – da der Strumpf einer Dame heutzutage nun einmal auf so vielerlei Weise nass werden konnte.

Jedes Mal, wenn Stewart sie sah, war Elisa gewachsen. Dies überraschte ihn nicht; Venancia zum Beispiel war in seiner Vorstellung geschrumpft, bis sie für ihn zu so etwas wie einem

Töchterchen geworden war – zu einem Körper, den er jederzeit hochnehmen und in die Arme schließen konnte, leicht, duftend frisch und geschmeidig wie Wasser. Und manchmal war dieser Körper lebendig, und manchmal war er tot. In jedem Falle wurde Venancia, obwohl Stewart wusste, dass sie sich als Zubrot zu seinem wertlosen Gehalt durch das flussaufwärts gelegene Landgut ihres Vaters futterte, im Verlauf der Monate und Jahre in seinen trauernden Armen immer leichter und leichter.

Er selbst, glaubte er, behielt seine Maße so ziemlich bei, auch wenn er sein Herz größer werden fühlte. Es schien mittlerweile die Größe eines Pferdeherzens angenommen zu haben, und während der Vorrat an Nahrung schrumpfte und der Vorrat an Leichen wuchs, fühlte es sich an, als wolle sein Herz den gesamten Brustkorb erobern, bis er selbst nur noch ein pochendes, möglicherweise leeres Ding aus Muskeln und Knochen wäre.

Nichts von alldem war bedenklich, obwohl Stewart fand, dieses eingebildetermaßen oder tatsächlich wuchtige Herz beeinträchtige manchmal seine Lungen. Er konnte nicht mehr tief Atem schöpfen, oder zumindest nicht mehr richtig mannhaft durchatmen. Das kam vom Gram, glaubte er. Er hatte andere Männer darüber klagen gehört – über eine Beengung der Lunge, die sich nur unter Tränen lockerte und die, soweit er sah, mit keinem pathologischen Befund einherging. Nur war es eben so, dass einem mit zunehmender Zahl von Toten die Lunge schrumpfte. Wie um einen daran zu gemahnen, was es bedeutete, Luft zu holen, also am Leben zu sein.

Sein Magen entging dieser Bestandsaufnahme, da Stewart ihn nicht mehr als Teil seiner selbst betrachtete, und daher konnte er beliebiger Größe sein, so groß wie die weite Welt oder so klein wie eine in den Eingeweiden steckende Kugel. Meistens versuchte Stewart, ihn zu ignorieren, so kapriziös war dieser

Magen, so autonom und gemein. Doch dann wanderte der Hunger in den Mund, und dies weckte in Stewart das Verlangen, Dinge – alle möglichen Dinge – in seine Mundhöhle aufzunehmen, um den Hunger zu beschwichtigen. Oder er bemerkte, wenn er einen Verwundeten aufschnitt, flüchtig die Überreste von dessen letzter Mahlzeit, und er fühlte neidischen Speichel in den eigenen Schlund einströmen.

Nicht, dass sie am Verhungern gewesen wären. Sie hatten zu essen – jedenfalls irgendetwas. Bloß war es nicht das Richtige. Es gab da etwas, was ein Mann dringlichst auf seinem Teller zu sehen begehrte, ohne es benennen zu können. Und als ein Monat nach dem anderen verging, saßen die Soldaten immer mehr nur herum, und ihr Blick wendete sich zunehmend nach innen, störrisch und auf ihr eigenes Leid fixiert.

Um diese Zeit war es, dass das Gerücht aufkam, Elisa verzehre das Fleisch der Toten. Sie sage, es schmecke genau wie Schwein, nur etwas mehr nach Wild – wie die nach Trüffeln wühlenden Wildschweine, die man in der Auvergne finde. Manche sagten, sie möge besonders brasilianisches Fleisch – obwohl es davon in der Nähe recht wenig gab –, andere sagten, sie ziehe das von ihresgleichen vor. Die Geschichte wurde allgemein geglaubt: Die Trüffel hatten dafür gesorgt. Ein solches Detail wie die Trüffel *konnte* man doch nicht erfinden – und außerdem, wer unter ihnen hatte denn schon jemals von der Auvergne gehört? Und der Geschmack von Wildschwein kreiste endlos in ihren Mündern; so viel Feuchtigkeit sammelte sich darin, dass sie ausspeien mussten, wenn sie daran dachten, wie Elisa einen langen Streifen blassen Schinkens von einem amputierten Körperteil abzog. Und die gleichen Männer betrachteten nun während eines langen Tages im Schützengraben ihre Arme und schätzten das Verhältnis von magerem Fleisch zu Fett daran ab.

Und auch wenn es sie ein wenig grauste, verübelten sie es im Grunde weniger Elisa, dass sie sich ihren Anteil nahm, als dieser Welt, der Leichen in das klaffende Maul geworfen wurden, womöglich der eigene Leib, als wäre selbst der Himmel am Verhungern.

Und wenn Elisa dann erschien, fanden die kannibalischen Vorstellungen keinen Ort zum Andocken. Elisa war das Schönste auf der ganzen schlammfarbenen Welt. Und die Männer verschlangen sie mit ihren Blicken.

Doch wo bleibt die Liebe, fragten Stewarts sorgenvolle Gedanken. Was hat all dieses Verzehren und Verschlingen mit Liebe zu tun? Natürlich fand er den Lebenszyklus hier unbehaglich kurz. Alle fanden das. Während der endlosen Nachmittage fielen über seinen Haufen von operativ entferntem Fleisch oft Hunde her, die dann manchmal erschossen wurden, während sie sich noch um ihre menschliche Beute rissen. Die erschossenen Hunde wurden sodann gegessen. Natürlich wurden sie zuerst gekocht, und dadurch veränderte sich schon etwas, aber je näher der Mensch der Grenzlinie kam, desto wichtiger wurde es, dass sie gewahrt bliebe. Und was würde schon dafür sorgen, dass sie gewahrt blieb, wenn nicht die Liebe?

Er war nicht der Einzige, der so empfand. Es herrschte neuerdings ein reges Kommen und Gehen von Priestern oder priesterähnlichen Leuten – von Männern mit einer salbungsvollen, melancholischen Weisheit, die es einem in Friedenszeiten nahe gelegt hätte, ihnen eine Schaufel auf den Hinterkopf zu hauen. Sie stopften sich ihre Pfeifen mit dem Tabak anderer Leute und zahlten dafür mit einem weisen Seufzen und einer Geschichte, vorzugsweise einer kummervollen. Stewart hörte ihnen nicht zu, es sei denn, es handelte sich um eine Liebesgeschichte, denn während die Liebe (sowie das Schicksal und der unselige Zufall) ihn noch immer rasend interessierte, beunruhigte ihn der Tod überhaupt nicht. Der letzte Todesfall, der ihn bekümmert hatte, war der von Whytehead gewesen, und Whytehead war vor einigen Jahren gestorben. Er konnte sich nur mühsam erinnern, wann – vor jener ersten Kampfhandlung bei Riachuelo oder danach? Gewiss jedenfalls vor den großen Gefechten dieses Krieges. Whytehead hatte den ganzen Spaß verpasst. Nein, als Stewart ihn zum letzten Mal gesehen hatte, spielte die Kapelle gerade ›La Palomita‹, die Menge jubelte wie toll, und Whytehead stand einfach nur da und schaute sie sich alle an.

Es war an dem Morgen gewesen, nachdem Stewart Elisa Lynch geküsst hatte oder auch nicht, an dem Morgen, an dem die Flotte zum Durchbrechen der Blockade ausgesandt wurde. Die gesamte Stadt stand auf der Plaza de Palma und bejubelte, ein weiteres Mal, die Tacuarí. Neben ihr gab es nun die Paraguarí und fünf, sechs weitere Schiffe, darunter die Ygureí, die Jejuí und die Salto Oriental. Der erbeutete brasilianische Dampfer Marquês de Olindo war mit der neuen Nationalflagge geschmückt, und alles nahm sich für Stewart so herrlich aus, so sehr wie sein Besitz, dass er alle Fummeleien an dieser oder jener Frau vergaß. Kein Männerherz kann sich dem Sog von Schiffen erwehren, und als sie langsam ablegten, warf Stewart ihnen den dummen Kuss – und sämtliche Küsse – nach, wie man eine Taube in die Luft entließe, ein Geschwirr von Muskelkraft und Empfindungen, das hoch aufstieg und den Schiffen für eine Weile hinterherschwebte.

»Hussa!«, rief er und schwenkte seinen sehr britischen Hut. »Hussa!«

Und Whytehead warf ihm einen verkniffenen Blick zu.

Daher war er beinahe erfreut, als ihn nach ein paar Wochen

im Feld die Nachricht vom Tod des Mannes erreichte. Die Schiffe hatten an den Untiefen von Riachuelo angegriffen, und die Aktion war gescheitert. Die Jejuí und die Salto Oriental waren verloren, die Paraguarí war manövrierunfähig. Der Kommandeur der Flotte, Kommodore Meza, hatte sich klugerweise in Humaitá an Land begeben, um an seinen Verwundungen zu sterben. Und in Humaitá vernahm Stewart auch die Nachricht, dass das Arsenal flussaufwärts seinen Chefingenieur und die Armee ihren freien Nachschub an Material verloren hatte. Und Stewart fühlte, dass der wie immer geartete Faden, der ihn mit Whytehead verbunden hatte, riss.

Mit Verwunderung stellte er fest, dass ein solcher Faden tatsächlich irgendwo bestanden hatte, wie eine Sehne in seiner Brust, an der sich seine Verbindung mit diesem Mann manifestiert hatte. Dass er tatsächlich so etwas wie Loslösung empfand, überraschte ihn. Die allegorische Darstellung der Parzen – die mit ihren großen Scheren die Lebensfäden eines Menschen kappen – war ganz berechtigt, fand Stewart, denn was die Welt empfindet, wenn ein Mensch stirbt, und sei es in der Ferne, ist Lösung und Entflechtung.

Der Leichnam wurde in Whyteheads Tabakscheune gefunden, und es kursierte die Geschichte, er habe sich dort an einem Balken erhängt. Seine ärztlichen Dinnergäste Fox und Skinner hatten Selbstvergiftung diagnostiziert: Er habe einen Nikotinaufguss zu sich genommen, erklärten sie, ein Pestizid, das er zur Bekämpfung der Blattläuse zu brauen pflegte. Stewart wusste, dass Whytehead so etwas niemals getan hätte. Es würde seine Schwestern allzu sehr verletzen. Und Stewart setzte sich hin, um ihnen dies mitzuteilen. »Verehrte Misses Whytehead«, begann er. Und dann fiel ihm ein, dass der Brief sie niemals erreichen würde. Und er fragte sich, wie viel von dem Geld ihres Bruders wohl jemals bis in die Mile End Road gelangen würde.

In den folgenden Monaten erwies sich Stewarts Fadentheorie – oder Sehnentheorie – als ein gewisser Trost für ihn. Es war, als hätte er ein kleines Päckchen Menschlichkeit sicher in seiner Brust verstaut, und gelegentlich klopfte er sich auf die Stelle, so wie ein Mann sich vielleicht seiner Pfeife vergewissert, während um ihn her die Cholera ausbrach und mit ihr sämtliche anderen Formen, Schattierungen, Varianten und Typen von Scheißerei – Dysenterie, Typhus und so fort. Er fragte sich, warum Gott für die Menschheit nicht einen praktischen Stöpsel entworfen hatte. Auch ging ihm durch den Sinn, dass er imstande wäre, den nächsten Mann mit stinkender Hose, der ihm begegnete, umzubringen, bloß um Zeit zu sparen.

Im Oktober war die Nordarmee von den Kordilleren herabgehumpelt gekommen, und für Stewart gab es kaum etwas zu tun. Nur die Leichtverwundeten schafften den Rückweg, die gesamte weite Strecke getragen von Brüdern, von Freunden oder sogar Fremden – die fassungslos gewesen sein mussten, als López ihre Bürde, kaum hatten sie diese abgesetzt, erschoss, um die Schande der Kapitulation bei Uruguiana zu tilgen.

Der General wurde als Erster erschossen – darin unterschied sich López von anderen Anführern der Menschheit. Jetzt zeigt er sein Gesicht, dachte Stewart. Mein animalischer Mariscal mit seinem bestialischen Krieg. Er ging an den Reihen der Verwundeten entlang und starrte jedem Mann prüfend in die Augen, während die Kapelle ›La Palomita‹ spielte.

Das große Gemetzel hatte begonnen, und es dauerte Jahre, bevor Stewart wieder Anteilnahme empfinden konnte.

Dann, im Juni 1867, trat ein Mann an ihn heran und sprach einen Satz so deutlich aus, dass Stewart sich fragte, auf welchem

Wege diese Nachricht wohl durchgedrungen war – solche Entfernungen hatte sie überwunden, um ihn präzis dort am Kopf zu treffen, wo die Natur ein dafür empfängliches Ohr bereitgestellt hatte. Die Doterel hatte, mit einem neuen englischen Gesandten an Bord, im Juni passieren dürfen; vielleicht war die Nachricht in einem Brief enthalten gewesen, den Venancia an Stewarts statt geöffnet hatte. War das wohl ihre Stimme, die er aus dem Munde des Mannes vernahm, der mitten an einem geschäftigen Nachmittag an ihn herantrat und sagte: »Ich soll Ihnen ausrichten, Miss Steerat von Edingbur ist tot.« Dies sei eine Botschaft, sagte er, für ›El Doctor‹ – der in der Tat eine Tante namens Miss Stewart hatte, die mittlerweile schon lange tot war, und zwar in Edinburgh und nirgendwo sonst. Woher die Nachricht stammte oder wer dafür bezahlt hatte, wusste Stewart nicht. Als er seinen auf einmal schweren Kopf hob, um dem Mann zu danken, hatte der sich bereits abgewandt und wollte gehen.

»Sie war für mich eine Mutter«, sagte Stewart pathetisch zu dem Rücken des Mannes, und der sah ihn über die Schulter hinweg an, ganz so wie die Statue des Perseus in Albani.

Und so verwandelten sich die vorangegangenen, gewöhnlichen Belagerungsmonate in außergewöhnliche, in denen Stewart am Leben gewesen war, seine Tante dagegen tot. Wenn man denn überhaupt eine Lebensspanne rückblickend neu durchleben konnte, dann tat er dies nun – ein Schwall von Empfindsamkeit durchströmte die Tage, die Zeit blieb ruckend stehen, lief rückwärts weiter –, als hätte er irgendwo unterwegs, ohne es zu merken, den Tod seiner Tante verloren und kehrte nun zurück, um ihn aufzulesen.

Der Himmel stand ihm offen. Nun gab es niemanden mehr zwischen ihm und dem weiten, blauen Firmament. Wie zum ersten Mal blickte Stewart hinauf und befand, es gebe keine Farbe, die so eigentümlich sei wie Blau. Die Frau, die ihn aufgezogen hatte, war tot, und er hatte nichts verspürt – keine Vorahnung, die der Nachricht vorausgegangen wäre, keine innere Regung, als er sie empfing. Und seine Fadentheorie zur Verbundenheit von Menschen löste sich so, viele Meilen fern der Heimat, selbst auf.

Natürlich hatte er, als er sie zum letzten Mal umarmte, gewusst, dass er diese Frau niemals wiedersehen würde. Und geradeso halten wir es alle, dachte er, denn ein »Lebwohl« zu einer Frau ist immer eines für alle Zeit. Selbst die kleinen Abschiede. Selbst wenn sie nur die Haube aufsetzt und in die Stadt geht, die nicht sehr weit entfernt liegt. Lebwohl. Denn dafür sind Frauen da. Dass man sie verlässt, sie aus einer gewissen Ferne liebt, ganz ähnlich, wie wir die Toten lieben. Und er stellte sich den schlanken Engel vor, den er gern auf ihr Grab setzen lassen würde – lange verbrachte er damit, in den Sockel darunter diese oder jene Inschrift zu gravieren. Fand die richtigen Worte und vergaß sie, fasste sie im Geiste neu. Mit einer Feder und Papier würde die Sache eines Tages entschieden sein, vorerst aber brachte er es fertig, einen Satz um den anderen zu vergessen, bis zu dem Moment, da sein Kopf bei ein paar Versen Ruhe fand, die Whytehead ihm an jenem Tag in Asunción vorgetragen hatte.

Ach, fühlt' ich nur die hingeschwundene Hand
Und lauschte der verstummten Stimme Klang

Und damit füllte Traurigkeit sein (bereits übervolles) Herz, und obwohl der Krieg im Allgemeinen Stewart immer noch gefiel, so konnte er sich doch nicht mehr erinnern, wie er begonnen hatte.

Nun aber, da seine Tante tot war, verspürte er das Bedürfnis, sich am Abend umzukleiden und die Männer seiner Umgebung aus gesellschaftlichem Blickwinkel zu betrachten. Statt an jemandem Gelbsucht festzustellen, nahm er nun zum Beispiel eine Neigung wahr, Abkürzungen einzuschlagen. Er übertrug das Pferdevokabular seiner Tante auf diese Männer: Der dort war ein Durchgänger, ein anderer ein Ausscherer, wenn er mit dem großen Graben des Lebens konfrontiert war. Und als hätte Elisa dies von fern erkannt, wurde er eines Morgens, als er gerade (wie es gelegentlich jedem geschehen konnte) mit seinen Läusen beschäftigt war, von einem kleinen Mädchen mit einer Karte unterbrochen.

Mme Elisa Lynch
bittet um das Vergnügen,
Dr. William Stewart
am Samstag, den siebten Juli
um halb acht Uhr abends zum Diner
begrüßen zu dürfen

Diese Karte brachte ihn schließlich dazu, am Ärmel der Frau zu zupfen, die auf den Wällen umherging. Als er sie fand, befehligte sie gerade die Auffüllung eines tiefen Lochs mittels der geflochtenen Schanzkörbe, und er unterbrach sie nur so lange, wie er benötigte, um ein Stück Papier zu erbitten, falls es aufzutreiben sei. Es traf am gleichen Nachmittag ein – ein recht anständiges Blatt – samt der Aufforderung, zum Entgelt irgendwann in der Zukunft ein Leben zu retten oder zu beenden (ob das eine oder das andere, werde sie ihn zu gegebener Zeit wissen lassen), und Stewart reinigte sich die Hände mit trockenem Sand, bevor er das Blatt anfasste.

Humaitá, vierter Juli

Dr. William Stewart
wird mit Vergnügen
Madame Elisa Lynchs freundlicher Einladung
zum Diner am Samstag, den siebten Juli
um halb acht Uhr abends
Folge leisten

So hübsch großzügig eine Zeile um die andere zu komponieren erfüllte ihn mit leisem Stolz. Dies allein, eine Feder über ein Blatt zu führen und erneut anzusetzen, gab ihm beinahe wieder das Gefühl, vornehm zu sein.

Ihre Niederkunft, die nicht lange zurücklag, und die Geburt eines vierten Sohnes hatten es mit sich gebracht, dass Madame Lynch in ihrem kleinen Haus auf dem umzäunten Grundstück hinter der Kirche seit vielen Monaten keine Gesellschaften mehr gegeben hatte. Was bedauerlich war. Denn Elisa bei Kerzenlicht war ein Wunder. Sie schenkte ihren Gästen eine milde, profunde Beachtung und die nie versiegende Billigung ihrer lieblichen schwarzen Augen. Wenn sie sprach, dann in einem leichten und zugleich hoheitsvollen Ton; so umsichtig war ihre Konversation dem männlichen Denken angepasst, dass man sich niemals gezwungen sah, Ausflüchte zu gebrauchen oder sich zu unterwerfen. All dies erzählte Stewart am Abend des Diners seiner Tante, während er sich mit einem blutigen Klappmesser das Gesicht abschabte und mit einer blinden Hand prüfend hinterherfuhr. Da seine Tante jedoch tot war, stellte sie ihm unaufhörlich Fragen, wie um alles in Erfahrung zu bringen über eine Frau, die er womöglich bei ihr einzuführen gedachte. (Elisa dort – du meine Güte! – im Salon seiner Tante! Und wenn das Kleid von ihr abfällt, steckt unter dem Fischbein nichts als Gebein und wieder Gebein. Und unter Geklapper fällt Elisa seiner lieben Tante vor die Füße.)

Stewart stieg in das, was von seinem Abendanzug übrig war, und bekämpfte einen großen grünen Fleck auf dessen Landkarte aus Schweiß. Aus Mangel an Wäsche klappte Stewart sich die Revers über die Brust und schlang sich, damit auch alles hielt, einen Lappen um den Kragen; und versuchte unterdessen immerzu, seiner Tante zu antworten.

Die irische Frage zum Beispiel – war Elisa wirklich Irin? Und, wenn wir schon bei dem Thema sind, von welcher Sorte? Von der richtigen, antwortete Stewart, vorwiegend – ihre Manieren erschienen ihm natürlich, nicht erlernt. Obwohl nicht auszuschließen sei, dass sie geradeso Irin sei wie jede Frauensperson, die in Paris reüssieren wollte, wo man Irinnen als *sauvages* betrachte und Engländerinnen lediglich als alte Jungfern.

Aber wieso überhaupt diese Zweifel? (Seine Tante setzte ihm wieder einmal sehr zu.) Natürlich sei Elisa Irin. Dafür spreche doch diese ganze Sache mit den ›lachenden Augen‹. Dafür spreche der peinliche, fast schon hartnäckig zu nennende Hang zum Politischen. Dafür spreche ihr freimütiges Gebaren, eine manchmal schon komische Pfiffigkeit, die anscheinend vor nichts zurückscheue und einem Mann arge Pein bereiten könne, zumal an seinen intimsten Stellen.

Und wenn schon? Sie ist mehr als die Summe von alldem, erklärte er seiner toten Tante, als er sich durch den Schlamm vorankämpfte – sie ist auch noch Elisa.

Ihr Haus war ein Lampion. Eine niedrige, gewöhnliche Kate, wenngleich ziemlich groß; an Stelle von Wänden hingen Tuchvorhänge von den Dachsparren. Die Lichter glommen durch die gewachste Baumwolle, sodass der ganze flache Kubus vor den Augen eines Mannes in der Luft zu schweben schien – vor allem, wenn der Mann hungrig war. Wenn er sehr hungrig war, schien das Gebäude zu tanzen, vor ihm zurückzuweichen und sich dann auf einmal ganz nah vor seiner Nase zu erheben, sehr hell und ein klein wenig zu früh.

Ein Mann würde nun die Vorhangtür beiseite schieben und eintreten, wie Saladin in sein Lustzelt oder wie Tschingis Khan in seine mongolische Jurte. Stewart schob die Plane beiseite und trat in die ›Halle‹. Er hatte Elisa eine Sueton-Ausgabe zum Lesen mitgebracht, fand das jedoch plötzlich auf einmal völlig falsch, und als er noch darauf wartete, weiter hineingeleitet zu werden, ließ er den Band leise auf den Kartentisch gleiten. Auch die Wände im Inneren bestanden aus Geweben, und er folgte einer malerischen Stickerei hinüber ins Esszimmer, einem kleinen Wunderwerk aus Vorhängen, Tapisserien und bemaltem Baumwollstoff.

»Willkommen in meinem Feldzelt«, sagte Elisa mit einer schwungvollen Geste, die den leicht wogenden Wänden galt, und mit offener Zuneigung ging sie auf ihn zu und hob die zu küssende Hand. Dann drehte sie sich um und scheuchte Stewart auf die anderen Männer zu.

»Doktor Stewart«, sagte sie.

Die Gruppe war klein. Paulino Alén, die Caballeros, Bernardino und Pedro – diejenigen eben, die man die kommenden Männer hätte nennen können, nur dass sie in Wirklichkeit die einzigen Männer waren, die es noch gab. Paulino Alén war noch ein Junge, was einen in Verlegenheit bringen konnte: seine rotznäsige Würde, sein schöner, reiner Teint. Jäh fuhr er sich mit der Hand über den Hosenboden, bevor er sie ausstreckte. Stewart schüttelte sie, richtig gerührt, und wandte dann seine Aufmerksamkeit den Tuchwänden zu. Zwischen den pompeisch-roten und sanft olivfarbenen Tüchern waren auch solche von dem

Grün der Vorhänge des armen, schüchternen Whytehead – vielleicht hatte Elisa sie aus demselben Warenlager; es gab ja in Asunción so wenige davon. Dann sah Stewart die Troddeln, und ihm ging durch den Sinn, Elisa könnte diese Vorhänge womöglich von Whyteheads Fenstern abgenommen haben, nachdem er gestorben war.

Ein Käfig voll ausgestopfter Vögel! Wo es doch im Sumpf jenseits der Wände so viele lebendige gab! Dies waren nicht die exotischen Vögel, die man hier auf seinem Dach leicht hätte einfangen können, sondern – viel exotischer noch – solche, denen man in der Heimat begegnete. Eine aufgeschreckte, ihr Warngezirpe ausstoßende Schnepfe, ein Fasan, der eben eine Kralle vom Boden lüpfte, um zu fliehen. Ein schottisches Hochlandpanorama. Das darunter ausgebreitete Tuch wies ein neues Tartan auf, ein herrlich dichtes Muster aus türkisfarbenen, gelben und grauen Quadraten. Wie es schien, verwandelte Elisa ihn in eine Frau. Stewart wollte sich mit dem Gewebe über die Wange streichen, er wollte es sich unter das Jackett stopfen und es auf der Haut seiner Brust spüren. Er wollte dieses Stück Stoff *haben*, es lieben und Sorge tragen, dass es nicht zerrissen würde.

»Ah, Sie haben meine Vögel schon gesehen«, sagte sie. »Erinnern sie Sie nicht an die Heimat?«

»Nur allzu sehr«, antwortete er.

Sie hätte ihm den Vogelkäfig anbieten sollen, dachte er, dann hätte er ihn ablehnen und sich dafür das Tuch ausbitten können. Doch Elisa bot ihm den Käfig nicht an.

Warum auch? Er gehörte ihr.

Ein Pochen kündigte Il Mariscal López an – förmlich wie eh und je, wenn er Elisa Lynchs Haus betrat.

»Lass ihn ein«, sagte sie zu dem Diener, der die Plane anhob, um den Diktator darunter hindurchschreiten zu lassen. Der wirkte nach diesem Theater ein wenig lächerlich. Immer war er kleiner, als man ihn in Erinnerung hatte.

López küsste seiner Gefährtin die Hand, dann bedeutete er ihnen allen mit einem Schwenk, doch Platz zu nehmen. Man konnte in diesen Tagen einen Soldaten nicht zum Warten nötigen, wenn der Geruch nach Essen in der Luft hing. Als ihnen die Stühle zurechtgeschoben wurden, schlüpfte eine Gestalt auf den Platz neben Stewart.

»Spät, Pancho«, sagte Elisa. »Immer musst du so spät kommen.«

»Entschuldige, Mama.«

Nun saß Stewart neben dem kleinen Oberst, und damit war sein Glück komplett. Sie hatten den Jungen alle so gern. Seine Augen waren von dem hellsten Grün, das man diesseits des Atlantiks finden konnte, so grün, dass sie bei grellem Licht wie blind wirkten. Ihre Ausdruckslosigkeit war beinahe dekadent. Die lauernde Passivität seiner Jugend und die trägen Wimpernschläge ließen einen Mann an Frauenaugen denken – sich fragen, was solche Augen, so sittsam und wissend zugleich, in einem Jungengesicht zu suchen hatten.

Aber er war ein Junge, ganz zweifellos, so kostbar und so ungestüm. Zudem war er ein nationales Symbol, denn eines Tages würde er den Grund verkörpern, warum sie alle diesen Krieg ausgefochten hatten. Und als solches funkelte er bereits düster zu Alén hinüber, der klugerweise sein Besteck in Augenschein nahm und die Blicke nicht erwiderte.

Es gab da so manches in Augenschein zu nehmen. Stewart fing Aléns Blick ein und tippte auf die äußerste der fünf Gabeln, zur wohlverborgenen Erleichterung des Jungen. In Wahrheit aber wusste Stewart nur, wofür drei der Gabeln vorgesehen waren: Fisch, Fleisch und Gebäck, und allein schon von diesem Akt der Identifizierung wurde sein Mund unschicklich wässrig. Er griff nach einem Glas und zögerte, woraufhin sich Elisas Diener aus dem Dunkel zu ihm beugte und in einem raunenden Ton von schon fast sexuellem Takt und Großmut die Gläser für ihn benannte. »Wasser, Chambertin, Latour, Champagner.« Dann zog er sich zurück.

Stewart suchte – und fand – den Smaragdblick des kleinen Obersten.

»Irgendwelches Jagdglück zur Zeit?«

Gleich würde er weinen. Möglicherweise weinte er bereits. Er sah den Jungen an, der ihn ansprach, und hörte nicht ein Wort, das aus dessen jungem Mund kam. Wohl aus Verständnis ließ Elisa fast unverzüglich servieren, nicht eine Suppe, sondern einen Feldeintopf, wie sie ihn gewohnt waren, aus Maniok und Fleisch. Einen guten. Eine entsetzliche Stille herrschte, als sie zulangten. Nach dieser Maßlosigkeit war das eigentliche Diner möglich geworden, mit all seinem rituellen Liebreiz: Suppe, Salat, Fisch, Wildbret, Fleisch. Der Salat war ein wenig ›indianisch‹ und der Fisch der übliche, aus dem Wasser bombardierte, aber frischer, als Stewart es gewohnt war, denn man hatte ihn unter den Rüsseln brasilianischer Geschütze weggeschnappt, und er sah Stewart aus einer *sauce à l'estragon* entgegen. Alles in allem stimmte das Essen Stewart geradezu patriotisch. Der Geflügelgang bestand aus einheimischen Wildvögeln, geschossen, bevor sie dem Feind vor die Gewehre kamen. Die Schweinskeule war, wie Elisa sagte, das Geschenk einer dankbaren Person, und die *mousse au chocolat* war besonders vorzüglich und kolonial, da direkt aus Kakaobohnen zubereitet. Doch was das letzte Gericht anging – die letzte Gabel, die da so geheimnisvoll auf ihrem Silberbänkchen ruhte – alle applaudierten sie, als das letzte Gericht aufgetragen wurde. *Sorbet de cassis.* Wie schaffte sie das nur?

Es war ein Traum. Irgendwann während des Fischgangs erwachte Stewart flüchtig und entdeckte über der glitzernden Schar von Öl-und-Essig-Karaffen und Tafelaufsätzen in der Mitte der Tafel ein Arrangement aus Blumen und – konnten das Weintrauben sein? Es kam Stewart so schön und vertraut vor wie ein anderes Leben – wie eines, das er hätte führen können, aber nicht geführt hatte. Und er fragte sich, wo es hingeraten war, wer es jetzt wohl lebte – Stewarts anderes, innig mit solchen Blumen vertrautes, mit ihnen übersätes Leben: lila, orange und blau, bargen sie in ihren feuchten Herzen die Geister, und er sah sich das Gesicht in die Farben und den Duft tauchen. Und dann tat er natürlich nichts dergleichen. Er verspeiste einen ganzen Fisch, und der Fisch schaute ihm mit seinem toten Auge amüsiert zu, und Stewart sprach über Schottland, vielleicht in dem Versuch, Anspruch auf jenes Stück Stoff mit dem neuartigen Tartan zu erheben, mit seinen einander überschneidenden gelben, grauen und türkisfarbenen Quadraten.

Über der Schweinskeule erwähnte er offenbar seine Tante, musste jedoch vergessen haben zu sagen, dass sie erstens tot und zweitens seine Tante war, denn Elisa lachte. Die Schweinskeule hatte eine sehr haarige Kruste, und das war äußerst ablenkend – vielleicht hatte er, ohne es zu merken, etwas Witziges von sich gegeben.

»Ach, diese Engländer«, sagte Elisa. »Engländer haben keine Mütter. Sie wachsen im Garten wie Kohlköpfe: völlig selbst erzeugt. Oder wenn sie doch so etwas wie eine Mutter haben, dann stets im Zusammenhang mit Möbeln. ›Ich erwarte die Möbel meiner Mutter‹, oder: ›Dieser Schrank – gefällt er Ihnen? Er stammt von meiner Mutter.‹ Hinter jedem Engländer steht eine Frau in einer Morgenhaube, umgeben von Nussbaum- und Mahagoniklötzen und völlig unerheblich. Bei den Franzosen – ja, deren Mütter schreiben Romane oder verbrennen sie im Salonkamin, ihre Mütter sind berühmte Liebhaberinnen oder verstehen sich darauf, eine Standuhr zu reparieren, die seit 1693 nicht mehr getickt hat. Eine spanische Mutter ist ein Objekt des Schreckens, die Mutter eines Italieners etwas absolut Anbetungswürdiges, aber die Mutter eines Engländers ... Morgenhaube, ein paar Handarbeiten und ein Queen-Anne-Sekretär aus Eiche mit Eibenholzintarsien.«

Nichts davon war Stewart angenehm. Er war kein Engländer. Gerade wollte er Einspruch erheben – es drängte ihn recht heftig dazu –, als ihm wieder einfiel, dass er kein Hemd trug, und statt auf den Tisch zu hauen und loszudonnern, führte er die verkrampfte Hand zum Mund und räusperte sich.

»Sie sind zu streng, Madame Lynch«, sagte er.

»Es entzückt mich, das zu hören«, sagte Elisa. »Wir Kelten haben genug Grund zur Strenge, wir müssen Farbe bekennen.«

Stewart begriff allmählich, dass ihm ein wesentlicher Punkt in der Konversation entgangen war. Oder vielleicht nicht bloß in dieser, sondern in jeglicher Konversation. Vielleicht würde er niemals mehr gesellschaftsfähig sein. Etwas an dieser Aussicht kam ihm verhängnisvoll vor. Und daher fragte er tapfer:

»Und wie steht es um die irische Mutter?«

»Um die irische? Oh, die essen wir«, sagte Elisa. »Das sollten Sie einmal sehen. Wir beginnen mit den Zehen und lassen nichts aus.«

Alle blickten sie auf die Schweinskeule, und ein Schweigen stellte sich ein, in das hinein Pancho aus irgendeinem Grund applaudierte.

»Diabolito«, sagte seine Mutter, während Stewart sich im Geiste an den Beinen irgendeiner armen Frau hinaufknabberte, bis er an einer völlig undenkbaren Stelle ankam. Die Frau war natürlich Elisa, aber auch ein bisschen seine arme, verweste Tante oder das saubere Gebein seiner lang verstorbenen Mutter, und Stewart empfand das Gewaltsame daran so scharf, dass er »Hure!« brüllen wollte oder eine ähnliche Schmähung. »Irisches Biest!« lautete der Ausdruck, der ihm in den Sinn kam. Wie sonderbar, dachte er. Und wie unnütz. Wie sollte er auch Paulino Alén – oder irgendeinem hier – erklären, dass diese Frau da einem Menschenschlag entstammte, der immer nur Verdruss bereitete?

Dann wurde das Sorbet aufgetragen, und Stewart bemühte sich, nicht laut aufzustöhnen, als er es verspeiste. Während des gesamten Mahls war nicht ein Wort über den Krieg oder über die Lage gefallen, in der sie sich gegenwärtig befanden, und das dumpfe Spritzen von Geschossen, die in fernem Schlamm landeten, war, wenn es einem einfiel, darauf zu horchen, beinahe angenehm für das Ohr.

Da schob López seinen Stuhl zurück.

»Señor«, sagte er mit ironischer Förmlichkeit zu dem jungen Alén, und Elisa erhob sich, um ihnen zu gestatten, sich zurückzuziehen. Sie begaben sich zu einem Tisch in der Ecke, wo eine Landkarte entrollt wurde. Panchos Augen weiteten sich vor Zorn und Flehen.

»Sie müssen mich begleiten, Doktor Stewart«, sagte Elisa, »während Pancho sich seinem Krieg hingibt. Sie müssen mir Gesellschaft leisten und so tun, als horchten sie auf meinen Puls.«

»Es ist mir ein Vergnügen«, sagte er. Er bot ihr den Arm, den er von der Schulter aus steif abwinkelte wie ein alter Mann. Im Hinausgehen hielten sie bei López an, der seiner Mätresse die Hand küsste. Und es war wirklich so, als wäre man mit ihnen beiden im Bett, so schauten sie einander in die Augen. Von der galvanischen Ladung Wahnsinn, die López aussandte (denn er war ziemlich wahnsinnig), wurde Stewart ganz schwindlig. Elisa jedoch schien diesen Wahnsinn angenehm zu finden, oder zu glätten, oder in sich aufzusaugen – jedenfalls sah sie ihm geradewegs entgegen, als wäre ihr ganz danach, ihm demnächst beizuwohnen.

»Kaffee!«, sagte sie in die Luft vor sich und ging weiter – wobei sie Stewart ein bisschen mitzerrte, denn er hatte einige Mühe, an dem elenden Stück Schottenstoff unter dem Vogelkäfig vorbeizukommen, so sehr beschämte ihn sein Verlangen danach noch immer.

In dem kleinen Raum, der Elisas Empfangszimmer bildete, lastete auf ihm für einen Moment die Bürde der Konversation, die auf ihn zukam. Was hatte er dieser Frau schon zu sagen? Sie war zu weitherzig und er zu müde.

Sie entfernte sich ein paar Schritte von ihm und bat ihn, sich zu setzen. Dann hielt sie inne. Dann kehrte sie zurück, gesellte sich zu ihm und wandte, als sie sich in den zweiten Sessel sinken ließ, den Kopf ein wenig ab. Es herrschte Schweigen; ein anscheinend ganz gelöstes Schweigen, aus dem jedoch rasch eine Blase von Unglück an die Oberfläche stieg und barst.

»Wissen Sie, Doktor Stewart, ich bin dies alles unsäglich leid.«

»Den Krieg?«

»Nein. Dies hier, mein Lieber. Dies alles hier.« Sie wandte sich um und deutete, wie es schien, auf ihre Röcke – es sei denn, sie wies auf den Fußboden, auf den Aubusson-blauen Teppich, der so sonderbar gut mit dem Beige des Lehmbodens harmonierte. Sie fuhr mit den flachen Händen in weiten Bögen durch die Luft und ließ sie dann in den Schoß fallen. Dann hob sie das Gesicht und widmete Stewart einen langen Blick, denn man wohl »strahlend und traurig« hätte nennen können.

»Ich bin es unsäglich leid, Elisa Lynch zu sein, Doktor Stewart.«

Wieder einmal hinterrücks überfallen, dachte Stewart, als ihn der Drang überkam, sie zu befreien, nicht aus dem Schlamm und den Kugeln – obwohl auch die eine Rolle spielten, als er sie über den Sattelknauf eines imaginären Pferdes warf und mit ihr davongaloppierte. Nein, packen würde er sie, sie küssen und aufs Gewaltsamste in Besitz nehmen, und sie damit erlösen, nicht vom Krieg, auch nicht von der Welt, sondern von dem entsetzlichen Gefängnis ihrer selbst. Von diesem Haar, von diesen Kleidern, diesem hoheitsvollen, anmutigen Äußeren. Komm mit mir, und wir werden einfach leben. Auf der Wiese werden Schmetterlinge flattern, und so weiter. Mein Gott, wie war er müde.

Sie löste sich aus ihrem Sessel und streifte ein wenig durch den Raum. Ihr Kleid war das Schönste, was Stewart seit langer Zeit vor Augen gekommen war – wenn man von dem Sonnenaufgang absah, der ihm tagtäglich das halb verheilte Herz brach. Ihr Kleid war grün. Von einem Grün, für das Stewart kein Wort hatte. Von einem silbrig überflimmerten Grün, in diesem dunklen Raum. Sie nahm eine Fotografie von López in die Hand, stellte sie wieder hin und schwebte weiter. Mindestens drei Flaschen Champagner hatte sie geleert, wurde Stewart klar. Elisa war immer schon ein beherztes Mädchen gewesen.

»Wissen Sie, ich arbeite sehr hart«, sagte sie.

»Das weiß ich.«

»Bei Tisch zum Beispiel arbeite ich sehr hart, damit alles glatt verläuft, und ich möchte ja nicht dafür bewundert werden, Doktor Stewart, darum geht es mir nicht, nicht sehr – aber diese bitteren, schiefen Blicke und die Urteile, die über die Gesichter der Leute kriechen, diese ewige Kleinmütigkeit, wo ich durch Feuer und Hagel gewatet bin, um ihnen etwas Passables aufzutischen!

Die Centrepiéce – die achtlos aus der Schale quellenden Blumen – habe ich nach einem Ölbild von Jensen komponiert, dem Dänen. Welch eine Arbeit, Doktor Stewart. Welch eine Arbeit das alles macht! Und warum tue ich es? Aus Liebe. Und aus Streben nach Höherem. Ich tue es, damit wir nicht immer so *klein* bleiben, und es ist zwar vulgär von mir, so etwas auszusprechen, Doktor Stewart, aber Perlen vor die Säue ist eine Sache, doch wenigstens verachten die Säue die Perlen nicht so wie diese Männer mich.«

»Aber meine Liebe«, sagte Stewart, von ihren absurden Worten überrascht. »Sie klingen ja beinahe wie …«, er wollte sagen, ›wie meine Frau‹, schaffte aber noch recht flink den Sprung zu: »… eine ganz normale Frau.«

Für einen beängstigenden Moment der Leere glaubte Stewart sich betrunken. Dann fiel ihm wieder ein, dass ihm dieses Gefühl der Krieg gab; der Krieg und dieser Raum hier inmitten des Krieges; dieses Haus – ein leuchtendes Gefäß, das einem Diamanten im Schlamm glich, oder sogar einem Diamanten in einem Scheißhaufen von irgendwem – und da kam ihm vage die Erinnerung an einen Mann mit aufgeschlitztem Bauch – oder hatten seine gesamten Eingeweide frei gelegen? – jedenfalls hatte er eine Erinnerung an einen Mann mit einem Schmuckstück im Leib, in Curupaití war das wohl, oder in Tuiutí, oder in Curuzú, oder in einem Traum, den er eben hier in Humaitá geträumt hatte, in einem Traum über Schwierigkeiten, Nierensteine und etwas erstaunlich Schönes, Kostbares und Hartes, das tief in einem Mann steckte. Und an diesem Punkt wurde er mit einem Ruck wieder wach und merkte, dass Elisa noch immer am Reden war, wozu die murmelnde Stimme ihres Mannes nebenan den gedämpften Kontrapunkt bildete. Es war überhaupt keine Zeit vergangen.

»Warum auch nicht, Doktor Stewart«, sagte Elisa soeben. »Ich *bin* normal. Ich bin *auch* normal.«

»Und ansonsten was?«, fragte er taktlos. Nun, schließlich hatte sie ihn geweckt.

»Und ansonsten eine Hure?«, hätte er sagen können – aber wen scherte das heutzutage? Sie waren alle nur Fleisch. (Andererseits, konnte man von ›Fleisch‹ sagen, es schlafe, so wie er nun das Bedürfnis nach Schlaf hatte, und war es nicht letzten Endes das Beseligende an Elisa, dass sie absolut fleischlich war und gleichzeitig absolut nicht fleischlich? Und somit eine Frau, im Gegensatz zu einer potentiellen Leiche? Dieses philosophische Gewirbel in seinem Kopf nahm überhaupt keine Zeit in Anspruch, oder gerade so viel Zeit, wie ein Mann braucht, um die Augen zu schließen und wieder aufzuschlagen, also eine Ewigkeit, oder ungefähr so lang wie ein Blinzeln.)

»Und ansonsten die First Lady von Paraguay«, sagte Elisa, ein wenig verletzt und voller Stolz.

»Natürlich«, sagte Stewart.

»Aber sie würden mich in jedem Fall hassen, glaube ich. Ehrlich. Geradeso gut könnte man in Irland sein. Man könnte geradeso gut in Mallow sein – Sie wissen ja, dort bin ich aufgewachsen –, ein böser Ort, meine Mutter brachte er zum Weinen – aber wir kommen alle aus bösen Orten, nicht wahr, Doktor Stewart? Jedes unglückliche Geschöpf auf dieser Erde kommt aus irgendeinem bösen kleinen Ort.«

Er kam nicht umhin zuzustimmen.

Und während er die nächsten Male einnickte und aufwachte (manchmal ohne den Blick von ihr zu nehmen), redete sie unentwegt weiter. Sie war äußerst eloquent, obwohl sie die verwirrende Angewohnheit hatte, plötzlich an einer anderen Stelle im Raum in Erscheinung zu treten.

»Der hohe Rang meines lieben Freundes lastet schwer auf ihm«, sagte sie etwa. Oder:

»Ich möchte in dieser entsetzlichen Zeit ja nur bei meiner Familie sein.«

Das Überraschende war, dass sie es ernst meinte. Hier, inmitten von allem, redete sie über gar nichts.

»Wissen Sie, dass ich nach Humaitá gezogen bin, um der Verachtung seines Bruders zu entkommen? Und der Verachtung seiner Mutter und seiner Schwestern in Asunción. Darum bin ich zum Schlachtfeld gereist, obwohl ich damals in Erwartung war. Denn echte Kugeln sind nichts für mich im Vergleich zu den Anfeindungen dieser Frauen. Um ihm das zu eröffnen, bin ich gekommen. Ich habe ihn gefunden und mich ihm vor die Füße geworfen.«

Stewart wachte auf. Er spürte, es lag ein Schlusswort in der Luft.

»Für jeden Feind, den er besitzt, habe ich zwei, denn auf jeden Mann, der ihn hasst, kommt ein anderer, der behauptet, was immer er tue, tue er auf mein Drängen hin; denn die Ambitionen einer Frau sind unergründlich – als ob ich eine Hexe wäre, die ihn mit Zaubermitteln in ihr Bett gelockt und ihm eingeflüstert hätte: ›Du musst noch vor dem Frühling im Mato Grosso eindringen, mein Liebling.‹ Und darum leiden wir, Doktor Stewart. Eine Frau kennt keine Schranken, weil sie nicht handeln darf. Sie besteht nur aus ihrem Ruf, weil sie nicht handeln darf. Und so wird unser Ruf, obwohl wir gar nichts tun, immer unmöglicher und zerbrechlicher und zügelloser.«

Zum Teil schien dies Stewart wahr zu sein, wenn auch ein wenig abgegriffen. Die Feststellung, Frauen seien unerheblich, kam ihm immer irgendwie – nun, unerheblich vor.

»Aber meine liebe Elisa«, sagte er.

Für eine Weile schwieg sie. Sie hatte sich verraten. Und da sie dies so herb empfand, versuchte sie, ihn wieder für sich zu gewinnen. Stewart war vollkommen wach, als sie sich ihm mit glutvollen, sehr weiblichen Augen zuwandte.

»Wir haben einen weiten Weg zusammen zurückgelegt, William Stewart, Sie und ich. Manchmal frage ich mich, wie wir überhaupt hierher geraten sind.«

An dem, was sie gesagt hatte, war vieles zu bestreiten. Er könnte mit dem Wörtchen ›wir‹ beginnen. Er könnte darauf hinweisen, dass sie sich zwar zusammen in diesem Raum aufhielten, dass jeder von ihnen jedoch in eine sehr unterschiedliche Position ›geraten‹ war. Und er empfand große Sehnsucht nach dem Leben, das er vielleicht hätte führen können – nach einem Leben, das mit Blumen vertraut war und nicht mit Elisa Lynch. Doch als er versuchte, in dieses Leben einzutauchen und es sich vorzustellen, da merkte er, dass er es nicht vermochte. Was immer das für ein Leben war, das er nun führte, es war das Einzige, das ihm zuteil geworden war, und es war, wie locker auch immer, mit dieser irritierenden Frau verknüpft. Er konnte keines heraufbeschwören, in dem sie nicht vorkam.

»Wenigstens habe ich in Ihnen einen Freund, Doktor Stewart. Wenigstens das habe ich.«

Recht gewandt stand er auf, verbeugte sich und setzte sich wieder. Vielleicht meinte sie es so. Ihr Schweigen nahm eine solche Tiefe an, dass es schließlich López anlockte – er riss die Türplane zur Seite und schob sein wahnsinniges Gesicht in den Raum. Für eine Sekunde bekam es Stewart mit der Angst, aber López war kein bisschen eifersüchtig. Eine so kleine Nummer war Stewart im großen Plan. Und wirklich erhob sich Elisa und ging auf López zu – wie eine Große Frau auf einen Großen Mann. Woraufhin Stewarts Magen auf einmal kundtat, dass er in den letzten paar Stunden mehr gegessen hatte als in der gesamten vergangenen Woche.

Auf dem Rückweg zu seiner Hütte versuchte Stewart, sich daran zu erinnern, dass er in diese Frau verliebt war, und zwar auf stürmische Art. Er versuchte, die hohe, eher vergeistigte Liebe wiederzubeleben, die er empfunden hatte, als Elisa auf ihrem großen Rad einherspaziert war, mit einem Jungen, der vor ihr eine Planke niederlegte, und einem anderen, der hinter ihr eine hochnahm.

»Alle Liebe ist bang«, sagte er, nicht zum ersten Mal und möglicherweise laut. Er hielt Ausschau nach dem Mond. Und er war da. Der Mond war weiß, und Stewart liebte Elisa Lynch. Natürlich ist eine vergeistigte Liebe eine Glaubensfrage. Man sagt: »Ich liebe«, und es ist so wahr, wie Hammelfleisch vom Hammel ist. Und auf diese Weise überleben wir.

Am Rand des umzäunten Grundstücks kam er an einigen der schlammfarbenen Frauen vorbei, die unter der Tür eines Schuppens herumscharrten. Es hätte sich um einen Abtritt handeln können, aber an dem menschlichen Wimmern, das daraus hervordrang, erkannte Stewart, dass es sich um eine Art von Verlies oder Gefängnis handelte. Die Frauen – es waren zwei – scharrten unter der Tür ein Loch. Wie es aussah, versuchten sie, die Person im Innern mit Nahrung zu versorgen. Welche Großmut, dachte er. Welche Liebe.

»Gute Nacht«, sagte er munter zu der munter salutierenden Wache. López verfügte über sein eigenes, privates Gefängnis, ein weiteres Loch, das Gerüchte erzeugen würde – dass er dort Männer einsperrte, damit Elisa sie essen konnte, oder dass Elisa darin Frauen hielt, die López schändete, so groß sei ihre Liebe füreinander –, und mit dem geschlechtslosen Wimmern des Gefangenen im Rücken begab sich ein gequälter Stewart den Abhang hinunter zu seinem Bett. Und als er in seinem guten Anzug einschlief – genau genommen als er sich noch den Stofflappen von der Kehle zerrte –, da ging ihm durch den Sinn, dass er, falls er seinen Krieg noch einmal von vorne führen könnte, nicht sein letztes Hemd zerreißen würde, um einen Sterbenden zu retten. Er würde vielmehr seine Wäsche, wovon es so wenig gab, hüten und die Sterbenden, von denen es viel zu viele gab, sterben lassen.

Einige Wochen darauf sprach es sich herum, dass die Ygureí untergegangen und die Tacuarí von ihrer eigenen Mannschaft versenkt worden war. Stewart floh mit López über den Fluss in die Sümpfe, und Paulino Alén blieb mit einer kleinen Streitmacht zur Verteidigung von Humaitá zurück. Der Junge hatte seine Beförderung erhalten. Bei dem Diner musste er Elisa gefallen haben.

DER FLUSS

III

CHAMPAGNER

Dezember 1854, Rió Paraná

Wir sind in Paraguay!

Nachdem wir lange Stunden auf diesem riesigen Teich umhergedümpelt waren, fanden wir irgendwann nachmittags die Fahrrinne. Das stumpfe Braun des Wassers wurde durchsichtiger. Erst als Whytehead mich darauf hinwies, fiel es mir auf, aber der allgegenwärtige Schlick, in dem wir seit so vielen Tagen vegetiert haben, löste sich allmählich auf und schied sich in das Rot des Río Paraná und das lichtere Grau des Río Paraguay.

Die Begegnung der Gewässer. Nach Steuerbord hin wurde das Rot intensiver und verdichtete sich zu einem am Ufer haftenden Streifen, als hätte ein riesengroßer Maler weit stromaufwärts seinen Pinsel ausgewaschen. Dies beobachteten wir, Whytehead und ich, gerade mit größtem geologischem Interesse, da rief mein lieber Freund laut etwas aus, und das gesamte Kontingent von Einheimischen stürzte an die Reling. Sie deuteten auf den rostigen Streifen, der noch kein Fluss für sich war, nur eine Strömung in dem größeren Strom. Und geradeso, ging mir durch den Sinn, verflechten sich alle Gewässer der Welt auf ihrem Weg ins Meer zu einem fließenden Zopf.

Mein Freund kam herbei, um zu verkünden, dass wir uns freundlichen Gebieten näherten.

»Mein Land«, sagte er und verbeugte sich feierlich.

Ich nutzte die Gelegenheit, mich ein wenig mit ihm zu unterhalten. Ich deutete auf die rötliche Einfärbung im lichten Grau. So sollten wir beide sein, sagte ich, nun da unsere Lebenswege einander begegnet seien. Wir sollten die Ströme unserer Seelen vereinen, sagte ich.

Er schaute über die Reling.

»Als hätte eine Schlacht stattgefunden«, sagte ich. »Oder als färbte eine verwundete Gottheit das Wasser in der Ferne rot«, und so eindringlich war mein Ton, dass mein lieber Freund beinahe errötete. Meine Handgelenke tragen die Spuren seiner Finger, und den Tag über herrscht zwischen uns keine Unbefangenheit.

»Es kommt weit aus dem Norden«, sagte er, »aus dem Mato Grosso und den Bergen von Maracaju.« Und dann:

»Wenn wir alt sind, hegen wir dort unseren Garten.«

Wofür ich ihm sehr dankbar war.

Und so gabelte sich der Strom, und auf der sich verbreiternden Fläche zwischen den beiden Zacken liegt, erklärte man mir zumindest, das Land, das ich lernen werde, Heimat zu nennen. Ich blickte auf die Landspitze, wo es genau begann. Paraguay. Es sah aus wie eine Insel mitten im Fluss, doch von der einen Seite der Insel kam Rot, von der anderen Grau, und wir entschieden uns für das Grau. Und damit wich unser Weg von sich selbst ab. Wir waren jenseits des Zusammenflusses der beiden Gewässer, und ich sagte dem Río Paraná, der nun hinter der neu aufgetauchten Landspitze verborgen war, Adieu. Und ich nahm auch Abschied von dem fernen Land, dessen Erde er uns in seiner Strömung entgegenführt.

Später, am Morgen, gleitet Miltón herbei, um mir zu sagen, dass die rote Erde aus einer Gegend komme, in der es nichts Böses gebe. Und ja, ich hätte zu Recht von Blut gesprochen. Es sei tatsächlich Blut, das den Fluss hinunterkomme. Doch gewiss nicht so viel, sage ich, wenn die Gegend dort unschuldig ist. Er sieht mich an, und ich lese ihm vom Gesicht ab, wie er abwägt, wie viel er sagen soll und wie es wohl aufgenommen wird.

Mein kleiner Wilder hat es sich angewöhnt, mir so manches zu verraten. Das ist schmeichelhaft – jedenfalls empfinde ich es so, wenn er gleichmütig eine Bemerkung über diesen Dämon oder jenen Baum fallen lässt. Natürlich ist Miltón noch jung. Ich sage zu ihm, für einen Indio halte er aber nicht sehr dicht. Wenn er so weiterschwatzt, läuft ihm noch die ganze Seele aus.

Und jetzt liegt das Land meines lieben Freundes am rechten Ufer, während sich am linken bis zur Horizontlinie eine graue Sumpffläche erstreckt. Manchmal liegt sie ganz niedrig da, diese Fläche, in anderen Momenten scheint sich die ganze Ebene aufzubäumen und den Himmel durchzuschneiden. Was einen sehr verstören kann. Ich trage Miltón auf, die *hamaca* andersherum aufzuhängen, damit ich aufs rechte Ufer blicken könne, und das tut er auch allen Ernstes – bindet sie los, rafft sie zusammen, dreht sie um und hängt sie wieder auf, während ich dabeistehe und ihm zuschaue. Dann merke ich, wie vergeblich das alles ist, und lache. Wie langweilig, so dumm zu sein, wie anstrengend, und zudem bringt es mir endlos Schwierigkeiten ein. Dennoch hilft mir Francine in die nun gewendete Hängematte, und Miltón steht ganz stolz dabei – als hätte es auch ihn ein wenig befriedigt, so unsinnig Osten und Westen zu vertauschen.

Und so liege ich nun da und betrachte das Ufer rechter Hand: Paraguay. Und wirklich ist es, wie mir mein Freund versprochen hat, ein Arkadien, voll wilder Orangenhaine und »waldiger Täler«. Sanft sieht es aus. Man sieht den Dunst über den Wäldern in der Ferne schweben, und die Berge sind richtig mittelalterlich, unwegsame ländliche Idyllen. Endlos und uralt warten sie darauf, dass die Geschichte beginnt.

»Erzähl mir von euren Dämonen«, sage ich zu Miltón. »Sind sie sehr böse?«

»Sie sind groß«, sagt er.

»Wie groß? So groß wie ein Jaguar, wie ein Baum?«

»Nicht auf diese Weise groß«, sagt er nach einer Weile. »Groß wie ein Gesang.«

Sie gleichen einem Gesang, den man nicht vernehmen kann – nur dass man ihn manchmal doch vernimmt. Sie haben die Gestalt von Dingen, sind aber gestaltlos. Er sei ein sehr philosophischer Indio, sage ich. Manche der Dämonen, sagt er, sind allerdings doch auf die Weise groß, wie ein Jaguar groß ist. Und sie sehen auch aus wie ein Jaguar und solche großen Dinge. Anscheinend habe ich ihn nun gekränkt, denn er entfernt sich, und ich muss ihn mit einem Lächeln zurücklocken.

Später erzähle ich all dies meinem lieben Freund, und er blickt mich scharf an – nicht verärgert, nur eindringlich. Und ein weiteres Mal spüre ich, dass er mich bis auf die Knochen kennt.

Seit wir uns jedoch in seinem Land befinden, hat er etwas Unschuldiges an sich, etwas Unbefangenes und Drängendes. Es drängt ihn zu Taten. Er will etwas bewerkstelligen.

Nun sind wir in Sichtweite von Humaitá, einem geschäftigen kleinen Ort mit einer hellen spanischen Kirche, die oben auf dem Berg gleißt. Mein lieber Freund winkt wie ein Junge, während der Kapitän das Nebelhorn erschallen lässt und eine bunte kleine Flotte sich aus dem allgemeinen Gewusel löst. Die spitzen Kanus flitzen über das Wasser – ein Schwarm von Fischen oder ein Wurf von Schiffchen, die alle an unserer mächtigen hölzernen Breitseite nuckeln wollen. Die Indios haben sich mit Bändern ausstaffiert, sie flattern von den Spitzen ihrer Speere, und das Ganze nimmt sich sehr heiter und wild aus. Gelassen steht in jedem Bug ein Mann in einem Umhang, der immer wieder aufflattert und jedes Mal sein ›Ein und Alles‹ offenbart.

Mir wird davon ein wenig schwindlig, von der Sonne, den Bändern und alldem. Wer hätte das gedacht – ausgerechnet hier! Wer hätte je gedacht, dass ich hier landen würde, an diesem fernen Fleck, so viel männliches Fleisch betrachten würde, und mit solchem Gleichmut? Weil es sehr braun ist, sage ich mir, und damit keine große Beleidigung meiner Tugend – allerdings kann ich mich nicht umwenden und dieses Aperçu halb lachend meinem lieben Freund zukommen lassen, denn dass er behauptet, er sei ein Eingeborener, erscheint nun weniger als reine Pose, denn die Sonne hat alles Weiße von ihm abgeleckt. Sie hat ihn geradezu schwarz gemacht, wird mir klar, oder doch wenigstens nussbraun – braun wie die Männer in den Booten; braun wie die Gesichter, die am Ufer zwischen den Bäumen hervorlugen, so völlig reglos, dass sie mit der Borke eins zu sein scheinen.

Die Männer in den Kanus tragen Sporen und Hutkrempen, jedoch ohne Stiefel oder Hüte. Mein lieber Freund erklärt mir, die Sporen seien nur zur Zierde da; die meisten dieser Männer haben nie auf einem Pferd gesessen. Auf diesen Umstand ist er anscheinend beinahe stolz, und mir wird deutlich, dass dies seine Leute sind, dass er sie liebt und ich sie somit ebenfalls lieben muss.

»Wie kurios«, sage ich.

Die Hutkrempen, sagt er, sind das letzte Überbleibsel von Francia, dem ersten Diktator, der von dem gesamten Land das

Tragen von Hüten verlangte, damit sie vor ihm gezogen werden konnten, wenn er vorüberkam. Im Lauf der Jahre gingen die Hüte entzwei, aber die Krempen sind geblieben. Auf eine solche Weise macht man den Leuten klar, dass sie regiert werden, sagt mein lieber Freund. Und ich:

»Eines Tages werden sie vor dir die Krempen ziehen.«

Ich betrachte diese nackten Männer mit Filz und Silber um Köpfe und Fersen und finde sie bereits unschuldig und anmutig. Und wirklich, sie ziehen ihre Krempen, sie schwenken die kleinen Ringe durch die Luft und jubeln.

Wir empfangen den Distriktgouverneur in seinem eigenen Salon – einen kleinen Mann, widersprüchlich mit Frack und Nankinghosen angetan. Er wird uns nun bis nach Asunción begleiten, doch zunächst müssen wir in seinem Patio speisen, uns Reden anhören, ein Schwein rösten und so weiter. Beim Diner bemerke ich, dass er die Füße unter dem Tisch verbirgt und die Schuhe auszieht. Gleichwohl wirkt er sehr sonor und würdevoll.

Ich nutze die Gelegenheit, ihn über Francia auszufragen, dessen Name, wie mir klar wird, in der Luft schwebt, seit ich meinem lieben Freund begegnet bin. Und so schildert mir der Gouverneur – mit sonorer Würde – einen ganz in Schwarz gekleideten Mann, der einen Dreispitz trug; der Rousseau und Voltaire las; der »seine eigene Revolution, seine eigene Guillotine sein wollte«. Wenn Francia ausging, waren die Straßen leer – in Asunción schloss man alle Jalousien. Selbst die Hunde wurden erschossen, damit sie ihn nicht anbellten, wenn er durch die Stadt ritt wie Lady Godiva. El Supremo nannten sie ihn. Und jeder Fünfte war ein Spitzel. Francia schloss die Grenzen und gründete eine Nation, diejenige, auf deren Boden wir nun stehen. Die spanischen Kolonialisten waren seine besonderen

Feinde. So etwas wie ›reines Blut‹ werde es nicht geben, erklärte er. Von nun an sei alles Blut rein, alles Blut sei paraguayisch.

Mein lieber Freund, der immer auf die Gespräche, die ich führe, achtet, hört dies und bringt einen Toast auf »die große Vermischung« aus. (Heute Abend schluckt er seinen Schnaps.) »Auf meinen Niggervater, El Excellentissimo Carlos Antonio López, und auf meine kreolische Mutter, diese Melange aus spanischem Bastard und jeder anderen Sorte von Bastard, die euch einfällt.« Ich blicke umher, um zu sehen, wie meine kleine Truppe das aufnimmt. Whytehead sieht aus wie eine Herzogin, die nach der Zuckerdose greift, nur um festzustellen, dass sie auf dem Tablett fehlt. Stewart hebt sein Glas sehr hoch und ruft ein herzhaftes Hurra! Woraufhin sich López dem Briten zuneigt und sagt:

»Keine Sorge. Die Spanier sind hier das Geschwür, nicht ihr.«

Hoppla! Und für den Fall, dass er mich zu ihnen zählen sollte, sage ich: »Im Gegensatz zum armen Irland« – mit einem Feixen, an dem alle Anstoß zu nehmen scheinen, sogar mein lieber Freund.

Es wurde nicht wenig Champagner getrunken. Um uns über den Berg zu helfen, erkläre ich, mein lieber Freund solle zu uns über diesen Francia sprechen, als ein Staatsmann über den anderen, und so erhebt er sich und sammelt sich zu einer Ansprache.

»Man durfte ihn nicht berühren«, sagt er auf einmal sehr offen. Dann blickt er auf den Tisch hinunter und hinterlässt darin mit einem Daumennagel eine Kerbe. »Er duldete es einfach nicht, dass jemand ihn berührte. Man durfte ihn nicht ansehen, das war Gesetz. Als er dann starb, war darum niemand willens, sich seinem Leichnam zu nähern. Ohnehin konnte niemand glauben, dass er tot war. Drei Tage lang lag er da.«

Er schaut in die Nacht hinauf, und als er wieder anhebt zu sprechen, ist seine Zunge schwer von unvergossenen Tränen. Sein Vater, sagt er, habe Francias dürre, halb verweste Gebeine ausgraben und bei Asunción in den Fluss werfen lassen. Sein eigener Vater. Und das zu tun habe ihm das Herz gebrochen.

»Mein Vater«, sagt er, »ist der einsamste Mann auf der Welt.«

Sodann zu Bett, wo ich ihm tröstliche Erleichterung von Vätern und Männern mit Dreispitzen verschaffe, und ich halte die Welt samt all ihrer notwendigen Exhumierungen in Schach.

Kleider für den heutigen Tag: im Stil des alten Empire.

Das Josephine: Ein weißes Musselinkleid mit hoher Taille über scharlachrotem Untergewand, von äußerster Schlichtheit, gut zum Herumsitzen, wenn es heiß ist, auch für meinem Zustand und zum Wohlgefallen meines lieben Freundes, wenn er nicht von militärischen Angelegenheiten abgelenkt werden will – wie heute den ganzen Nachmittag, den er mit Whytehead verbrachte; sie debattierten über das Abfeuern – mittels Abzugsleine, mittels Schützen oder sonstwie – der Geschützrohre auf der Tacuarí. Dazu einen weißen, fast bräutlichen Spitzenschleier.

Das Josephine à visite: Eines mit ebenso hoher Taille aus grauem Seidentaft, mit Kamisol im Westenschnitt, recht maskulin; mit langen, taubengrauen Glacéhandschuhen zu tragen.

Das Korsische: Ein militärblaues Mantelkleid mit angedeuteten Epauletten, zinnoberrotem Schoß und ebensolchen tiefen Aufschlägen, für Landestellen oder die Truppenvisiten, die mein Freund abzustatten gedenkt; denn er plant weitsichtig und sehr rationell. Ich soll zu ihrem Maskottchen werden, sagt er, zu ihrem Höheren Wesen.

Die Zecherin: mein Trinkgewand. Etwas in Grün, das mir die Röte von den Wangen nimmt. Als ich heute Nacht in den Spiegel blickte, stellte ich fest, dass ich geradezu scharlachrot war.

Zudem kommen nun dröhnende Schläge aus dem Inneren des Schiffs; schwache Geräusche, die der Fluss hallend macht. Sie kommen von so tief unter der Wasserlinie, dass sich davon sogar mein Schädel hohl anfühlt.

»Was ist das?«, frage ich schließlich, und da ich von meinem schlafenden Freund keine Anwort erhalte, öffne ich die Kabinentür und finde davor Valera, den Hofmeister, sitzen. Warum er vor meiner Tür sitzt, weiß ich nicht. Auch nicht, warum er wach ist. Und ob er dort als Wächter oder als Beschützer sitzt. So raffe ich meinen vorn offenstehenden Peignoir und zugleich meine Würde zusammen und erkundige mich in deutlichem Ton, was da vorgehe.

Es gebe einen Gefangenen im Laderaum, lässt er mich wissen.

»Wer denn?«

Valera streift mein Negligé nicht einmal mit dem Blick. Unter großem Zaudern würgt er den Namen hervor, den ich zu erfahren wünsche. Es ist der Gouverneur von Humaitá.

Der kleine Mann in den Nankinghosen? Ich habe ihn doch selbst die Gangway heraufkommen gesehen, und Valera war es, der ihn am trunkenen Ellbogen zu seiner Kajüte führte. Sie haben ihn also eingesperrt. Es muss auf einen Blick oder ein Nicken hin geschehen sein – ich jedenfalls habe nichts bemerkt. Und nun hat der kleine Kerl etwas gefunden, womit er klopfen kann – es klingt wie ein Blechbecher –, und das ganze Schiff wird gestört. Außerdem kommt ein Wind auf, glaube ich, denn von dem leisen Schwanken unter meinen Füßen wird mir ein wenig übel.

»Warum? Was hat er denn getan?« Aber der Hofmeister sieht mich bloß an, und Verachtung liegt in seinem Blick.

Als ich mich wieder zu Bett begeben habe, peinigt mich das

Geklopfe ernstlich: Es ist so schwer zu überhören wie damals das Stöhnen des sterbenden Matrosen.

Tock.

Tock.

Tock.

Hat er jetzt aufgehört?

Tock.

Nein. Oder vielleicht doch. Er hört nicht ein Mal auf, sondern hundert Mal. Nach jedem einzelnen Klopfen hört er auf. Und beschließt dann, nach jedem einzelnen Klopfen, doch nicht aufzuhören. Er beschließt, noch ein weiteres Mal zu klopfen.

Irgendwann vor dem Morgengrauen bringe ich den Mut auf, zu der Stelle hinüberzugehen, wo mein lieber Freund im schlaflosen Dunkel schwebt. Vielleicht sollte man den Mann jetzt frei lassen, sage ich sanft, oder ihm wenigstens so viel *caña* geben, dass er umkippt und schläft. Woraufhin sich aus der Dunkelheit von dort, wo sich der Mund meines lieben Freundes befinden muss, eine klare Stimme erhebt. Sie äußert die Vermutung, ich wolle dem Mann im Laderaum vielleicht gern Gesellschaft leisten – wir könnten dort doch schöne Stunden verbringen und weiter über Voltaire diskutieren.

»Ach, Voltaire«, sage ich mutig. »Dieser Narr. Bei Voltaire wird allen eine Pobacke abgehauen, und immer nur die linke. Den Frauen jedenfalls. Nicht eine sitzt am Ende noch auf zweien.«

»Für Frauen reicht das auch«, sagt er. Dann strampelt er sich aus seiner *hamaca* frei und stapft zur Tür.

»Sag ihm, er soll mit diesem Krach aufhören, oder er wird erschossen.«

Valera oder irgendeine Ratte von Matrose wuselt in die Dunkelheit davon, und ein wenig später ist alles still.

Wieder eine Weile später wache ich auf und merke, dass mein lieber Freund verschwunden ist. Ein gedämpftes, dringliches Geräusch kommt aus dem Raum nebenan – von dem aus es zum Deck hinaufgeht. Jemand redet dort. Mir wird klar, dass ich in der Falle sitze. Hinter alldem steckt dieser Valera, glaube ich – wie er da vor meiner Tür hockt! Ich glaube, man hat sich meines Freundes bemächtigt, ihn gar getötet! Sein Leichnam treibt schon hinter uns davon, ein Fetzen auf dem flachen Fluss. Die Stimme nebenan spricht weiter, und in einem so verschwörerischen Ton, dass ich mich scheue, die Tür zu öffnen. Ich presse die Wange an das Holz, lockere den Riegel und öffne die Tür mit angehaltenem Atem einen Spalt, um zu sehen, wer wohl die neuen Herren über mein Schicksal sind.

Als Erstes sehe ich im Flackern einer Öllampe das Gesicht meines lieben Freundes so, wie es der Spanier Goya hätte malen können, ganz bräunlich und fahl im rauchgelben Lichtschein. Zwei Kristallbecher mit Branntwein stehen vor ihm, halb gefüllt und weggeschoben. López verbirgt das Gesicht in den Händen. Dann hebt er den Kopf wieder. Er spricht, wie ich sehe, mit dem kleinen Gouverneur, wendet sich diesem zu, dann von ihm ab. Er hebt die Hand, biegt mit der anderen die Finger zur Faust und stößt sie, einmal, noch einmal, dem Mann ins Gesicht. Dann fasst er sich bei geschlossenen Augen flüchtig an den eigenen Nasenrücken, und mit stillem Nachdruck sagt er etwas, wie zum hundertsten Mal. Der Gouverneur sagt nichts; nichts regt sich in seinem seltsam ekstatischen, tränennassen Gesicht.

Seit vier Uhr am Nachmittag hat sich das Kind nicht bewegt. Ich hätte nicht bei dem sterbenden Seemann bleiben sollen, das weiß ich. Oder vielleicht liegt es auch am Champagner.

Ich glaube, er schläft niemals. Wenn ich aufwache, ist er bereits hinausgegangen, kommt dann aber mit meiner Morgenschokolade wieder herein und küsst mich, während ich noch daliege. Er nimmt meinen Arm hoch und betrachtet die Male, die seine Fingerkuppen darauf hinterlassen haben. Dann ist er schon wieder auf und davon.

Kein Frühstück. Später beobachte ich durch meine Musselinschleier, wie getrieben er auf dem Deck umhergeht. Immer muss irgendetwas mit dem Hammer beklopft, besorgt betrachtet, gereinigt, poliert oder über Bord geworfen werden. Und nichts davon hat, wie es scheint, das Mindeste mit mir zu tun.

»Wir sind nun in Paraguay«, sagt er, als ich ihn bitte, einen kleinen Lunch mit mir einzunehmen. Das heißt, ›ich bin beschäftigt‹, und das heißt wiederum: »So bin ich in Wirklichkeit. Ich habe mein Erbe angetreten.«

Und so liege ich weinend und Ränke spinnend in der Kajüte und schlafe den ganzen Nachmittag. Und doch bin ich nicht verlassen. Als ich, traumschwer noch, erwache, sehe ich, dass er gekommen ist, um sich eine Weile zu mir zu setzen und vielleicht um mich zu betrachten. Da sitzt er im Sessel und starrt zu Boden mit Augen, die von irgendeiner dumpfen Angst geweitet sind. Als ich mich jedoch bewege, blickt er auf und lächelt völlig natürlich.

»Wie geht es dem Jungen?«

»Deinem kleinen Ringer? Gut«, sage ich.

Und da erhebt er sich mühsam und ist fort.

Er ist so ungeduldig mit mir in letzter Zeit. Ich weiß nicht, was er will. Oh ja, ich weiß, er will, dass ich am Morgen die Kleidung auswähle, die er tragen wird. Er will, dass ich mit ihm französisch spreche. Er will, dass ich ihm erzähle, was es mit Voltaire auf sich hat. Doch da ist noch mehr. Er will, dass ich ein

Messer in ihm drehe, und ich weiß weder wo noch in welcher Wunde.

Etwas ist in ihm nun nicht in Ordnung, weit über die Dinge hinaus, die in ihm auch sonst nicht in Ordnung sind – und es niemals sein werden. Es gibt da einen unausgesprochenen Handel. Den muss ich einhalten, und wenn er mich ansieht, versuche ich mich zu erinnern, wie die Bedingungen lauten. Ich wusste es einmal, habe es jedoch vergessen. Er will etwas. Es könnte etwas Nichtiges sein oder das Allentscheidende. Natürlich – er will die Zofe. Dann soll er sie doch haben. Wenn das alles ist. Was bedeutet es mir schon?

Ich lasse mich von Miltón wieder zu meiner *hamaca* bringen, aber sie kommt angelaufen, um mir hineinzuhelfen – und es ist in der Tat ein größeres Unterfangen, bei dem wir einander an der Schulter packen und umhergrapschen, bis ich endlich sicher hineingeplumpst bin.

»Bleib bei mir«, sage ich. Und sie setzt sich auf einen Klapphocker neben mich.

Die Zofe. Ihr Profil ist gar nicht übel, und ihr Gesicht ist rein, wie es schlichte Gesichter manchmal sind. Eine Heilige, die im Verborgenen existiert. Ihr Vater ist ein Tölpel und ihre Mutter eine Hure, und hier ist sie, Francine, mein schlaues Mädchen. Welche Kniffe sie nicht alle kennt. Welche Geheimnisse sie nicht alle von Kindesbeinen an hüten musste. Und eben darum war sie für mich eine so ausgezeichnete Zofe.

Mir von Dolores, der Spanierin, geschickt, weil sie zu hübsch zu werden begann. Und ich sah sie mir an und fand sie vollkommen annehmbar und überhaupt nicht zu hübsch. »Ich will dich Francine nennen«, sagte ich, und sie knickste kurz und freute sich, eine Anstellung gefunden zu haben.

Ich frage mich, welchen Namen man ihr bei der Geburt gegeben haben mag.

»Wie heißt du wirklich?« frage ich.

»Nun, Francine, Madame.« Anscheinend verblüfft sie die Frage sehr. Und daher belasse ich es dabei.

Nun da sie bei mir sitzt, kommt mein lieber Freund auf seinen endlosen Runden bis zu meinem Zelt, und wenn er kehrtmacht, verbeugt er sich. Und ich spüre, dass es Francine neben mir kribbelt, dass sie erstarrt. Und bei seiner vierten oder fünften Runde wird mir dies im höchsten Maße langweilig, und ich befehle ihr hineinzugehen.

Ich möchte dem dummen Mädchen sagen, dass diese Sache ihr eine Ehe einbringen könnte, so wie Monsieur Raspail mich mit Quatrefages verheiratet hat. Selbst wenn wir hier nicht in Paris sind, bewerkstelligen ließe es sich. Valera, der Hofmeister, könnte passen, oder jemand von etwas niedrigerem Rang. Wenngleich die Whytehead geltenden Hoffnungen nun vielleicht dahin sind.

»Möchtest du gern wissen, wie ich geheiratet wurde?«, frage ich, als sie den Hocker zusammenfaltet. Aus ihrer gebückten Haltung heraus blickt sie auf.

»Aber ja, Madame.«

Ich merke jedoch, dass ich es nicht über mich bringe. »Ein andermal«, sage ich.

Sie geht, und ich verfalle in ein gieriges Schweigen. Und so stampft das Schiff weiter, und ich bete mir meine Kümmernisse vor.

Er will die Zofe.

Als ich mich zum Diner ankleide, werde ich all dieser öden Fragen so überdrüssig, dass ich die Perlenkette auf den Tisch vor mir schmeißen muss. Die Zofe zieht sich zurück, der Kammerdiener ebenso, und mein Freund kommt herüber, um mir die Kette zu schließen. Im Spiegel beobachten wir einander.

Ich sage, ich mag den Hofmeister Valera nicht um mich haben, mir behagt sein Aussehen nicht. Mein Freund sagt, er sei ein sehr tüchtiger junger Mann, und ich sage, es sei mir gleichgültig, wie tüchtig er sei, ich wolle ihn nicht des Nachts vor meiner Tür haben, denn seine lange Nase und die Art, wie er an ihr entlangsehe, behage mir nicht.

In diesem Falle, sagt mein Freund, werde er ihn züchtigen lassen.

»Weswegen?«

»Wegen Impertinenz, meine Liebe.«

Doch auch das ist nicht der springende Punkt.

Ich wende mich vom Spiegel ab und stehe auf. Nun bin ich den Tränen nahe. Ich möchte vor ihm davonlaufen, kann aber nirgendwo hin. Er fasst mich an den Schultern, sieht mich an und schüttelt mich ein wenig – zärtlich. Dann gleitet seine Handfläche meinen ganzen Arm hinunter, bis sie meine Hand gefunden hat, die er berührt, ergreift und zum Kuss an seine Lippen führt: das alles, während er mich unentwegt fixiert.

Und seine Augen versprechen alles.

Ich möchte darüber höhnen. Doch dies ist kein vulgärer Handel, es ist eine Einladung. Er lädt mich ein, mich ihm in seinem Leben anzuschließen – in seinem unmöglichen Leben, in dem der Himmel blauer, das Gras grüner ist und in dem man sich einfach nehmen kann, was man haben will. Er fordert mich dazu heraus, die Nerven zu behalten. Wenn ich die Nerven behalte wie er, will er mir sagen, dann kann ich alles haben, was ich will.

»Francine!« Ich rufe die Zofe zurück.

Als sie hereinkommt, drückt López sich in der schmalen Türöffnung an ihr vorbei und schnalzt mit der Zunge. Dann ist er fort.

Der Raum ist so klein. Die Zofe sieht mich an, zieht dann den Kopf ein und will sich dem Toilettentisch zuwenden, aber ich sage, sie solle sich nicht bewegen. Sie solle stehen bleiben, damit ich sie mir ansehen kann, und sie knetet die eine Hand in der anderen, während ich mich an ihr weide.

Sie ist siebzehn. Sie hat bereits ein Kind, tot oder fortgegeben, und irgendwo dort unten müssen sich Narben finden, die es beweisen. Ich zerre ihr das Haar hinter das Ohr, um es auf Läuse zu überprüfen. Ich möchte sie ohrfeigen, deute aber stattdessen auf die Seife und sage im Hinausgehen:

»Wasch dich.«

Es ist eine sehr edle Seife. Rosenessenz.

Ich rieche sie nicht an ihr, als sie nach dem Essen durch den Raum kommt. Vielleicht mag sie Rosenessenz nicht. Das bringt mich auf. Es macht mich vollends wütend. Und so setzen wir uns zum Kartenspiel.

»Und was ist heute Abend der Einsatz?«, fragt Stewart. »Wieder eine Geschichte? Ein Kuss?«

Also spürt er es auch. Francine errötet nicht einmal. Mein Freund lehnt sich vom Tisch zurück und tastet lässig nach der Karaffe hinter ihm. Ich eile herbei und schenke ihm selbst ein. Es ist einfach zu öde, sage ich – Mister Whytehead ist daran schuld. Wir müssen um Geld spielen, denn was ist das schon für ein Abend ohne das Risiko, sich zu ruinieren? Ich wende mich an meinen lieben Freund und sage: »Sie müssen Mister Whytehead mehr Geld geben, mein Lieber, damit er seine Skrupel überwinden und mitspielen kann. (Ich glaube, ich bin ein bisschen beschwipst.) Oder geben Sie wenigstens der Zofe Geld, damit wir ein richtiges Spiel erleben.«

Es scheint, als wäre ich versehentlich auf eine Lösung gestoßen, und auf eine reizvolle obendrein. Mein Freund sieht mich an und hebt sein Glas. Also ist er endlich mit mir zufrieden.

»Auf die Großzügigkeit von Madame Lynch.«

Und durch die offene Tür ruft er nach: »Geld!«

Wir spielen geradeso wie ein paar Abende zuvor. Mit lockerer Nachdenklichkeit blickt mein Freund auf seine Karten. Stewart wird wieder voluminös, schnauft und starrt finster auf zwei Herzen und ein Pik. Jenseits des Tisches beugt sich ein außenstehender Whytehead steif über die Schulter der bebenden Zofe.

Von Zeit zu Zeit wispert er etwas. Und einmal deutet er mit dem Finger.

So wird mir ein Vergnügen wenigstens zuteil: das Mädchen mehr aufs Spiel setzen zu sehen, als sie in einem Jahr verdienen könnte. Sie damit hantieren zu sehen – wie sie die Münzen in der Hand abwägt und klingen lässt, die metallischen Ränder betastet, sie zusammenschiebt und zwischen Daumen und Zeigefinger zum Türmchen glättet, das sie dann auf dem Filz absetzt. Wie sich die Hand davon zurückzieht. So bedacht.

An ihrem Hals sehe ich eine Vene beben.

Ich weiß über Geld Bescheid. Ich weiß, welchen Wert zum Beispiel dreihundert Pfund darstellen – dass eine Zofe ein Leben lang von einer solchen Summe leben könnte, mein Vater einen Monat, und dass meine Mutter ihre Kinder davon mehr als ein Jahr ernährt hätte. Einmal habe ich eine Banknote verbrannt, die Mr. Bennett gehörte. Eine Fünfzigpfundnote. Während ich das tat, habe ich zu ihm gesagt: »Ich glaube, heute Nachmittag will ich Sie einmal gratis lieben.«

Das sind die Dinge, die ich der Zofe erzählen könnte, als sie einen furchtsamen Wurf in die Tischmitte tut und dann die Augen zusammenkneift, als eine der Münzen davonrollen will. Ich könnte, während sie Handvoll um Handvoll eine bescheidene Mitgift – was so viel heißt wie ein Leben; einen Mann, ein Kind, das sie behalten könnte – verspielt, zu ihr sagen: Das Geld ist doch das wenigste daran, meine Liebe.

Und, du meine Güte, wie sie verliert. Es dauert ein wenig länger als eine Stunde. Es dauert jeweils nur einen Moment. Whytehead beugt sich über ihre Schulter, sein überlegener Verstand wälzt Berechnungen, und er nützt ihr nichts. Auch Stewart, der Schuldscheine auf sein künftiges Salär setzt, streicht ihr Geld ein. Er fasst hinüber und zieht es über den Filz: einmal, zweimal. Fünfmal nimmt er es an sich, oder mehr. Als solides Faktum wandert es in seine Tasche, sobald das Spiel beendet ist. Beendet ist es, als die Zofe nichts mehr zu verlieren hat.

»Anscheinend habe heute Abend ich den besten Teil ergattert«, sagt Stewart gutmütig – als könnte sie es ein anderes Mal von ihm zurückgewinnen. Dann begibt er sich mit schwerfälligem, gewichtigem Bedauern zu der Karaffe. Doch beim Einschenken zittert ihm die Hand.

Mein lieber Freund lächelt und entschuldigt sich, um draußen zu rauchen. Niemand folgt ihm. Vielleicht, weil sie nicht hinzugebeten worden sind. Gleichwohl – Stewart, der Zigarren verschlingt, der eine Leidenschaft für sie hat, fährt mit einem Finger über den Kristallschliff seines Glases. Whytehead, der so ergeben an der Seite meines Gemahls klebt, hat sich anscheinend endlich abgelöst. Und wieder einmal verwundert es mich, wie wir den Begierden anderer freie Bahn lassen.

Selbst ich bin davon übermannt, bis ich sage:

»Du darfst gehen.«

Sie rafft sich auf und geht, nicht auf die Kabine zu, wo meine Nachtgewänder bereitgelegt werden müssten, sondern hinaus an die freie Luft.

Er ist nicht mein Gemahl. Natürlich nicht. Ich muss meine Redeweise zügeln. Der Mann, der nicht mein Gemahl ist, kommt nach fünfzehn Minuten zurück – ich habe sie auf der Standuhr gezählt. Seine Zigarre brennt noch, auch wenn jetzt nur noch ein Stummel von ihr übrig ist, den er unzeremoniell durch das Bullauge am fernen Ende des Raums schnippt.

»Und wie lässt es sich erklären«, frage ich, »dass ein Mann hereinkommt, um sein Zigarrenende durch ein Fenster zu feuern, wenn er jenseits der Reling den ganzen weiten Fluss hat, in den er es schleudern könnte?« Er brauche die Befriedigung, das Bullauge zu benutzen, sage ich, weil Männer immer mit etwas werfen, mehr noch, damit zielen müssen – und je kleiner das Ziel, oder in diesem Fall das Loch, desto besser.

Alle lachen. Mein Freund sieht mich mit neuer Bewunderung an. Und ich erwidere seinen Blick ganz offen. Es ist, als hätten wir diese Sache gemeinsam vollzogen. Und das bewirkt, dass ich mich einsam und gleichzeitig ganz schwindlig fühle.

Später kommt Francine herein, um mich im Dunkeln aufzuschnüren. Ich bin in einem Sessel eingeschlafen, denn mich hinzulegen, scheint dazu zu führen, dass ich das Kind ersticke oder mich, eines von beiden jedenfalls. So wispert sie ganz nah bei mir und schiebt mich ein wenig nach vorn, um an die Häkchen heranzukommen und dann an das Korsett.

Ich stöhne ein bisschen. Und in meinem schlafgeschwächten Zustand kann ich an nichts anderes denken als an die Nähe ihres Bauches und hoffen, dass nicht auch in ihr ein Kind wächst. Ich rieche ihn an ihr, und davon wird mir ein wenig übel. Denn in dem Abkommen, wie immer es gelautet haben mag, war über Gerüche nichts vereinbart.

Und dann hat sie mich entkleidet und mich, vom Korsett erlöst, unter die Bettwäsche befördert, und ich bin glücklich wie ein gekochtes, von seiner Schale befreites Ei.

Mitten in der Nacht bewege ich mich und stelle fest, dass er noch nicht zu Bett gekommen ist. Es dauert eine Weile, bis ich mich wieder des möglichen Grunds dafür entsinne, und als ich ihn gefunden habe, bin ich wach und zornig. Er darf nicht bei ihr schlafen. Dies sind die Stunden der Strafe, denke ich. Und wenn dem so ist, dann wird er seinerseits gestraft werden. Denn er ist hier derjenige, der mit dem falschen Spiel begonnen hat. Er hat ein kleinliches Spiel begonnen, und kleinliche Spiele habe ich zutiefst und heftigst satt. Ich war mir nicht einmal sicher, ob ich überhaupt spielen wollte, doch wenn es unbedingt sein muss, dann spiele ich ein großes Spiel.

Diesen Ehrgeiz hege ich, mitten in der Nacht.

Ich höre das Dunkel atmen und sich regen; ein Tier nah an meinem Ohr. Ich schlafe niemals allein. In Paris ließ ich Francine zu mir unter die Decke schlüpfen, wenn es keinen Mann im Bett gab (und nach ihr kann ich jetzt wohl kaum rufen). Denn es hat immer meine Schwester gegeben, und nachdem sie ausgerissen war, gab es unter Madame Huberts Dach viele, viele Mädchen. Die ersten, ja die einzigen Nächte, die ich allein verbracht habe, waren diejenigen in dem Gasthof, als Mr. Bennett mich nach Paris begleitete.

Oder vielmehr nicht nach Paris. Irgendein Kummer quälte ihn – ganz steif davon saß er in der Ecke der Postkutsche, mit der wir reisten, als wollte sich sein Rücken nicht dem Winkel des Sitzes anbequemen. Er betrachtete mich, während ich aus dem Fenster starrte oder mit den Karten spielte, die ich in einem Nussbaumkästchen bei mir hatte. Schlaue Karten – drei Kinder, die mit ihren Drachen spielten, waren auf der Herz drei, das weiß ich noch; die anderen freilich, die ich aufdeckte, waren lauter Piks mit weinenden Frauen und Skeletten darauf.

»Ihr Schicksal«, sagte ich und schnippte sie dem armen Mr. Bennett auf den Schoß – vornehmlich, um den Mann zu amüsieren, der die Postkutsche mit uns teilte, einen fetten Kerl mit glasigen Augen. Die Gegenwart von Männern um mich her brachte Mr. Bennett um jene Zeit so auf, dass seine Fingerspitzen davon blau wurden, und ich hoffte nur, er werde nicht sterben, bevor wir in Paris angekommen waren, das heißt, bevor mein Glück gemacht war. Ich war vierzehn. Wir kamen durch Orléans, und schon auf der Landstraße witterte ich Paris. Ich sah vor uns schon den Rauch der Stadt, den Schmutzfleck am klaren blauen Himmel, der Paris bedeutete.

Wir hielten für eine Nacht in Artenay an, und Mr. Bennett schloss mich – aus Eifersucht, glaubte ich – in meinem Zimmer ein. Ich weiß nicht, wann er fortging. Er mag auch dageblieben sein und ein spätes Abendessen eingenommen haben. Der Wirt des Gasthofs hatte Anweisung, dafür zu sorgen, dass ich blieb, wo ich war – die Rechnung war bereits beglichen.

Dies fand ich am Morgen heraus, nach einer Schreckensnacht. Auf die eine weitere folgte. Und eine dritte. Sie ließen mich so allein, wie man es mit einem Hund tun könnte; damit er den Mann, der ihn dann frei lässt, desto mehr liebt. Darüber denke ich noch immer nach. Ich hatte Geld – eine ganz erkleckliche Summe – in meinem Koffer und an verschiedenen Stellen in meinen Kleidern versteckt. Ich wurde nach der ersten Nacht nicht wieder eingeschlossen. Und sehnte mich dennoch nach dem rettenden Klopfen. Und es kam. Es war der fette Mann, der die Postkutsche mit uns geteilt hatte. Er hieß Monsieur Raspail.

Das Kind dreht sich in mir. Wenn es ein Mädchen ist, werde ich es ertränken, punktum.

Nicht dass Monsieur Raspail etwas gar so Schlimmes an sich gehabt hätte. Um zu seinem Vergnügen zu kommen, brauchte er sehr lange, endlos lange, und er war sehr diskret dabei – niemals ließ er mich zum Beispiel das Spasma miterleben, falls sich eines einstellte, woran ich manchmal zweifle. Aber er war gewitzt und wendete stets meine Stärken gegen mich. Wenn ich nur an seine Hände denke, bin ich noch immer angewidert.

Falls es also ein Mädchen ist, werde ich es ertränken.

Ich glaube nicht mehr an das Kind. Jetzt steckt es in mir wie ein Schiff in der Flasche: Es ist zu groß. Auf dem Weg hinaus wird es mich töten. So oder so, ich glaube nicht, dass ich es lieben kann, was nur zum Guten ist. Meine Mutter litt an übermäßiger Liebe zu ihren Babys, sodass sie jedes Mal, wenn sie eines verlor, auch ihre Gesundheit einbüßte. »Warte ab«, scheint sie nun zu mir zu sagen. »Liebe es nicht, wenn es noch klein ist. Liebe es nicht, wenn du es stillst. Stille es nicht. Lass es nicht an dich heran, bevor es entwöhnt ist, und auch dann nicht für längere Zeit. Du darfst beginnen, es zu lieben, wenn es zu deinen Röcken herübergekrabbelt kommt. Du darfst es ein wenig mehr lieben, wenn es zu laufen beginnt. Doch es wirklich lieben darfst du erst, wenn es von dir fortgeht, in die weite Welt hinaus. Sicher. Angekommen. Lebendig.« Arme Mama. Arme Adelaide Schnock. So blond und angelsächsisch dumm, dass sie in ihren kleinen Porzellantässchen den Wüstlingen von Mallow, die es nicht glauben konnten, *Kräutertee* anbot.

Am Morgen höre ich meinen lieben Freund am Türknopf drehen. Als er ihn verriegelt findet, folgt eine lange Stille. Ich warte auf das Geräusch seiner sich entfernenden Schritte oder eines Schusses in das Schloss, einer Axt, die das Nussbaumholz spaltet, oder herbeilaufender Männer. Ich warte auf sein Flehen oder auf das Geräusch seines niedergeschlagen am Holz entlang zu Boden gleitenden Körpers. Ich fühle sein Schweigen. Ich prüfe es und vergleiche es mit meinem eigenen; seines ist zäher, gleichgültiger.

Ich steche eine Stilettklinge durch das Schlüsselloch, ganz hindurch.

Ich werde nun immer allein schlafen. Ich werde meine Geister abwehren, so gut ich es vermag. Und so wird er niemals von mir fortgehen können, sondern sich nur meiner Tür nähern.

Ich ziehe das Messer zurück. Er klopft. Ich öffne die Tür und lächle.

Später gehe ich zu meiner *hamaca* hinaus, und die Zofe erscheint, um mich in das Netz hineinzubugsieren. Ich mache mir nicht einmal die Mühe, ihr Gesicht zu inspizieren.

Einmal habe ich eine Frau sagen hören, eine Geburt sei wie einzuschlafen – ebenso einfach und mysteriös. Wer könnte einem schon erklären, wie es ist einzuschlafen? Wenn mein Kind also seinen ersten Atemzug tut, werde ich wissen, was jeder schlaflose Engel weiß, wenn er zum ersten Mal erwacht. »Darum also geht es bei alldem. Danach also sehnen wir uns so.«

Ich liege in meinem Zelt, lüpfe den dünnen Vorhang, sage »Miltón«, und er kommt zu mir gelaufen.

»Miltón, ich höre ihn schreien. Siehst du einmal nach, was dein Herr wünscht?« Der Junge sieht mich fest an, und als er sich entfernt, speit er aus. Die ganze Welt beleidigt mich, denke ich, und dann schließe ich die Augen und denke nichts mehr.

KAFFEE

1869, Paraguay

Die Kutsche war ein altmodischer spanischer Kasten, hoch und geschlossen, und das schwärzeste Ding, das man jemals erblickt hat. Schwarz wie Obsidian, so schwarz wie zehn Lackschichten oder noch mehr, und wenn auch eine schwarze Kutsche an sich nichts Bemerkenswertes war, so verstörte diese jedoch das Auge, weil es an keinem Glanzpunkt, bei keiner Farbe Erleichterung fand – Leder, Geschirr, Zaumzeug, alles tiefschwarz, zum Hineinstürzen tief. Die Räder, hieß es, seien aus Eisen, und man hätte schwören mögen, das Glas der Fenster sei schwarz, wenn so etwas möglich wäre – es sah aus, als führe sie hinter einem Witwenschleier dahin, als habe man Kohlenstaub in das Glas gemischt. Vielleicht lag dies nur an der normalen Schwierigkeit, die es bereitet, in einen so flackernd dunklen Raum hineinzuspähen: die schimmernden Polster, die wehenden, jettschwarzen Fransen, die Kissen aus schwarzer, schwarz bestickter Seide. Es musste sich um einen Scherz handeln, um einen, den außer Elisa niemand verstand. »Ich wollte sie *schwarz* haben«, sagte sie und lachte.

Die Pferde waren so schwarz, dass sie einem durch die Träume galoppierten, wenn sich auch dort, wo ihre dicke Haut wund gescheuert war, rosige Flecken aufwiesen, gemasert und von Fliegen umschwärmt. Sie zogen eine schwere Last. Die Reisetruhen waren randvoll mit Juwelen und Goldbarren – niemand zweifelte daran. Diamanten lagen in den Sitzpolstern verborgen, die Kissen müssten rasseln, wenn man sie schüttelte, und unter Elisas Krinoline befand sich eine gewölbte, feuersichere Schatulle, bis zum Deckel mit amerikanischen Bergwerkaktien gefüllt. Sagte man zumindest.

Manchmal dachten die Leute auch an die Hitze dort drinnen. Elisa war mit ihrer ersten Kammerdame unterwegs, der Witwe des Generals Diaz. Pancho, der kleine Oberst, saß neben dem Kutscher auf dem Bock und gürtete sich aufrecht fest für den Fall, dass er einschlafen oder bei einem Angriff die Haltung verlieren sollte.

Und so, mit einer Wache vorweg und einem bunten Haufen Pöbel hinterdrein, rollte die Kutsche nach Nordosten. Sie alle waren dorthin unterwegs, wo das Licht spärlich wurde: Soldaten und Gefangene, reisende Händler, ein paar Verrückte, Mädchen mit Babys in den Armen; sie folgten dem hohen, auf Bogenfedern ruhenden, über Baumwurzeln und Steinbrocken ruckelnden und holpernden Kasten. Sie trugen ihn über Bäche, hievten ihn aus Sümpfen, schoben und schubsten und retteten jedes seiner scharfen Eisenräder und drückten dabei ihre Wangen gegen zehn Schichten Lack. Und nicht ein einziges Mal öffnete sie den Schlag.

Manchmal vergaßen sie, dass jemand darin saß. Wenn bei einbrechender Nacht das Lager aufgeschlagen wurde, kam sie heraus und sah ganz aus wie sie selbst; untertags jedoch narrte die sich wandelnde Landschaft die Leute, und wenn sie aus felsigem Gebiet in hoch stehendes Gras gelangten, einen Bergrücken erreichten oder um einen Gebirgsvorsprung kamen, konnte ein Mann durchaus meinen, er sei schon einmal – vielleicht erst gestern – an diesem Ort gewesen, oder dass sein Leben irgendwie weitergeschliddert, dass er in einen anderen Tag oder eine andere Woche hineingeraten sei, und niemand war da, der ihm hätte sagen können, wo die verlorene Zeit geblieben war.

Eines Abends trat sie mit einem Neugeborenen aus der Kutsche, und nach den Lauten zu schließen, die man nicht vernommen hatte, konnte es ihr eigenes oder das Kind der Witwe Díaz sein. Welche Frau auch immer dort drinnen geboren hatte, sie hatte es so stumm getan wie eine Guaraní-Frau, die klug genug ist, nicht zu schreien. Der Vater entschädigte Elisa dafür. Als sie López das Kind entgegenstreckte, nahm er es, hielt sich das nackte Geschöpf über den Kopf und galoppierte unter solchem Gejauchze damit die zerklüftete Piste entlang, dass sein Pferd scheute und ausbrach. Dann war das Kind also von ihm, sagten sich die Leute lächelnd – obwohl die Frage, wer wohl die Mutter sei, damit noch nicht beantwortet war.

Auch dieser Geburt hatte Stewart nicht beigewohnt, erhielt jedoch den Auftrag, eine Amme für das Baby zu beschaffen, weswegen er sich verpflichtet sah, die Brüste und Zähne dreier laut protestierender Frauen zu untersuchen – samt ihrer laut protestierenden Babys, die anscheinend wussten, dass hier um ihre angeborenen Rechte geschachert wurde. Da Stewart aber nun einmal befand, dass die Zähne der Frauen schlecht waren und sie zu wenig und zu dünne Milch hergaben, schickte er sie allesamt auf einen Karren am Ende des Trosses und ließ den Säugling von einer Zitze zur andern reichen, bis zwischen den Bäumen hervor ein Mädchen trat, ein totes Baby in den Armen und triefend vor Milch. Als Stewart sie dort im gesprenkelten Licht stehen sah, meinte er, auf seiner eigenen Brust breite sich ein feuchter Fleck aus, als hätte ihn ein Schuss getroffen – doch als er an sich hinuntersah, war da nichts.

Unentwegt wurde in diesen Tagen auf ihn geschossen. Er folgte seinem eigenen Leichenwagen durch das Gebirge, die längste Beerdigung, die je einem Mann zuteil geworden war. Unziemlich begonnen hatte sie früh, bevor seine Leiche auch nur Gelegenheit gehabt hatte, in den Sarg zu steigen, und nun entfernte sich der ganze Zug von ihm, die Trauernden, die Pferde, sein eigener Tod. In anderen Momenten folgte er einer Londoner Droschke und hätte sie angehalten, hätte er nur eine halbe englische Krone in der Tasche gehabt. Und einmal fand Stewart, der Kasten sehe wie ein Hut aus, wie ein riesiger Hut auf dem Kopf eines winzig kleinen Mannes, der singend und mit dem Kopf wackelnd ihnen voraus die endlose, grasbewachsene Piste entlangtänzelte.

Nach der Kutsche kamen die Fuhrwerke. Das erste transportierte ihre Garderobe: Lederkoffer stapelten sich darauf, zwanzig oder mehr, und an allen wuchs aus den Nähten etwas Tristes, Bläuliches hervor. Der nächste Karren beförderte ihr Piano, aufrecht darauf festgezurrt, so wie man darauf spielte, und wieder mit einem roten Tuch abgedeckt, einer riesigen Fläche voll sorgloser Schäfer und hübscher Schäferinnen auf ihren Schaukeln – dazu ein endlos hochspringendes, kläffendes Hündchen, und alle wiederholten und überlappten sie sich vom einen Ende der Umhüllung zum anderen. Danach folgte ein Wagen für Diener und jüngere Söhne, danach einer mit Speisevorräten. Schließlich, für die Mutter und die beiden Schwestern von López, ein Planwagen – der einem Käfig glich, weil die Plane über dem Bogen aus Korbgeflecht vermodert war. Auf Säcken mit Maniokmehl und Bohnen sitzend zockelten die López-Frauen voran. »Ich pinkle euch in die Suppe«, habe die verrückte Mutter von Il

Mariscal gekreischt, wurde berichtet. »Ich pinkle jedem Mann hier in die Suppe.«

Auf Männer musste sie vielleicht ein Weilchen warten – die waren rar: Familien gab es und die Schnipsel von Familien, Witwen und Waisen. Es gab die Überbleibsel von Männern, die nun die Armee bildeten. Und richtig, von Zeit zu Zeit waren dann doch Männer zu sehen. Sie tauchten auf. Mit ihren Sporen und Hutkrempen sah man sie um das morgendliche Feuer kauern, die männlichen Bewohner irgendeines Dorfes, die sich der allgemeinen Heilssuche angeschlossen hatten – denn dies noch Krieg zu nennen, oder auch nur Kampf, fiel schwer. Ein Nichts war es trotzdem nicht. Es sei die letzte Schlacht, sagte Bernardino Caballero, ein Mann, von dem man hätte meinen können, er habe genügend letzte Schlachten gesehen, um ein Gespür für das nahe Ende eines Krieges zu haben.

Oder sogar für den Anfang eines solchen Endes, dachte Stewart. Bei Angostura vielleicht, wo der galante Kapitän Thompson zum Feind überlief und sein Schwert aushändigte. Oder später, auf den Anhöhen von Azcurra, nach einer weiteren letzten Schlacht: zwanzigtausend Brasilianer gegen ein Bataillon von Frauen und Kindern, mit aufgeklebten Bärten aus Gras und Wolle in den Gesichtern; die neue Hauptstadt Peribibuí (armselig, wie sie ohnehin gewesen war) verloren. Danach Acosta Nu, von Caballero bis zum letzten Moment gehalten, damit López nach San Estanislao entkommen konnte – eine weitere ›Hauptstadt‹, und diesmal eine, die ohne einen einzigen Schuss preisgegeben wurde. Dann Curugaití, dann ostwärts zu den Anhöhen von Panadero. All dies fett markierte Orte auf einer Karte, die López besaß – obwohl Stewart auf diesen oder jenen fernen Punkt deuten konnte, bis ihm der Arm erlahmte, ohne dass ihm ein Guaraní-Soldat den Namen des Ortes verriet.

Hinter den Karren und Wagen kamen bestimmte Gefangene, die niemals erschossen wurden. Sie verkörperten die Lebensgeschichte von Francisco López. Eine Frau, die er hatte haben wollen. Eine, die er nicht hatte haben wollen. Ein Mann, der ihn verhöhnt hatte. Der Sohn der Schwester des Mannes, der sie in Curapaití – oder in Curuzú – an die Brasilianer verraten hatte. Sie erhielten mehr zu essen als die gemeinen Soldaten, damit sie nicht starben, wenn sie ausgepeitscht wurden. Einige von ihnen waren recht kräftig, und Stewart fragte sich, warum sie nicht flohen. Andererseits, wie eigentlich, wo doch hier jeder auf der Flucht war? Sie waren schon seit so langem auf der Flucht, dass ein Mann glauben konnte, hieraus bestünde nun einmal das Leben – aus ständigen Neugruppierungen gegen große Mächte – sehr große Mächte, zugegeben, die aber auch unbeholfen waren und nicht einmal der Verachtung würdig.

»Hah!«, rief Stewart, um seine Erkenntnis zu unterstreichen, und das kleine Mädchen, das nun stets, die Hand an seinem Steigbügel, neben ihm herwanderte, blickte zu ihm auf und lächelte.

Es war ein Guaranímädchen unbestimmten Alters.

Sie horchen nicht auf Worte, stellte Stewart fest. Diese Kinder schauen nur, und immer auf die falsche Stelle. Sie schauen einem nicht auf die Augen, sondern auf den Mund. Oder nicht auf den Mund, sondern auf die Hände. Sie geben einem das Gefühl, man werde nicht auf dem falschen Fuß, sondern mit dem falschen Gesicht ertappt. Oder aber sie schauen einem auf die Augen, aber das ist nicht das Gleiche wie hineinzusehen: Ein Mann sehnte sich manchmal ein anderes menschliches Wesen herbei, nur damit es seinen Blick erwiderte. Vielleicht waren Hunde ja dafür da. Und an jenem Tag dachte Stewart eine Weile über Augen nach – ob sie die Tür zur Seele darstellten oder den

Spiegel der Seele. Öffneten sie oder reflektierten sie etwas, und was ging dabei anatomisch vor?

Er dachte an die dummen, blauen Augen von George Thompson zurück, mit denen der ihn angesehen hatte, ohne die unruhige Hand vom Griff seines zu baldiger Übergabe bestimmten Schwerts zu nehmen. Er dachte an den Tisch, an dem sie gesessen hatten und dessen Kante soeben ein Band von Ameisen, quer durch den Raum unterwegs, erobert hatte. Die übrigen Ameisen begnügten sich damit, über den Fußboden zu laufen.

Thompsons Augen – himmelbau, mit weißen Einsprengseln um die Pupille und einem korrespondierenden dunkleren, rauchblauen äußeren Ring. Dieser dunklere Ring war zur Pupille hin gemasert, er wies eine grobe Äderung auf. Welches Blau war zuerst dagewesen? Stewart war Arzt. Er sollte über solche Dinge Bescheid wissen, ob Farben primär oder sekundär auftreten und wie sie sich verändern. Er hätte damals mehr auf die marineblaue, an Prellungen gemahnende Färbung der Augen seiner Kinder achten sollen, als sie allmählich zu braunen Augen wurden.

Ein britisches Schiff warte flussabwärts, sagte Thompson. Es werde sie nach Argentinien und von dort nach Hause bringen. Stewart antwortete nicht. Er betrachtete seine ruinierten Hände, seine kannibalisierten Nägel. Er wollte nicht fort.

Und somit prägte eine gewisse Klebrigkeit sein Leben. Er wollte seine Familie in Asunción nicht verlassen – diese kleinen Fremdlinge, die seine Frau für ihn aufgezogen hatte. Er wollte seine Frau nicht verlassen – auch sie eine Fremde, gemessen an der Frau, die er einst geliebt hatte. Außerdem konnte er Thompson nicht ausstehen. Und so ließ er sich vom Krieg mittreiben, der weniger ein Strom war als eine Abfolge unzusammenhängender Momente, jeder davon so bunt wie und so anders als der letzte, dass es Stewart geradezu heiter stimmte: Nichts war jetzt mehr mit irgendetwas anderem verbunden.

An jenem Tag hatte Thompson ihm sein Pferd geschenkt. Wie hat er sich wohl ergeben, fragte sich Stewart manchmal ziellos. Ist er zu Fuß gegangen?

Das träge Auf und Ab des Tierrückens unter ihm begünstigte Gedanken, die sich langsam und zusammenhanglos einstellten, führte jedoch auch zu anderen Ergüssen und Grübeleien des Bedauerns – darüber zum Beispiel, dass er keinen Beitrag geleistet hatte. Da gab es Bäume um ihn her, die nach Botanik, und Vögel, die nach Taxonomie verlangten. Es gab Dinge, die seine Tante, hätte man sie ihr in einem Glasgefäß auf den Kaminsims gestellt, bewundert hätte. Da war der Ruhm einer Ausstellung: »Eine Sammlung von Glasaugen, geblasen und spezifisch pigmentiert gemäß den Anweisungen von Dr. Stewart, mit einem kurzen Abriß zu ihrer Metamorphose und Pathologie. Das Auge des Diabetikers, das Auge der trauernden Hinterbliebenen, das Auge des Blinden.«

Und zugleich hatte es etwas Großartiges, all diese Dinge nicht zu tun. Niemals etwas getan zu haben, außer sich dem Strom zu überlassen, der letztlich, auch wenn Stewart dagegen annörgelte, nicht der Strom von Aufgaben und Verpflichtungen war, sondern der seiner eigenen Wünsche. Ein einziges Mal hatte er sich seiner Neigung widersetzt, als er aufhörte zu trinken; alles Übrige – Exil, Ehe, die Armee, Kinder – war ihm eine Plage, und doch jedes das Einzige, was er zur damaligen Zeit gewollt hatte. Er bedauerte die Tatsache, dass er ein Leben des unentwegten Bedauerns geführt hatte, und rief das Ende allen Wählens aus, mit all seiner höhnischen Trauer. Stattdessen betrachtete er das Leben um sich her, vom Pilz bis zur Blüte, und dachte über Augen nach.

Manchmal, wenn er so dahinritt, hatte er das Gefühl, sich *in* etwas zu befinden; als blicke er aus seinen Augenhöhlen wie ein Soldat in alten Zeiten durch einen Schlitz in seinem Helm. Als klaffe zwischen seinem Schädel und seinem Bewusstsein eine Lücke, eine dunkle Zone, über die er hinausspähen müsse.

In anderen Momenten hatte er das Gefühl, seine Augen seien so groß wie sein Gesicht und ebenso offen; und sein Gesicht sei so weit wie der Himmel. Doch dann stülpte sich ihm der Helm wieder über, und seine Blicke schossen durch die Schlitze. Wie Kugeln. Er feuerte seine Blicke auf einen Baum, einen Vogel ab. Und traf niemals daneben.

Er wünschte sich, er hätte eine Feder, oder sogar, Venancia wäre hier, damit er seine Beobachtungen mit ihr teilen könnte. Er war sehr redselig geworden, und darum erklärte er der Kleinen, die ihre Hand an seinem Steigbügel hatte, dass das Auge nicht eine Tür oder ein Spiegel sei, sondern eine Waffe, im Krieg mit der Welt. Und sie schaute ihn an.

Ein paar Tage darauf ergab sie sich. Sie sah ihm in die Augen, und dann tat sie etwas mit ihren eigenen, als würde sie ohnmächtig, ohne jedoch den Blick abzuwenden. So flach und sachlich ließ sie ihre Augen werden, dass sie, dachte Stewart, ganz eisig wurden. Und dann – taten sie sich etwa auf? Einladend wurden sie, wassergleich. Eine winzige Verschiebung, ein Schmelzen. Eben genug, um »Ja« zu sagen, oder sogar: »Bitte.«

Stewarts Lust war nicht mehr das, was sie einmal gewesen war. Dünn und schwächlich war sie, und er wusste nichts anzufangen mit dem Körper dieses Mädchens unter ihm, das sehr klein war. Er kam ihm eher wie ein Bündel denn wie ein Körper vor, allerdings heiß im Innern – was er trist fand. Sein Verlangen war eine armselige Klinge, mit der er auf sich selbst, nicht auf das Mädchen einstach, obwohl doch sein Verlangen einmal unermesslich gewesen war (er konnte sich kaum noch dessen entsinnen) – unermesslich wie Ozeane, Ströme, Wälder, wie, Gott stehe uns bei: wie alles. Das Mädchen war jünger, als er angenommen hatte, und er nahm sie nicht wieder.

Als Stewart zum letzten Mal mit Venancia geschlafen hatte, war nichts zu machen gewesen. Vielleicht hatte es irgendeinen physischen Kontakt gegeben, aber an ein geschlechtliches Ereignis erinnerte er sich nicht. Wäre er zum Beispiel dem Tod nahe und versuchte, sich sterbend an das letzte Mal zu erinnern, das er in seiner Frau gewesen war und sie ihn umschlossen hatte, dann wäre er dazu nicht imstande. Während die Reise immer weiterging, die Landschaft sich vor ihm entrollte und hinter ihm auflöste, fragte er sich, ob die Menschen, die er in der Vergangenheit zurückgelassen hatte, noch existierten, ob es möglich wäre, den zurückgelegten Weg wieder zusammenzuflicken und zu ihnen heimzukehren. Und er bedauerte, dass er eine Nacht lang im Dunkeln neben Venancia gelegen und über Lagerhäuser, Handelslizenzen und einen Anwalt in Buenos Aires geredet hatte, den sie beide kannten. Sie hatten eine Chance gehabt und sie nicht genutzt. Eine Chance wozu? Dessen war er sich nicht sicher. Begehren machte den geringsten Teil davon aus. Aber vielleicht war es auch eine Chance gewesen zu begehren.

Tagsüber dachte er nicht daran – immer gab es ein weiteres Ärgernis, das ihn beschäftigte; die Beschaffenheit der menschlichen Haut, die eher dazu taugte, Buße zu tun als zu schützen; die wechselnden Panoramen, die Wolken, die in den Ästen eines Waldes hingen, die vage Erinnerung an Legenden, die von der Landschaft ausging, und auch das Gefühl, es sei ungerecht, dass man auf so schöne Weiten aus der engen Folterkammer des eigenen Körpers schauen musste; eine wunde Ferse, eine vereiterte Schulter oder das Gefühl, ein verfehltes Leben zu führen. Und gegen Mittag stellte sich dann die tägliche Verzweiflung ein, ein körperliches Phänomen, wie von einem Platzregen durchnässt zu werden; man troff vor Verzweiflung. Jede Partie, jede Schicht von Stewart schwemmte sie mit zähflüssigem Leid auf, sodass er weniger ritt, als vielmehr seine Tränen dahinschleppte, die aus einem prallen Ledersack mit aufplatzenden Nähten leckten.

Und mit der Traurigkeit kam ein Entschluss. Er würde seine Last abwerfen. Täglich gegen Mittag beschloss Stewart, sich auf die nächstzugängliche Weise umzubringen. Er bewunderte die Stärke dieses Entschlusses, genoss die Erleichterung, die damit einherging. Er lechzte nach dem Tod so sehr wie nach Wasser, mehr als nach Nahrung, und ließ den Griff des Messers an seinem Gürtel nicht mehr los.

Er würde jedoch zwischen die Bäume ausscheren müssen – und wo war dort der richtige Pfad, die nachsichtigste Lichtung? Die Wunde würde genau stimmen müssen. Für die Pistole in seiner Satteltasche fehlte es ihm an Munition. Manchmal griff er nun in die Satteltasche, oder er streichelte das Ledergeflecht am Messergriff. Oder er verfiel darauf, sich das Leder in den Mund zu stecken, weil der Arzt in ihm wusste, dass der Moment vorbeigehen würde, wenn er nur etwas äße.

Aber seine Kehle war so trocken. Er saugte ein bisschen an dem Messer oder biss sich in die Wange, um etwas Scharfes zu spüren und das Blut zu schmecken. Dann überkam es ihn auf einmal, und er stopfte sich die Hand voll an Essbarem, die man ihm gerade gegeben haben mochte, in den Mund. Bald darauf wurde er davon durchströmt wie von einem Gebet, und dann war er immer froh, dass er am Leben geblieben war. Immer gab es etwas, das ihn froh stimmte – die Schärfe der Grashalme oder ein erlesen rot gemaserter Stein oder Blütenpollen, der mit der Haut eines Kindes in Berührung kam und eine Spur darauf hinterließ.

Zeit für Geschichten. Er schaute auf die grüne Grasnarbe, die mittelalterlich schroffen Felsen, die brütende schwarze Kutsche und hielt sein kleines Mädchen an der Hand. Seine Lilie. Seine Rose.

Bis zur Mitte des Nachmittags waren ihm die Worte wieder entschwunden. Er war sich nicht sicher, was in seiner Schädelschale noch verblieben war, aber das Letzte, was schwand, war der Mechanismus, mit dem man Dinge zählt. Mit jedem vorbeigleitenden Baumstamm spürte er es in sich ticken, fünfzig, einundfünfzig, zweiundfünfzig – als hielte man am Zählen am längsten fest. Und dann waren auch die Zahlen weg, und seine Gedanken bestanden aus namenlosen Felsen und Bäumen, den namenlosen Augen des Kindes an seiner Seite und dem weiten, namenlosen Himmel.

Dämmerung.

Der Abend war, wie der Morgen, voller Geschäftigkeit, denn Stewart hatte sich um López zu kümmern. Danach mochte es etwas zu essen geben, vielleicht sogar Musik. Wenn er sich schlafen legte, blieb er innerlich an irgendeiner häuslichen Freundlichkeit hängen, die das Mädchen für ihn bereithielt, an einem heißen Stein gegen die Kälte im Gebirge oder ihrem eigenen, eingerollt neben ihm liegenden Körper: Dann spürte er unter den Sternen, wie klein er doch war, und sehnte sich, wie er so auf dem kalten Berghang lag, nach etwas, das genau die Temperatur von Venancia Báez hatte. Seine Finger zuckten, während er einschlief, auf der Suche nach den Lücken zwischen ihren imaginären Kleidungsstücken, und ihre Haut unter seinen Händen war ihm so innig vertraut wie das Vergessen, und ebenso grenzenlos und gütig.

Er gedachte der letzten Nacht, die er in San Fernando, an der Mündung des Tebicuarí, mit ihr verbracht hatte. Selbst im Dunkeln nahm er ihre Augen wahr. Sie war sehr gerissen, seine Frau. Sie war nicht heimlich ins Lager gekommen – aber auch nicht offiziell. Als staubbedecktes Weib war sie auf Borkensohlen angehinkt gekommen, und so gelangte sie an den Wachen vorbei herein und später wieder hinaus, zurück in die eingenommene Stadt Asunción.

Nach Sonnenuntergang kam sie in seine Hütte geschlüpft und sah ihn an.

Später erblickte er ihren Körper. Oder etwas davon.

Nicht nur Venancias Körper, mit dem Stewart zu Beginn ihrer Ehe geschlafen hatte, sondern ihren Körper, der nun neben ihm lag, während sie sich unterhielten, einander zugewandt – nah beieinander, damit niemand sie hörte. Die Wölbung ihrer Hüfte und der Winkel ihrer Schulter, ihre Brüste, die ihm in einer Linie entgegenquollen: Gewiss, dies war ihr Körper, oder eine geschwollene Version davon. Nur kam er ihm nun zu üppig vor, und heuchlerisch. Venancias einst so betörendes Fleisch fand er jetzt nur aufreizend: Alle Insektenstiche auf seiner Haut wachten davon auf und juckten. Dieses ganze Gemenge – seine ausgezehrten, sterblichen Schenkel, die neben ihr bebten – möglicherweise vor Verlangen, seinem Empfinden nach aber eher vor Tränen.

»Wovon lebst du?«, hatte er geflüstert, und sie lächelte nur. Venancia züchtete Dinge, im Wald oder unter den Dielenboden; sie züchtete lichtscheue Dinge. Und während er sie über eine Bank in Schottland unterrichtete, über einen Effektenmakler in Buenos Aires, beschloss er, sie nicht zu berühren. Sie hatte sich – zu diesem Schluss war er gekommen – irgendeinem militärischen Schwachkopf hingegeben, irgendeinem Brasilianer, und sich gesagt: »Ich habe Kinder zu ernähren.« Und wie konnte er es ihr verübeln? Es waren schließlich seine Kinder.

Venancias Körper. Er erfüllte die Hütte, in der sie lagen, mit Vorwürfen. Es war nicht ihre Schuld. Stewart sah ihr in die Augen (in ihre braunen Ausflüchte) und erkannte, dass sie ihre Gunst verschenken mochte, wie es ihr gefiel, dass ihr Leben jedoch ihm gehörte. Samt ihrer Gerissenheit, nur ihm. Nicht um über Geld zu reden, hatte sie diese Reise unternommen, sondern aus Liebe zu ihm. Dennoch begannen die Sätze, die ihm in den Sinn kamen, alle mit »Ich will nicht«, immer und immer wieder. Ein Satzfetzen, der viele Ergänzungen zuließ, von denen eine – und daran war nicht zu zweifeln – lautete: »Ich will dich nicht mehr, Venancia Báez.«

Hoch im Amambai-Gebirge betastete Stewart das kalte Haar des Mädchens, das neben ihm schlief. Ihr Haar war braun. Irgendwo in ihrem Stammbaum gab es einen Weißen. Irgendeinen Jesuiten.

»Der arme William«, hätte er gern gesagt. »Der arme William Stewart.« Welche Skrupel hatten ihn doch immer geplagt! Nun wollte er nur noch das raue Atmen und Seufzen dieses Mädchens vernehmen. Nur noch ein einziges weiteres Mal sein Leben in den Leib von Venancia (einstmals) Báez ergießen.

Später weckte er das Mädchen, damit sie einen niedrig am Himmel stehenden Stern betrachten konnte, der sich im beinfarbenen Morgengrauen mit einem Lichtschimmer von großer Zartheit umgeben hatte. Stewart war sich nicht sicher, ob das Mädchen ihn verstand, aber es setzte sich ihm unbefangen auf die Beine, und nachdem er hinaufgedeutet und sie hinaufgeschaut hatte, blieben sie noch eine Weile so zusammen und warteten darauf, dass der Tag beginne.

Sie war nun jünger geworden. Je weiter hinein sie in die Berge des Nordens zogen, desto kleiner und hilfloser kam sie ihm vor. Also war es vielleicht doch wahr. Trotz allem waren sie auf dem Weg in ein unschuldigeres Land.

Am Morgen pflegte Elisa auf die Ladefläche des einen Fuhrwerks zu steigen und auf dem gefangenen Piano zu spielen, das dort immer noch festgezurrt stand. Sie spielte »La Palomita«, während López zumeist jemanden erschoss. Er tat dies persönlich – es waren so wenige Männer übrig, die es ihm hätten abnehmen können; es selbst zu tun war ihm in jenen Tagen jedoch auch, man muss es zugeben, ein Bedürfnis, wie ein morgendliches Abhusten oder Furzen.

Als es jedoch an der Zeit war, seinen Bruder zu erschießen, den enorm unfähigen Benigno López, ersparte er diesem keine Ehre. Er nahm dafür die Dienste von Bernardino Caballero in Anspruch, des höchstrangigen Offiziers, der ihm verblieben war. Außerdem ließ er alle stehend daran teilnehmen, wie an einer Parade. Er winkte Stewart nach vorn, damit dieser den Gesundheitszustand des Verurteilten prüfe und ob er auch bequem gefesselt war. Er zerrte die weinende Mutter zu dem Pfahl, rüttelte an ihren Schultern und warf sie zu Boden, als wollte er sagen: »Sieh doch! Sieh dir an, was du dieser Frau, deiner Mutter angetan hast!« Und Elisa spielte zu diesem Anlass »La Palomita« stehend. Sie trug rot.

Benigno wurde bis auf die Unterhosen entkleidet, und der Hügel seines Bauchs erwies sich als enorm komisch und ängstlich. Er bibberte und wackelte und wirkte so einladend, dass López den Mann einfach noch ein letztes Mal freischneiden musste, um ihn im Kreis herumtorkeln zu lassen, schnaufend wie ein Schwein. Die Leute traten nach ihm oder spien ihn an, und Benigno quiekte. Auf irgendeine bittere Art schien er es zu genießen. Er quiekte fantastisch gut und wurde darin sogar immer besser. Dann nickte López knapp Caballero zu, und der ließ das Mannschwein an den Pfahl zurückzerren und erschießen.

Elisa beendete die letzten Takte der letzten Strophe von »La Palomita« und ließ sich von ihrem Sohn Pancho vom Karren hinunterhelfen. Sie hatte nicht eine Note ausgelassen.

Nach Benigno verbot López, Kugeln zu verbrauchen, da sie nicht genug davon hatten, und die Männer wurden, wo sie gerade standen, mit Lanzen erstochen. Vornehmlich diejenigen, die sich mit Benigno verschworen hatten, traurigerweise jedoch auch der junge Paulino Alén, der nach dem Fall von Humaitá mit einem Loch in der Kehle in das Lager bei San Fernando kam. Er hatte versucht, sich zu töten, was ihm misslungen war, und López bereitete ihm das Geschenk, die Sache für ihn eigenhändig zu vollenden. Stewart hätte gegen diesen Tod oder gegen sonst einen aufbegehren können, doch immer stand dem die grundsätzliche Wahrheit entgegen, dass man sich im Krieg befand und dass sie einer ehrenhaften Sache dienten. Benigno hatte eine Verschwörung angezettelt, daran war nicht zu zweifeln. Er hatte geplant, seinem Bruder ein Messer zwischen die Rippen zu stoßen, das Land dem Feind zu übergeben, Vorräte zu horten, den marschierenden Männern Fleisch vorzuenthalten und alles Verfügbare an fettem Schinken, Lammschultern, Schmalz, Koteletts, Blutwürsten und Kutteln von der Front wegzudirigieren. Es bereitete Stewart Genugtuung, den Mann sterben zu sehen, denn es lag Gerechtigkeit darin. Es bereitete ihm Vergnügen, die Mutter López jaulen zu sehen, und dies in einer Pose, die derjenigen der heiligen Jungfrau am Fuße eines barbarischen Kreuzes glich. Und auch die Träne freute ihn, die aus dem grünen Auge des kleinen Obersten sickerte, bevor er sich abwandte, um seiner Mutter von ihrem Karren herunterzuhelfen.

Irgendwo unterwegs war Stewart zu einem Geschöpf von López geworden. Wie sie alle. Sie fühlten ihn in ihrem Blut. Dieser entsetzliche Drang zu plündern, der einen Mann überkommen konnte, dieses wahnsinnige Gehacke und Gemetzel – das war López; der entsetzliche Drang zu scheißen, der in einem Mann aufwallen konnte, wenn er getötet hatte, sodass Soldaten mitten auf dem Schlachtfeld, in Sichtweite der feindlichen Schützen, ihre Haufen kackten. Nicht Angst raubte ihnen so die Beherrschung, sondern ein körperlicher Wahnsinn, der sie bis zum Platzen füllte und nach einem Ventil verlangte – jeglicher, auch geschlechtlicher Art; so endlos ihrem Drang ausgesetzt und unwürdig waren die Männer.

Stewart, der sich meistens nicht im schlimmsten Gewühl aufhielt, hielt seine Hosen vorn und hinten sauber. Er panzerte sich mit Gleichgültigkeit – eine engherzige, wimmernde Form von Wahnsinn, die einen Mann dazu bringen konnte zu sterben, weil ihm sein eigenes hässliches Gesicht nicht gefiel. Eine kultivierte Befindlichkeit, mit der man grinsend durch den Haufen verwundeter Feinde schritt und hier und da eine Kehle aufschlitzte. Das alles waren Gelüste. Und Stewart wusste, wären sie ihm einmal entschlüpft, würde er sie niemals mehr zügeln können.

Als Leibarzt von Il Mariscal López lebte Stewart ganz in der Nähe jäher Gesten – einer Handbewegung, die für einen Mann den Tod bedeuten konnte. Stewart versuchte nicht zu buckeln. Er öffnete seine Instrumententasche mit Entschiedenheit und schloss sie mit einem befriedigenden Klicken. Bald ging er mit seiner Tasche übertrieben sorgsam um, dann wieder zu nachlässig. Er ließ die Tasche stehen, wenn er sich mannhaft und kameradschaftlich hinkauerte und täglich die Präsidentenfüße untersuchte, die verhornten Stellen und die vielen kleinen Gelenke. Er rieb López ab wie ein Pferd und betastete die Sehnen da, wo sie an den Knochen angewachsen waren. Er erkundigte sich nach der präsidentiellen Verdauung und trat hinter einen Baum, um Lopez' Stuhl zu begutachten, der stets Anlass zu Komplimenten gab. Er hob das Glied von López an und rieb es mit einer Kalkmixtur ein, um dem Gonorrhoe-bedingten Ausfluss eine kosmetisch erfreulichere Konsistenz zu verleihen. Er behandelte López' Leib mit aufmunternden Händen. Dies nicht zu tun, hätte nicht nur Stewarts eigene Gesundheit gefährdet, sondern auch diejenige eines jeden anwesenden Mannes, ganz zu schweigen vom Wohlergehen der gesamten Gegend längs des Río del Plata.

Und manchmal, wenn er mit López zusammensaß und über die Notwendigkeit von Helden oder über die Tendenz zur Mechanisierung im modernen Leben sprach (wobei sein Fuß träge gegen seine Doktortasche wippte), hielt Stewart ihn für den Mann mit dem gesündesten Verstand der Welt.

In Tacuarí staute und sammelte sich die verstreute Armee, und sie blieben eine Woche. Es gab dort eine *estancia*: ein Hufeisen von Scheunen um einen offenen Innenhof, in dem López an einem Tisch saß und schrieb. Dann lehnte er sich zurück und blickte auf seine Aufzeichnungen. Er sprach mit Männern, die in einer Schlange warteten, und gab offenbar sein Urteil ab. Dann winkte er sie davon. Er ordnete die vor ihm liegenden Blätter. Verschob sie so, dass sie bestimmte Muster bildeten. Von Zeit zu Zeit verbrannte er eines.

Nichts sonst deutete auf Wahnsinn hin.

Elisa unterstützte das Empfinden, man genieße eine Ruhepause. Es gelang ihr, dem Ort die Atmosphäre eines Kurbads zu verleihen. Im Innenhof gab es eine kleine Quelle, und daraus schöpfte sie in Holzkrügen Wasser, das sie den Männern eigenhändig brachte; dabei schwärmte sie davon, wie belebend es sei und aus welch reinen Höhen es doch komme. Auch gaben die Scheunen Essen her. Und obwohl sie in Ungewissheit lebten, gab es nun Dinge, die ein Mann seit einiger Zeit weder erlebt noch vernommen hatte, wie das Geräusch von Regentropfen auf seinem Dach, das Stewart sanft in eine nachmittägliche Ekstase der Erinnerungen versetzte.

Er war bei diesem Aufenthalt neben Elisas Gemächern einquartiert – ein Zeichen von Mitgefühl: Seit sie Halt gemacht hatten, kämpfte Stewart gegen ein heftiges Fieber an, das nach einem sehr eigenen Zeitplan verlief; nie wusste er im Voraus, um welche Stunde er schwach oder klar im Kopf sein und wann er darniederliegen würde. Er hauste in einer kleinen, übel riechenden Kammer ohne Fenster und mit einer verfallenden Tür. Wo die Trennwand sich dem Dach näherte, gab es eine segensreiche Lücke in Form eines stumpfen Dreiecks, eine dunkle Öffnung, durch welche die Geräusche aus Elisas Salon zu ihm auf seinem Lager auf dem Fußboden drangen. Welch ein Babel! Manchmal döste er dahin oder erwachte zu den Stimmen ihrer Söhne, die mit ihrer Mama Französisch sprachen, untereinander Spanisch oder mit den Männern Guaraní. Einmal glaubte Stewart Deutsch zu hören oder etwas Ähnliches – Schwedisch vielleicht –, etwas Gutturales, Vernünftiges und ganz Wunderbares, das ihn anwies, sich hinzulegen und seine Kleider anzubehalten. Und einmal einen vollständigen englischen Satz: »Das Buch liegt auf dem Fenstersims«, der das Schönste war, was er seit langem gehört hatte.

Das Mädchen entzündete auf seiner Schwelle ein reinigendes Feuer, und im Tageslicht flackerte es schwach orangefarben, während der Innenhof dahinter sich in der Hitze wellte. Von den Dingen, die Stewart in der trüben Luft sah, beschloss er, würde er niemandem erzählen: nicht dem Mädchen, nicht Venancia, weder seiner Tante noch seiner Mutter oder Elisa jenseits der Wand. Keiner Frau würde er von den Dingen erzählen, die er da sah. Und er sehnte sich danach, seinen Blick auf Elisas Jungen ruhen zu lassen, die alle unverwandelt und natürlich blieben, trotz des Dunstes.

Sie waren, Stewart sah es ihnen an, noble junge Männer, und sehr stolz. Elisa verstand es, auf eine bestimmte Weise dazusitzen oder sich zu gebärden, die ihre Söhne, kaum wurden sie ihrer ansichtig, zum Innehalten brachte – denn selbstverständlich beteten sie Elisa an, wie es Jungen an sich haben, und Elisa ihrerseits vergötterte sie. Ihr Vater vertrieb sie, wenn er in den Raum trat, doch auch er war nachsichtig, geduldig und freundlich. Nichts an diesem Hausstand war verdorben, nichts finster, soweit Stewart wahrnehmen konnte, obwohl doch alles um ihn her finster war und sein Tod ihm ebenso nahe erschien wie die Familie jenseits der Wand. Und dann kam er ihm näher vor. Sein Tod scharrte in der dreieckigen Lücke dort oben umher – er konnte die kommende Verwesung riechen, die langen schwarzen Fingernägel über die Mauer gleiten sehen.

»Trinken Sie eine Tasse Kaffee, mein Lieber?«

Schwer zu sagen, wie krank oder gesund er war, wenn solche Sätze zu ihm herabflatterten. Kaffee? Dann musste er wohl im Sterben liegen. Er sah zu dem Mädchen auf, das soeben einen Lappen in ein wenig Wasser tauchte und ihm die Brust abwusch. Der Lappen, das Wasser, das Mädchen: Diese Dinge waren real. Der Kaffee konnte es nicht sein. Vor Kaffee musste er sich in Acht nehmen. Er musste am Leben bleiben.

Dann roch er ihn.

Und Stewart kam zu dem Schluss, das alles sei auf eine Weise real. Denn die Götter können sich alle erdenklichen Glückseligkeiten schaffen. Diese Unbefangenheit, mit der sie umherlaufen, plaudern und brüllen. Welche Freiheit sie genießen. Wie liebenswert und natürlich dies doch alles ist.

»Ziehen Sie die Schuhe aus, mein Lieber, und setzen Sie die Füße hier darauf«, sagte Elisa, die Kannibalin. Elisa, die Böse. Elisa, die schwanger zur Festung Humaitá eilte, um sich Il Mariscal vor die Füße zu werfen und zu sagen: »Warum hasst mich dein Bruder Benigno? Warum beleidigt und demütigt er mich so? Warum?«

Aber Stewart lag im Delirium, und der Tod kauerte zwischen Dach und Wand. Der Tod war ein Insektennest, ein dichtes, wuselndes, schwarzes Dreieck, das schimmerte und waberte und die Wand hinunterwuselte, um über ihn zu krabbeln. Und es juckte ihn, und er wimmerte ins Stroh, während von nebenan das Geräusch eines Hockers kam, den jemand auf den Boden stellte.

»Ist es so besser?«

Nein. Er lag im Delirium, und Elisa war genau wie jede andere Ehefrau. Sie musste ein bisschen zetern und provozieren; sie durfte niemals ganz zufrieden sein. Denn so waren Frauen nun einmal, es war ihre Bestimmung: Frauen musste immer etwas gegen den Strich gehen, und daher mussten Männer stets versagen.

Sie hatten, glaubte Stewart, in der Woche seines Fiebers nicht mehr als zweimal ehelich miteinander verkehrt, und dies in einem ferner gelegenen Zimmer. Er hörte natürlich viel mehr als das, doch die tatsächlichen Vorgänge konnte er von den weniger realen, an den wimmernden, an einen Welpen erinnernden Lauten unterscheiden, die López von sich gab. Zumindest nahm

Stewart an, dass sie von López kamen. Wenn nicht, dann gäbe Elisa ein eigenartiges Gemaunze von sich. Aber wann konnte man sich schon jemals sicher sein.

Und so dehnte sich die Woche als ein einziger langer, goldener Nachmittag dahin, an dem sie die längste Zeit hindurch so glücklich waren, wie man nur sein konnte, der Teufel und seine Hure. Und Stewart teilte, auf seiner Seite der Wand, ihr Glück, während sie ihr Leben nach Regeln der Zärtlichkeit und der Ästhetik gestalteten und Elisa diesen oder jenen Schal hervorzog, um ihn über einen Stuhl zu drapieren, oder die Lampe gegen eine Kerze austauschte, weil es ihm so mehr behagte.

Und Stewart gestand ihnen ein Leben zu wie jedem anderen Paar: eine geteilte Vergangenheit, gleichsam durchschossen mit Augenblicken großer Offenheit; manchmal in Verlegenheit gebracht von Emotionen, die zu ertragen die schwachen Kräfte ihrer vereinten Körper anscheinend überstieg – wie López nach dem Tod seines Vaters oder Elisa an einem gewöhnlichen Sonntagnachmittag, an dem ihr schien, als müsste sie in ihrem Leben ertrinken, und sie sich an ihn klammerte wie eine Schiffbrüchige.

Und das Fieber ließ nach.

Pancho rief nach ihm. Mit beiden Händen klammerte sich der Junge an den Türrahmen, beugte sich in die kleine Kammer und sagte:

»Ich glaube, mit Mama stimmt etwas nicht.«

Stewart blinzelte dorthin, wo die Silhouette des Jungen aufragte.

»Einen Moment«, sagte er. Und so gelangte er endlich nach nebenan.

Er hatte Recht gehabt. Es war ganz reizend dort. Sie hatte die groben Möbel mit salbeigrünem und grauem Stoff bedeckt. Ein großer Spiegel hing an der Wand, eine überirdische Uhr; da war der Fliederduft, und dazu ein muffiger, magischer Geruch, der »Daheim« zu rufen schien. Inmitten dieser zusammengewürfelten Behaglichkeit saß Elisa in abwesender, angespannter Haltung. Sie wandte sich nicht um, antwortete jedoch auf den Gruß des Arztes:

»Ja, ein sehr schöner Abend.«

Und sah ihn immer noch nicht an. Sie sprach aus dem Profil, aus dem Mundwinkel, wie um einen keimenden Gedanken nicht zu verscheuchen, der sich an der Wand vor ihr zu entfalten schien. Sie kniff ein wenig die Augen zusammen, als versuche sie die Form eines Flecks zu begreifen; vielleicht hatte man dort zu tünchen vergessen, oder er beruhte auf dem zufälligen Spiel von Licht und Schatten, oder aber ein grauenvolles Moos breitete sich in einer Ecke neben der Tür aus.

Stewart vermutete, sein Delirium habe sich weiter ausgebreitet, aber er stellte kein Fieber fest. Er hob ihr Handgelenk an und fühlte ihr den Puls. Dann tastete er rasch die weichen Stellen unter ihrem Kinn ab, an ihren Ohren und im Nacken, wo ihr Schädel auf die Wirbelsäule stieß. Einen Moment lang lagen Elisas Gesicht und ihr graues Hirn auf seinen Händen in der Schwebe.

Nach dieser Segnung setzte sich Stewart hin.

Das Knirschen des Korbstuhls erregte anscheinend endlich ihre Aufmerksamkeit. Wie ein Vogel sah sie ihn an, mit leicht zur Seite geneigtem Kopf. Es war ein langer Blick und einer, in dem tiefste Entfremdung lag, sowohl von ihm wie von der Welt, in der er saß.

Stewart suchte nach einem bestimmten Begriff und fand ihn: ›hysterische Paralyse‹. In Edinburgh, meinte er sich zu erinnern, geschah dies Frauen von Zeit zu Zeit.

Da richtete sie den Kopf auf und kam zu sich.

»Doktor Stewart«, sagte sie. »Ich hatte das Bedürfnis nach Pfeilwurztee.«

»Gewiss doch«, sagte er.

»Pancho war so freundlich. Wissen Sie, ich sehe es gar nicht gern, dass er für seine arme Mama Besorgungen erledigt, aber einen so lieben Jungen wie ihn gibt es nicht noch einmal.«

»Mama«, sagte Pancho.

»Ich sollte eher sagen ›jungen Mann‹. Komm her zu mir, mein Schatz.« Und Pancho trat ritterlich zu ihr und ließ sich auf ein Knie nieder. Er sah seine Mutter an, und sie ihn. Sie legte ihm eine Hand auf die Schulter, und als er die Berührung spürte, ließ er sich nach vorn fallen und legte den Kopf auf ihren Schoß.

Da waren ihre Augen abendblau. Sie hatten die Farbe des Lichts, wenn es dahinschwindet.

»Sie hat mich zum Hüter des Schlafs ernannt«, sagte Pancho. Stewart nickte. Er war gekommen, um mit dem Jungen zu sprechen. Oder um im Hof am Feuer zu sitzen, wo ihr Gespräch dann vielleicht ganz zufällig auf seine Mutter käme, die letzten Endes doch nicht ihren Pfeilwurztee trank, sondern heiter López umschwirrte, als dieser eintraf und einen Soldaten zum Singen hereinrief.

Dann viel Aufhebens um das Piano – auf der Stelle musste es abgeladen und in Elisas Gemächer gebracht werden. Ein Abend, durch Musik unerträglich; ein Lied, das ›Barbara Allen‹ hieß; Klänge, die einen Mann mit Leim überzogen und durch jede Ritze drangen. Und als endlich reine Stille einkehrte, war Stewart hinausgegangen, um auszuspucken und die Sterne zu betrachten. Und um mit dem Thronerben zu sprechen.

Der Junge musste ungefähr sechzehn sein. Im Feuerschein war seine Haut von einem ungleichmäßigen, leuchtenden Braun, und wie er so dakauerte, wirkte er überaus romantisch, wenngleich er auch ein wenig mürrisch in das Getümmel der Flammen starrte. Sicher dachte er an den Krieg.

Er hatte einen herrlich klaren Blick. Seine grünen Augen, diese lichten Fenster mitten in seinem Gesicht, empfand Stewart als tröstlich. Es tröstete ihn, dass es in diesem ganzen Wanderzirkus eine absonderliche Gestalt gab, die man ›den schönen Jungen‹ hätte nennen können. Den Jungen, der nur schaut. Und Stewart war nicht der Einzige, der so empfand. An Pancho zu glauben, bereitete allen Freude. Die Männer schauten in seine Augen, wie man manchmal vielleicht zum Himmel schaute, um sich an seiner Farbe zu erquicken, und sie waren nachsichtig mit dem Jungen und seinem Juwelenblick.

Hinter ihm hielt sein Halbbruder, der Bastardsohn von Juana Pesoa, grimmig Wache, wie immer im Schatten.

Sie sprachen von Mann zu Mann. »Ich bin auch der Hüter des Pianos. Ich habe meine eigene Mannschaft. Wir heben es am Abend vom Karren, wenn es notwendig ist. Wir sorgen dafür, dass es nicht feucht wird. Ich lasse immer einen Mann darunter schlafen, für alle Fälle. Heute Nacht allerdings nicht, denn es ist ja bei meiner Mutter, im Haus.«

Stewart fragte gar nicht, wer wohl das Bedürfnis haben sollte, das Piano anzugreifen, aber der Junge sagte dennoch: »Nur für alle Fälle. Und außerdem, Musikmachen ist doch etwas Nobles, oder? Das sage ich den Männern immer, dass Musikmachen geradeso großartig ist wie Töten, und genauso nützlich, auf seine Art. Ich achte darauf, dass sie sich um ›das Biest‹ kümmern, wie sie es nennen. Oder manchmal auch ›das Biest seiner Mama‹, wenn sie wollen, dass ich sie schlage.«

Und dann, als sage er eine Liste auf, die ihm immer wieder entfiel, begann er von vorn.

»Sicherung für die Nacht. Was sie ›Schlaf‹ nennt. Ich sorge persönlich für das Bettzeug. Ich mache das Bett selbst zurecht. Das ist eine heikle Aufgabe, wissen Sie.«

»Allerdings.«

Irgendetwas wollte der Junge ihm sagen.

»Aber manchmal, Doktor Stewart, ist am Morgen das Bett noch genauso, wie ich es hinterlassen habe – nicht einmal die Laken sind umgeschlagen. An anderen Tagen ist es so zerwühlt und verknittert, dass ich mit ihr schimpfen möchte. Ich sage: ›Mama, was nützt es denn, dass ich vier Leute vor deiner Tür postiere, die ihre Augen offen halten, damit du deine schließen kannst? Du solltest unser Nachwächter sein, du würdest durch unsere Träume wandeln.‹«

»Sie schläft also nicht«, sagte Stewart vorsichtig.

»In der Kutsche schläft sie hie und da für zehn Minuten, glaube ich. Aber des Nachts nicht.«

»Sie sieht recht gut aus.«

Hierüber sann Pancho anscheinend eine Weile nach.

»Sie sieht immer sauber aus, das ist das Entscheidende. Ob sie geschlafen hat oder nicht, ob in einem Zelt oder in einem Zimmer. Immer sieht sie sauber aus.«

»Vielleicht, weil sie schön ist«, sagte Stewart, und der Junge wirkte erleichtert. Es war schon eine Bürde, die er da mit sich herumtrug – die unaussprechliche Schönheit seiner lieben Mama.

»Finden Sie? Ein Sohn kann das schwer beurteilen. Doch, ja, ich glaube, sie ist schön, auch wenn sie jetzt alt ist. So viel kann ein Junge über seine Mutter wohl unbedenklich sagen.«

Stewart stand auf. Er war enorm müde.

»Sie müssen darauf sehen, dass sie an die Luft geht, wenn wir wieder weiterziehen«, sagte er. »In der Kutsche ist es so stickig.« Der Junge stocherte ein wenig unglücklich im Feuer und nickte.

Es wird immer so weitergehen, dachte Stewart. Nachdem ich tot bin, und nachdem López tot ist. Der Sohn wird immer so weitermachen, und die *Frau* – die liebliche Frau – wird an der entsetzlichen Maschine der Welt immer weiter die Kurbel drehen.

Ohne sie wären wir wirklich besser dran, dachte er – als Art. Von dem ganzen Theater einmal abgesehen. Und es machte ihn traurig, dass die Bedürfnisse einer Frau auf so ungeheuerliche Weise erfüllt wurden, wenn nicht von ihren Liebhabern, dann von ihren Söhnen. Dass Eva imstande ist, nicht nur Adam zu küssen, sondern auch Kain. Dass sich alles immer weiterwälzt, weg von ihr und wieder zu ihr hin.

Als Stewart am Einschlafen war, hörte er durch die Wand, wie sie mit dem Jungen sprach.

»Pancho«, sagte sie. »Woher haben wir das Ding hier eigentlich?«

»Ich glaube, aus der Kathedrale in Asunción.«

»Nun, es ist sehr hässlich.«

Und Stewart rätselte in seinen Träumen, um was für ein Ding es sich handeln mochte.

Am nächsten Tag hielt Stewart wieder nach dem Jungen Ausschau. Er konnte nicht dagegen an. Er wollte mit der Zukunft reden. Er wollte diese Augen sehen.

»Wissen Sie, trotz all dem Unsinn, den sie treibt, habe ich einen wichtigen Posten inne. Wenn wir sie verlieren, sind wir vollkommen verloren.«

»Ja«, sagte Stewart.

Obwohl er nun an den Jungen glaubte, nicht mehr an die Mutter. Die Mutter des Jungen war eine Hure. Ein Wort, das Stewart niemals eingeleuchtet hatte, jetzt aber tat es das. Das Prickeln auf seiner Haut, vor Hass oder Abscheu, bewies es ihm – diese unerträgliche Empfindlichkeit seiner Haut unter dem nächtlichen Himmel. Das Gefühl, er falle. Stewart meinte, es könnte ihn in die Luft sprengen. Es bestand aus einer Form von Wut und Form von Sehnsucht, und das einzige Wort, das er daran heften konnte, war ›Hure‹. Alles war nun schmutzig und finster, und seine Tagträume stanken nach Elisa, bis er nach ihrem Sohn Ausschau halten musste, um den Blick auf ihm ruhen zu lassen.

Als spüre Pancho sein Bedürfnis, versuchte er, dem älteren Mann die Befangenheit zu nehmen – doch das fiel einem Jungen natürlich schwer, der wie er dazu erzogen worden war, den richtigen Ton zu finden. Er entschied sich für eine Geschichte.

»Ich habe mit meinen Jungs gewettet, sie würden sich nicht trauen, die Hexe Cordal herzunehmen«, sagte er. »Das war in Humaitá, als sie noch im Käfig saß. Haben Sie sie da gesehen? Wenn man ihr einen Knochen hinwarf, drehte sie ihn vor dem Gesicht hin und her, als hätte sie noch nie einen Knochen gesehen, und meine Kerle bekamen es richtig mit der Angst – liefen schreiend auseinander, wenn sie ihnen den Knochen zurückwarf. Oder aber sie nagte daran, richtig lüstern, und einmal steckte sie ihn sich in ihre, wie immer man das nennt, in ihre Möse, aber nicht sehr weit. Da wusste ich, sie fordert uns heraus, und ich habe eine Gürtelschnalle, die ich hatte, in den Käfig geworfen – für den ersten Mann, der die Hexe Cordal hernimmt.

Das hätten Sie hören müssen, wie mein Vater gelacht hat! In seinen ›Maximen‹ werde er das festhalten, hat er gesagt, dass eine Mutprobe ein Spiegel ist, denn nachdem ich es einmal ausgesprochen hatte, war ich natürlich verpflichtet, selbst in den Käfig zu treten und es zu versuchen. Ich habe es aber geschafft.

Jedenfalls beinahe – denn es war so eng dort und die Hexe war, wie Sie sich vorstellen können, nicht allzu erfreut.«

»Das kann ich mir vorstellen«, sagte Stewart.

»Sie sträubte sich so und spie aus. Auf dem Boden habe ich Brandmale gesehen, das schwöre ich.«

»Wirklich?«, sagte Stewart. Das Hören begann ihm zu vergehen.

»Einmal hat sie meinen Vater verhext, wissen Sie, aber es hat nicht geklappt.«

Thompsons Pferd starb. Stewart saugte an den schönen Pferdesehnen. Tagelang kaute er darauf herum. Und als er einmal das Innere der Pferdebeine gegessen hatte, zog er sich auch ihre Haut, an den Fesseln zusammengenäht, über die eigenen Beine und trug sie als Ledersocken oder Fellstiefel.

Eines Tages blickte er von den Bergen aus auf die sanft gewellten Kordilleren zurück und merkte, dass das Mädchen nicht mehr da war. Es war immer kleiner geworden. Eine Zeit lang fiel es ihm schwer zu begreifen, dass sie fehlte. Suchend schaute Stewart sich um, immer wieder, und fragte sich, was er eigentlich vermisse – sein Messer? Die drei Kugeln, die er gefunden hatte und mit denen er seine Pistole laden würde, falls er je an Pulver käme? Als er merkte, dass es das Mädchen war, ging er im Geiste suchend den Weg zurück – nicht nach dem Mädchen, sondern nach dem Mann, der er gewesen war, als er das Mädchen an seiner Seite gehabt hatte. Tage ging er zurück. Eine Woche vielleicht. Als er ihn fand – diese vergangene Version von Doktor Stewart –, zog er ihn mit einer ungestümen, kurzen Umarmung in sich hinein.

Ja, erklärte ihm der Mann, sie sei nicht mehr da. Immer öfter war sie ins Gebüsch getreten. Ihr Durchfall entwickelte sich zu

Cholera, obwohl doch die Luft nun so klar war. Ja, auch wenn die Cholera sie nun verließ, nahm sie das Mädchen mit. Und des Nachts waren aus ihrem Körper in seiner lockeren Umarmung Flüssigkeiten ausgetreten. Und irgendwann an jenem Morgen war sie gestürzt, und Stewart hatte sie nicht aufgelesen. Warum auch? Dafür war keine Zeit. Die Brasilianer standen nur Stunden entfernt. Es gab kein Terpentin, keinerlei Brechmittel, mit denen er sie hätte behandeln können, und das wenige, über das er verfügte, war ausschließlich für Señor López bestimmt.

Woraufhin Stewart sein altes Ich wieder ziehen ließ und sich erneut der schwarzen Kutsche zuwandte, die wie ein Käfer die Bergflanke hinaufkroch.

Am Ufer des Aquidabánmi starb der Ochse, der den Pianokarren zog, und mit ihm viele der Leute. Sie befanden sich am Rand der grasbewachsenen Hochebene, wo die Wälder schütterer wurden, eine mit Kolibris und freundlichen Brisen gesegnete Gegend, über der jedoch auch der Karakara-Geier kreiste, der offenbar etwas über den Wasserlauf dort wusste, denn drei Stunden, nachdem sie daraus getrunken hatten, wurden sie, Tiere wie Menschen, von schmerzhaften Krämpfen befallen. Sie vermochten kaum, das Lager aufzuschlagen, und in jener Nacht hörte man López im Dunkeln toben – oder vielleicht war es auch ein anderer Mann, jedenfalls ein starker, der da gegen den Tod anbrüllte. Doch trotz des Gebrülls hatte der Tod, wie sie sahen, als der Morgen kam, die schwächsten Ochsen hinweggerafft, viele Säuglinge und nicht wenige Frauen und Männer.

López befahl, das Piano dort zurückzulassen, und er musste den Befehl zweimal erteilen. Sein eigener Sohn sah ihn erst an, dann fasste er sich. Und als sie das Biest vom Karren hinunter hatten, führten zwei aus der Mannschaft von Jungen mit dem mächtigen Tuch, auf dem Schäfer sich zum Kuss Schäferinnen näherten, jenen Falttanz auf, den man sonst Frauen tanzen sieht: vor, verbeugen und zurück, vor und seitwärts, und noch einmal von vorn.

Elisa hielt sich währenddessen in ihrer Kutsche auf. Sie tat nicht einmal so, als sähe sie zu, sondern die Pferde zogen an, sobald das Piano ins Gras gesetzt war. Stewart, der noch zurückblieb, um die Überlebenden zu versorgen, sah sich auf einmal allein mit dem Ding, das da stolz auf einem Feld voll stummer oder stöhnender Leiber stand. Die Versuchung war zu stark. Er hob den Deckel an und spielte los. Während die zerrissene Linie fliehender Paraguayer über die Berge in der Ferne kroch, ließ Stewart seine kaputten Hände über die Tasten wandern. Er merkte, dass er »La Palomita« spielte, als kenne das Piano keine andere Melodie, und um es zu verwarnen, schlug er für eine Weile immer wieder dieselbe Taste an. Und als er lang genug fortgeschaut hatte – auf die schönen Vögel zum Beispiel oder auf die schönen Berge –, da entströmte seinen Händen auf einmal eine alte Weise. Irgendetwas Schottisches, nahm er an, obwohl er sich an den Titel nicht erinnern konnte.

Als er die anderen an jenem Abend eingeholt hatte, war López über die Verzögerung ungehalten. Sein Stuhl sei gelb, sagte er. Er rieche nach Rauch. Stewart verordnete Kohle. Davon wenigstens, sagte er lachend, gebe es ringsum genug – und begriff, als er López ansah, dass er soeben beinahe gestorben wäre.

Doch er war nicht gestorben. Man hatte ihm etwas zu essen gegeben, und er hatte sich niedergelegt. Er betrachtete die Sterne, während sein Rücken sich kraftlos an die harte paraguayische Erde schmiegte, und lauschte, wie sie es alle taten, dem Streit im Präsidentenzelt.

Sie stritten sich auf Französisch. Gelegentlich waren auf der Zeltplane die Schattenrisse von Körpern zu sehen, aber die Gestalten wuchsen und schrumpften hoffnungslos; oder sie verschlangen sich selbst, indem sie von einer Zeltwand zur anderen schnellten. Was dort vorging, ließ sich schwer sagen. Elisa wehklagte natürlich über ihr Piano. Aber davon mochte sie nicht sprechen; sie sprach das Wort nicht aus. Stattdessen gab sie eine Litanei der Dinge von sich, die ihr zugemutet wurden: unaufhörliches Reisen und schlechtes Essen und keine Dienstboten und schlecht gewaschene Kleider. Ihre Kehle war so voll davon, dass sie an den Wörtern schier erstickte, er musste sie aus ihr herausquetschen, bis ihr die Stimme brach, dünn und schrill wurde und dann zu einem Wimmern.

»Und wann heiraten wir, du Mistkerl? Wann *heiratest* du mich endlich?«

Der Lautstärke nach zu urteilen, stand sie ganz nah vor ihm. Stewart stellte sich vor, dass López sie an den Handgelenken festhielt. Sie versuchte ihn zu schlagen oder zu beißen. Mit diesen schönen Zähnen. Natürlich konnte López eine Pistole ziehen und sie erschießen. Er konnte sie aus dem Zelt stoßen und sie erstechen lassen, bevor sie noch zu Boden getaumelt war. Er konnte sie zu den Gefangenen werfen und sie täglich auspeitschen lassen. Und dann konnte er auch – und darin lag für sie alle der größte Trost in diesen grauenvollen letzten Tagen – nichts von alldem tun, weil er Elisa Lynch liebte.

Stille. Der Leibarzt des Präsidenten hielt den Atem an. Il Mariscal könnte getroffen sein. Oder die Hand über eine verletzte Lippe, ein verletztes Glied halten. Die Stille dauerte so lange an – er könnte tot sein. Oder sie. Oder vielleicht war überhaupt nichts geschehen; vielleicht las jeder von ihnen sein Buch. Dann Weinen – Elisa, die laut schluchzte und ihn ohrfeigte (oder ohrfeigte er womöglich sie? Er war verroht, aber doch nicht so verroht), oder waren das doch Schläge? Sie hatten einen Rhythmus – und dieser Rhythmus verdichtete sich, wurde zu einem dumpfen Hämmern, und dann, mit einem hohen, welpenartigen Winseln, war es vorbei.

»Ja!«, sagte das leuchtende Gesicht des Jungen, der jenseits von Stewarts Feuer hockte.

»Ja!«, erwiderte Stewart, weil Kinder die schlimmsten Spitzel waren. Und er schwenkte das Stöckchen, auf dem er kaute, kurz durch die Luft.

Wenn ein Mann in einer Frau ist, beherrscht er die Welt.

DER FLUSS

IV

BLUMEN

Januar 1855, Rió Paraná

Endlich eine Stadt von einer gewissen Größe. In dunstiger Ferne sehe ich sie liegen, ganz flach und über die Landschaft verteilt wie etwas Verschüttetes, das aufzuwischen sich niemand die Mühe gemacht hat. Die Häuser wirken aus dieser Entfernung winzig und wie zusammengewürfelt; dann wird die Sicht klarer – eine Fahne, eine Wäscheleine. Die roten Dachziegel, die ich überall entlang des Flusses gesehen habe und die mit ihren dicken Wellenlinien immer auf die *estancia* eines reichen Mannes hindeuteten, folgen nun so dicht an dicht, dass ich mich frage, wie sie nur an so viele davon gekommen sind. Rote Ziegel zu Hunderten, zu Tausenden!

So lange war ich nun auf dem Fluss unterwegs.

Ich stehe am Bug, Gesicht voraus, Bauch voraus. Hinter und unter mir pulsiert das Schiff, durch meine dicken, heißen Füße hindurch. Ein Wiegenlied, das mir in den Knochen singelt. Dennoch erwacht das schlafende Baby beim Anblick dieser Stadt am Horizont; was ich sehe, entzückt den blinden Jungen. Mein Blut schildert ihm die nahende Zukunft, und er morst seine Antwort auf der empfindlichen Trommel meiner Haut.

Und er hört nicht auf. Während mein Blick verweilt und weiterschweift – zu den Dachfirsten, den Schiffen und den Piers, die nun in Sicht kommen – und ich vor Erleichterung und Erwartung die Finger verschränke, ja fast die Hände ringe, zappelt und tritt und boxt das Kind. Ist das eine Botschaft oder ein Tanz? Vor Freiheitsdrang ringt es mit sich selbst. Ich spüre seine Ungeduld – aber was kann ich tun?

Schau! Schau!

Das Baby verlangt ohne zu sehen. Was ist? Was ist?

Heimat. Wo du hergekommen bist.

Dabei kommt dieses Kind bereits von überall her: aus Paris, Rom, Madrid, Bordeaux. Die einzige Heimat, die es hat, bin ich. Und selbst da fällt ihm das Bleiben schwer, nach den Stößen und Tritten zu urteilen, nach seiner ungestümen, gemeinen Zielstrebigkeit. Mein reisender Junge. Mein Mann, den es drängt, sich auf die Reise zu begeben.

»Harte Schläge versetzen sie dir, deine Kinder«, sagt die matte Stimme meiner Mutter in meinem Kopf. »Harte Schläge, und von früh an.« Der Gedanke, sie könnte Recht haben, erschöpft mich. Doch jetzt kenne auch ich, wie einst sie, die Freuden einer solchen Unterwerfung – unter die unbekümmerten Fäuste und das unbekümmerte Lächeln des eigenen Herzenskindes. Aus meinem Bauch will ich dich herauslassen, nicht aber aus meinem Kopf.

Und zugleich: »Geh doch, wenn du magst – es ist auch für mich eine Last.«

So stehe ich am Bug, ganz statuarisch und unbewegt, und in meinem Bauch brodelt es. Längs des Ufers fangen kleine Kinder an zu rufen und mitzulaufen, denn wir gleiten an den ersten Hütten vorbei: ein Melonenbeet, der schaumige Wassersaum als Grenze für das wühlende Schwein, ein Mädchen, das ihm stehend zusieht, es hat den dünnen Rock geschürzt, fort von dem

Wasser, das ihm so flach zwischen den Beinen hindurchfließt. So glatt – könnte ich ihr nun berichten – fließt es bis ins ferne, ferne Meer. Und sie hebt den Kopf, um uns vorübergleiten zu sehen, und ihr Blick besagt, sie habe immer schon gewusst, dass sie dies eines Tages vor Augen haben werde, ein so nobles Bild, und als sie mich hoch im Bug entdeckt, weiß sie auch, wer ich bin.

Doch von den Gerüchen so vieler menschlicher Behausungen dreht sich mir der Magen um. Das Baby windet sich in die andere Richtung. Es wird Zeit hineinzugehen. Nach so vielen Umdrehungen und Gegendrehungen, wie Mr. Whytehead vielleicht sagen würde, muss ich mich flach auf mein Bett legen, wieder einmal ganz krank von dem Wogen und Seufzen des Flusses und vor Sehnsucht, purer Sehnsucht danach, wieder einmal Boden unter den Füßen zu spüren.

Ich liege in der dunklen Hitze der Kabine und stelle mir vor, wie das Schiff geschmeidig am Ufer entlangzieht. So eindringlich stelle ich es mir vor, dass ich nicht mehr weiß, ob wir uns bewegen oder stillstehen; doch dann, nach einer langen Weile, höre ich das Geschrei der Männer und das Hinunterrasseln der Ankerketten. Das Schiff ruckt noch einmal voran, dann steht es still. Wir sind angekommen. Ich wälze mich auf, um durch das Bullauge zu schauen, und sehe am Kai eine drängelnde Menschenmenge. Sie gleicht in allem jener Menge, die ich von dem ersten Schiff aus sah, auf dem ich je gefahren bin, dem Postschiff von Queenstown nach Plymouth. Also verläuft mein Leben in Spiralen und doch nicht in einer Linie.

All meine Rastlosigkeit fällt in sich zusammen und wird zu lautlosem Jammer, als ich so auf dem Bett liege und an all die Dinge denke, die ich durchgestanden habe, bloß um zum Ausgangspunkt zurückzukehren – all die Reisen, die ich unternommen, die Meere, die ich überquert, und die Lieben, die ich unterwegs verloren oder abgeschüttelt habe. Meine Familie, so dumpf und zugleich bösartig, beinahe vermisse ich sie – und ich frage mich, wo mein Vater nun wohl ist.

Damals war ich zehn und glaubte, all die Leute wären gekommen, um ihn umzubringen. Es hatte zum zweiten Mal eine Missernte gegeben, und die täglich erwarteten Gerichtsvollzieher erwiesen sich jedes Mal nur als die Armen, die zum Betteln an die Tür kamen und immer bedürftiger und hohläugiger wurden. Einmal war da eine Frau, die einen gekrümmten, violett verfärbten Finger ausstreckte, um mir damit über die Wange zu streichen, und ganz sanft sagte, sie wolle mich fressen, ich sei so hübsch und fett. Als das Land dahinsiechte – als die erste oder vielleicht die zweite Leiche im Graben lag –, fand mein Vater plötzlich die Kraft, unsere Sachen zu packen und uns fortzuschaffen, mitten in der Nacht zum Schiff, verfolgt, wie ich glaubte, von diesen Skeletten. Dort auf dem Kai standen sie, ganz fahl im Fackelschein, und sahen die Schiffswand so flehentlich an wie eine wohlgenährte Gottheit, den Gott der Flucht. Mag sein, dass einige davon ertrunken sind – ich hatte entsetzlich Angst, es könnte geschehen, und das Geräusch von etwas, das ins Wasser platscht, finde ich noch immer widerwärtig. Aber ich erinnere mich nur noch an Bruchstücke. An ein Gesicht vielleicht. Auch an das erste männliche Glied, das ich jemals zu sehen bekam, fast so dick wie die beiden Beine rechts und links davon. Dieser Mann – saß er oder lag er da? – jedenfalls war er am Sterben; träge, eine unstete Hand auf seinem welken Schoß.

Ich scheine zu weinen. Ganz schnell und lautlos strömen mir die Tränen aus den Augen, als hätten sie nichts mit mir zu tun.

Wir sind angekommen.

Die schlimmste Atlantiküberfahrt, die einem widerfahren könne, sagten die Leute zumindest in Buenos Aires: tagelang, wochenlang Stürme, das Steuer gebrochen, die Matrosen alle krank. Das meiste davon außerhalb meines Gesichtskreises, denn mein törichter, von seinem eigenen Sturm gebeutelter Körper wogte und bäumte sich auf, bis ich fürchtete, ich könnte gar noch das Kind erbrechen.

Und nun: Was immer dort am Kai auch wartet, welch ein Weg dort drüben – ein, zwei Meter von der Schiffswand entfernt – auch beginnen mag, es ist mein Lebensweg.

Und Oh! Alles stürzt scheppernd auf mich ein und drängt sich in mir. Ich liege auf meinem Bett, und kaum drei Schritte oder einen Sprung entfernt beginnt meine Zukunft. Ich könnte hinüberschwimmen. Eine Mücke könnte aus meiner Zukunft angeflogen kommen und mich, die ich noch in der Vergangenheit liege, stechen. Und dann denke ich, dass ich es vielleicht nicht schaffen werde. Ich werde es nicht schaffen. Niemals werde ich den Fuß auf die Holzplanke setzen, die zu dem festen Boden hinüberführt, wo mein Weg beginnt.

Gewöhnlich weine ich nicht. Das ist nicht meine Art. Ich presse Finger und Daumen fest auf die Lider, damit die Tränen nicht mein Gesicht verwüsten, aber ich kann nicht aufhören. Ich habe das Gefühl, all die schlimmen Zeiten sind wieder da, hängen sich an mich – warum stelle ich sie mir nur wie Frauen vor? –, ein Hain von weinenden Frauen, die sich an meine Röcke klammern und sagen: Du darfst keinen Schritt weiter tun.

Ich bin eine solche Närrin. Die Wochen, nachdem mich Misha in Paris zurückgelassen hatte, waren, dachte ich einmal, die schlimmsten, die ich jemals durchleben würde. Ebenso damals, nachdem ich mit diesem Quatrefages verheiratet worden war. Ebenso in jenem Gasthof in Artenay. Ich könnte eine Liste der schlimmsten Erfahrungen aufzählen, die sich seither doch eher zum Guten gewendet haben. Was ist schon Misha? Ein Hampelmann ist er jetzt für mich, mit seiner putzigen blauen Uniform und seiner Aufschneiderei. Die Erinnerungen an seinen Mund oder an seine Kehle lassen mich kalt. Das Einzige, was mich noch immer schmerzt, sind seine Lügen. Seht euch doch den Hampelmann hier an (ich schwenke ihn im Geiste durch die Luft) – wie er mich belogen hat! Au. Au. Au.

Und noch immer kann ich mich nicht vom Bett erheben.

O du mein süßer Jesus, wir sind angekommen. Und ich glaube, hier – drei Schritte von der Wand dieses Schiffes entfernt – werde ich in Sicherheit sein. Ich werde sicher sein vor Monsieur Raspail, Mister Bennett und all den Übrigen. Ich werde von ihrer Eifersucht befreit sein. Denn ich glaube, sie alle waren auf mich eifersüchtig, so wie ein Mann vielleicht auf ein Gemälde eifersüchtig ist, für das er zwar zahlen darf, das er jedoch niemals wirklich besitzen wird. Wie Männer auf alle schönen Dinge eifersüchtig sind.

Ich werde eine vollkommen schwarze Kutsche haben. Sie wird mein Totenwagen sein. Sie wird das Schwärzeste sein, was man jemals erblickt hat, und mein Leib darin das Weißeste. Und wenn López mich hier verlässt, werde ich darin vollkommen nackt und unsichtbar umherfahren, und mein Name wird sein: Wage-es-nur.

Die Tür aufzureißen.

Das geht mir durch den Kopf, während mir die Tränen das Gesicht verwüsten und das Baby mir Tritte versetzt und sich freistrampeln will. Ich glaube, mein Name ist: Sterblichkeit.

Die arme schwangere Dora, die meint, sie könne einen Mann töten, einfach indem sie ihn auf ihre Weise ansieht. Da liegt sie auf dem Bett – mit geröteter, aufgedunsener Haut und Füßen, die so geschwollen sind, dass sie die Fersenkappen von den Schuhen schneiden muss. Aber ihr Bauch – der ist geheiligt. Und je mehr er wächst, desto mehr welkt die arme Dora dahin. Was könnte sie bloß retten? Nur Liebe natürlich. Und ein ganz klein wenig Geld.

So weit bin ich mir entrückt, dass ich Francine nicht eintreten höre. Sie nimmt mich bei den Schultern, und schluchzend sage ich, ich könne nicht, sie dürfe mich nicht dazu zwingen. Ich sage auch (glaube ich zumindest), falls ich sterbe, müsse sie wissen, dass ich ihr alles vergebe, was sie mir angetan hat. Und schon schäme ich mich für mein Gewäsch – beide sind wir beschämt. Francine sagt nichts, sondern legt mich nur wieder flach hin, und ich weine noch ein wenig weiter. Mit einer kühlenden Flüssigkeit wäscht sie mir die Hände ab, und auch das Gesicht.

»Was soll ich bloß tun?«, sage ich. »Du siehst ja, wie er ist.«

»Ihn lieben. Einen anderen Weg gibt es nicht.«

Meine Francine mit ihrem Sinn für das Offenkundige. Recht hat sie. So sehr, dass es mein Blut zum Erglühen bringt. Ganz plötzlich. Ich habe in meiner Seele einen Ort entdeckt, an dem ich aufrecht stehen kann – dort, wo ich López liebe. Es ist ein einsamer, sehr hoch gelegener Ort, aber ich fühle mich dort auch warm. Und unbefangen. Ich starre zur Decke hinauf. Ich habe ihn gefunden. Meine Tränen sind versiegt.

Dann werden im Nu meine Puderdosen und Schminktiegel auf den Toilettentisch geknallt. Ein Hauch von Flieder, als sie mein Kleid anhebt und mir über die Füße sinken lässt.

»Jetzt zeigen wir ihnen einmal, was Frankreich ist«, sagt Francine.

Ich seufze, und meine Traurigkeit verwandelt sich in etwas Köstliches. Ich bin angekommen. Ich liebe. Die Bühne steht bereit. Die Farbnuance dieses Kleides hier war vor zwei Monaten in Paris das Allerneuste, und auf diesem weiten Kontinent ist sie es heute noch: Sie stellt die Zukunft dar, und sie umhüllt mich.

Dennoch fürchte ich mich. Ich habe mich in der Öffentlichkeit nicht mehr richtig im Zaum, das weiß ich. Man sehe sich doch nur an, wie ich weine und zittere, wenn ich allein bin. Es kommt von dem Baby – es ist jetzt einfach zu groß und macht mich so dumm und schwindlig. Zwar kann ich in Gesellschaft den Kopf behalten, aber nur für kurze Zeit. Alles muss jetzt rasch geschehen. Ankleiden, Gehen. Alles muss rasch sein.

Dies murmle ich vor mich hin wie einen Refrain, während Francine mich in meine Kleider bugsiert. Unterhose, Unterrock, bestickter Unterrock, steifes Wams, Baumwollstrümpfe, Korsett. Mein Bauch wehrt sich gegen die Schnürung. Wir sind mitten in dem Gezerre und Geschiebe, als meine gesamte Wölbung hart wird. Und eine Spannung geht damit einher, eine Empfindung auf der Bauchdecke, wie man sie auf der Kopfhaut hat, wenn einem das Haar zu straff gezogen wird. Von beiden Flanken her überkommt sie mich und trifft vorne zusammen. Ich schubse die Zofe fort, ich setze mich, ich denke nach – und langsam zähle ich dabei und streiche mir über die Haut.

Geht es los?

Francine sieht meine fragenden Handbewegungen und sagt:

»Wenn es kommt, spüren Sie es ganz gewiss.« Die Verhärtung weicht, nur die gewohnte Rundung bleibt, und wir zerren die Schnüre fest – schnell, schnell, bevor es mein Bauch gewahr wird.

Chemise, Unterkleid, Kleid. Mein wundervoller fliederfarbener Hut.

Und so sitze ich da und füge mein Gesicht wieder zusammen. Also ist die Zeit gekommen.

Ich muss ihn lieben, weil wir uns alle im Leben durch solche engen Pforten quetschen und drängeln müssen. Lieben muss ich – nicht seine Größe, sondern die Traurigkeit in seinen braunen Augen. Nicht den Ring, sondern die freundliche Hand. Das ist der einzige weiterführende Weg, der einzige Ausweg.

Als mein lieber Freund jedoch in die Kabine kommt, strahlend und ganz in Blau, da habe ich nicht die Zeit, ihm zu sagen, dass ich ihn nun liebe. Ich küsse ihn auf den schönen Mund und sage, mir blieben fünf Minuten, möglicherweise sieben, in denen ich strahlend und gefasst auftreten könne. Danach würde ich wieder zum Tier. Genau für fünf Minuten halte ich es durch, sage ich, als wir zur Gangway hinaufgehen und die Brise meinen Schleier erfasst, dann sinke ich ohnmächtig zu Boden …

Und mein nobler Geliebter presst meinen Arm so fest an sich, dass ich mich unter dem Druck – fest, fester – vom Boden zu erheben scheine, bis ich, auf Zehenspitzen, hinunter und durch die bewundernd raunende Menge schwebe, an lächelnden, dicht gedrängten Gesichtern vorüber. Ich schwenke die Hand, um mein Gesicht vor etwas zu schützen, das hochgeworfen wird. Eine Blume. Scharlachrot, wie ein großer Pfropf Blut, segelt sie durch die Luft auf mich zu. Und ich weiß, ich muss mich auf ein Gesicht nach dem anderen konzentrieren, immer nur einem Kind zulächeln. Nun einem alten Mann. Dann einer Frau. Einem Mann. Einem Mädchen. Sie recken mir die Hände entgegen, aber nicht mit den Handflächen nach oben, nicht flehend. Sie malen damit kleine Kreise in die Luft – bravo, bravo. Ein vorwitziger Junge drängt die anderen zurück, um uns einen Palmwedel vor die Füße zu legen, und sie lachen und stoßen Rufe aus. Nicht López! López! rufen sie, sondern Barrios! Barrios! So muss der Junge mit dem Palmwedel heißen, und ich habe das Gefühl – wie könnte ich auch anders empfinden? –, willkommen geheißen zu werden, wie von einer Familie: Schau, sagen sie, das hier ist Barrios, unser Narr.

Gleichwohl tickt eine Uhr in meinem Blut. Fünf Minuten, fünf Minuten. Und davon, dass ich die erfreute Erde unter meinen Füßen spüre, wird mein Bauch ganz hart und schmerzt. Hierfür, scheint es, habe ich mich zurückgehalten. Näher, immer näher zieht mein lieber Freund meine Hand an sich, während wir auf die Stelle zugehen, wo die Kutschen stehen. Dass wir zu Fuß gehen, ist hier nicht vorteilhaft für uns, aber wir spielen damit wie ein Paar, das durch den Bois de Boulogne schlendert: Mein Freund führt seine französischen Manieren vor, tippt sich an seinen französischen Hut und geht immer weiter, und ich neige lächelnd den Kopf nach rechts und links und denke dabei, dass ich noch niemals eine so behaarte Truppe gesehen habe, eine Familie, die alle zusammen eine große, buschige Augenbraue bilden, sogar die Frauen müssten sich rasieren. Außerdem zähle ich stumm von eins bis sechzig, denn bei neunundfünfzig, davon bin ich überzeugt, werde ich die Wange an die Erde geschmiegt haben, die mich so freundlich willkommen heißt. Doch bei etwas über vierzig sind wir da. Miltón springt in eine Kutsche, damit er mich hineinziehen kann. López hilft mir von unten hinauf, und mit kaum merklichem Beistand sitze ich anmutig da und kichere wie ein junges Mädchen.

Eine Blume landet mir zu Füßen. Noch eine. Es regnet Blumen. Die Pferde bewegen sich gleichmäßig und ungerührt, als wir uns durch das Gedränge schieben. Miltón steht auf dem Trittbrett wie auf dem Bug der Tacuarí. Durch seine verschlissene Hose scheint die Sonne, verwandelt sie in Gaze, und wieder ist er mysteriös für mich – seine dünnen Glieder, sein weiches, altes Gesicht. Er winkt, und die Menge tost. Wie auch das Blut in meinen Ohren, denn die Uhr meines Körpers hebt an zu schlagen …

Ich habe die Wehen unter Gelächter verbracht. Zumindest eine Zeit lang. Es heißt zwar, Frauen würden dabei komisch, und jede auf eine andere Weise, aber der Sturzbach des Fruchtwassers brachte mich zum Lachen, und die Spannung in meinem Bauch glich so sehr dem Schmerz, den man verspürt, wenn man zu heftig lacht, dass ich fand, dann könne ich auch ruhig wirklich lachen. Es überkam mich auch ganz ähnlich, wie wenn man lachen muss. Es brachte mich dazu, mich am Bettende festzuklammern, ganz außer Rand und Band von dieser Heiterkeit, die dem Schmerz so nah ist. O gottogott, o gottogott, sag bloß kein Wort mehr! Und dann: Jetzt kommt es. Etwas noch Komischeres als bisher. So komisch, dass ich vergehe. Schon möglich, dass ich ein bisschen von Sinnen war.

Ich befand mich in einem fremden Zimmer: Es war weiß. Es war, glaube ich, am Tag nach unserer Ankunft. Eine besorgt dreinblickende ältere Frau beugte sich mir zu, glucksend und freundlich. An den Fenstern hingen mattrote Vorhänge, hundert Jahre alt und so brüchig, dass einer davon, als ich danach griff, mir in der Hand zerfiel. Mir kam das merkwürdig vor, dass der Stoff nicht so sehr zerriss, sondern sich vielmehr auflöste – Hunderte von Längs- und Querfäden, und jeder löste sich vom nächsten. Und als der Stoff sich auflöste, oder eine Weile darauf, da empfand ich in mir das Gleiche – etwas riss oder löste sich, welches von beiden, wüsste ich nicht zu sagen.

Francine kam mit der Tasche des Arztes herein, und mir wurde bewusst, dass ich mich nicht nur an alte Vorhänge klammerte, sondern auch an das wenige, was von meinem Verstand noch übrig war und das ich mir just für diesen Moment aufgespart hatte – für den Moment, in dem der Arzt mit seinem sündigen Chloroformbausch durch die Tür tritt. Und auf einmal weiß ich, wie sehr ich mich die ganze Zeit hindurch gefürchtet habe, nicht vor dem Schmerz, der das Schicksal einer jeden Frau ist, sondern vor dem Sterben, und mehr noch davor, das Baby könnte tot geboren werden; dass mein Geliebter dasteht und mich anblickt, irgendein erbärmliches Fleischbündel in den Händen.

Die Tasche kommt zur Tür herein, doch der Arzt folgt nicht hinterher. Francine geht wieder zur Tür, gereizte Worte werden gewechselt. Miltón ist da, und Stewart auch, dessen bin ich mir sicher. Betrunken, denke ich, der Mann ist betrunken. Die Welt ist verstummt. Ich glaube, ich schreie. Francine wühlt in der Tasche. Miltón steht vor mir, einen Finger auf den Lippen, und so erpicht ist er darauf, dass ich still sein soll, dass ich aufhöre zu schreien und auf einmal in den Raum hineinhorche. Und ich sage, ja, ich kann sie hören. Der Ton, der von ihnen ausgeht, ist sehr hoch und klar, sehr rein. Sie kleiden das Zimmer aus, Miltóns Dämonen. In einer Ecke versammeln sie sich oder in einem Schattenstreifen, der von den Jalousien schräg auf den Boden fällt. Die drei Linien, die eine Ecke bilden, sind die drei Töne ihres Gesangs, oder vielleicht ist es auch nur einer – ein sehr schöner Ton. Ein A: Ich könnte es auf dem Piano anschlagen. Und obwohl nur eine einzige Note ertönt, empfinde ich sie wie eine ganze Symphonie, als müsste man sich ihr nähern und ihr viele andere Klänge hinzufügen. Und noch immer klingt sie wahr – ein A, schlicht und rein. Blitzartig habe ich dies empfunden, die Gestalt des Raums, die Konturen der Dämonen darin, das Bedürfnis nach Stille, während in mir das Baby die Segel setzte.

So viel weiß ich noch: Wie das Baby sich hoch und breit unter dem Knochen hindurchbewegte, bis ich glaubte, ich würde zerspringen, nicht vor Schmerz, sondern wie eine Frucht, vor Lust an der eigenen Reife. Der Kopf kam. Wie eine Schraube drehte er sich aus mir hinaus in die Welt, und seine Nase sah sehr groß aus. Das dachte ich, während der restliche Körper noch in mir war, und die Abfolge kam mir so kurios oder unpassend vor, dass ich lachte, und durch das Lachen wurden seine Schultern hinausgepresst, und der Rest glitschte hinterher. Und er holte Luft.

Ein Junge. Ich habe es gewusst. Ich werde ihn Juan Francisco nennen, seinem Vater zuliebe. Und für mich werde ich ihn zärtlicher in ›Pancho‹ verwandeln.

Sein Schrei erstaunte ihn anscheinend selbst – so kam es mir wenigstens vor. Aber ich bin bereits allzu vernarrt. Und dann, ein Weilchen später, war mein Geliebter da. Er nahm den Jungen beim Genick, umschloß die winzigen Fußgelenke mit den Fingern und hob ihn sich hoch über den Kopf, wie um ihn der Zimmerdecke oder dem Fenster oder der Straße unten darzubieten. Und während er dies tat, brüllte er. Er gab ein dröhnendes Gebrüll von sich. Sehr zu Miltóns Missfallen, der umhersauste und schalt wie eine Frau. Da händigte López das Baby wieder aus, warf es der älteren Frau, die mich umsorgt hatte, beinahe zu. Ihr Name lautet, wie ich nunmehr weiß, Juana Pesoa.

Und später liegt er dann in meiner Armbeuge. Es heißt, man muss ein Kind lieben – aber nicht zu sehr! Es heißt, man muss dieses oder jenes tun. Doch ein Wort wie ›Liebe‹ bedeutet uns nichts. Was ich ihm entgegenbringe, und er mir, ist nicht einmal ein Gefühl. Es ist ein Schweigen, oder etwas, das dem sehr nahe kommt. Es hat die Form meines Inneren – und die seines Äußeren. Dazwischen ließe sich kein Wort einschieben.

Und nun peinigt es mich, dass sein Vater meinen Jungen auf eine solche Weise in die Luft gehoben hat, wie um das Schicksal herauszufordern: die Geister oder Götter dieses Ortes hier. Obwohl ich weiß, dass wir uns unser Leben erschaffen. Wer wüsste das besser als ich, die ich mir endlich mein Leben erschaffen habe – mit dieser Reise, mit diesem Mann. Die krönende Errungenschaft für eine Frau, pflegte Miss Miller das zu nennen. Nun, schauen Sie mich an. Ich habe ein Kind, das niemals Hunger erfahren wird, und mehr noch, Miss Miller, ein Kind, das immer reich sein wird. Und während ich dieses hässliche, winzige Gesicht betrachte, erfüllt mich Staunen: wie umsichtig – bei allen meinen Fehlern – wie überaus umsichtig ich doch gewesen bin.

Das einzig Eigenartige an alldem ist, dass ich, als ich ein paar Wochen später nach dem Haus suche, um jene Frau zu finden und ihr zu danken (vielleicht die einzige Freundin, die ich an diesem Ort hier jemals haben werde), da gehe ich immer wieder daran vorbei. Ich frage nach dem Haus von Juana Pesoa, man beschreibt mir den Weg dorthin, aber ich lenke meinen kleinen Phaeton um eine oder um zwei Ecken zu weit. Dies passiert so oft, dass ich das Pferd von einem Jungen am Zügel zu der Tür führen lasse, doch das Haus, vor dem wir halten, ist einstöckig, während das Haus, in dem ich geboren habe, zwei Etagen hatte – meine ich mich wenigstens zu erinnern. Als der Vorhang in meiner Hand zerfiel, stand ich an einem Fenster und blickte auf die Straße hinunter. Dort unten gingen Leute ihren Geschäften nach, ohne mich zu bemerken. Dieses Haus hier aber hat eine blinde Fassade und ein kunstfertig gedrechseltes hölzernes Gitter über dem einzigen Fenster, und das blickt über eine Seitengasse hinweg auf eine andere Mauer.

Als ich an die Tür klopfe, öffnet tatsächlich die Dienerin von Juana Pesoa. Um mir die Unruhe zu nehmen, zeigt mir die Herrin des Hauses das Zimmer, in dem Pancho geboren wurde.

Dort gibt es ein Fenster, das auf den Patio hinausgeht, und im staubgetrübten Licht hängt dort der noch immer zerschlissene Vorhang.

»Ich glaubte, ich wäre hoch oben«, sage ich. »Ich glaubte, ich wäre in der oberen Etage.« Und sie sieht mich an.

SAUBERE WÄSCHE

März 1870, Cerro Corá

Man musste ihn unbedingt begraben, bevor er zu verwesen begann. Noch immer war er sehr fett. Seine Augen waren weder geschlossen noch geöffnet: Eine ausdruckslose weiße Kruste unter den Lidern, deren sanft geschwungene Linien ein Lächeln anzudeuten schienen. Elisa schritt an seinem Körper entlang, vom Scheitel bis zu den Zehen. Der Tod machte ihn kleiner: Mitten im Schritt war sie am Fußende angekommen. Sie blieb stehen, dann machte sie kehrt und ging wieder hinauf zu seinem Kopf. So ging sie einmal ganz um ihn herum, dann noch zwei weitere Male; und als ein junger brasilianischer Offizier an sie herantrat, schob sie ihn fort, ohne im Geringsten innezuhalten.

Auf Gürtelhöhe hielt sie an und schaute auf ihn hinunter. López lag so da, wie er aus dem Fluss gezerrt worden war; mit anmutig abwärts deutenden Zehen und an den Körper gelegten Armen. Das Wasser hatte sich mit dem Blut aus seiner Wunde vermischt und auf seinem Hemd, dem letzten sauberen Wäschestück in Paraguay, Ränder hinterlassen. Hierdurch sah es so aus, als sei er nicht an einer Kugel gestorben, sondern an irgendeiner kleinen, häuslichen Schmach. Es sah aus, als sei er an einem Fleck gestorben.

Elisa schubste einen der bleichen Arme von ihm weg; dann holte sie mit dem Fuß aus und trat ihn in die Rippen. Mit einem schlaffen Geräusch entwich die letzte Luft aus ihm, und wie davon erschrocken, trat Elisa rasch noch einmal zu, diesmal gegen den Hals. Dann ging sie zurück zu seinen Füßen. Bei der nächsten Kehrtwende trat sie ihn an den Kopf, und sein Schädel war so schwer, dass ihr der Fuß wehzutun schien. Der Kopf rollte zur Seite und schwabbelte wieder zurück, und unterdessen hob Elisa den Fuß nach hinten an und schwang ihn voll durch. Diesmal klappten López' Augen vollends auf; man konnte sie glotzen sehen, wie aus Protest gegen den Tritt, der die Grashalme traf, die von ihm unbeachtet nah an seinem toten Augapfel wuchsen.

Mittlerweile standen die Männer am Rand des Waldstücks versammelt und sahen zu. Keiner rührte sich. Camarrá, der brasilianische General, hielt ein Kontingent bereit, das einen Kreis um Elisa bilden konnte, denn die paraguayischen Frauen hatten angefangen, López' Tod zu beklagen – ein erbärmliches, widersprüchliches Geheul, als wären sie geradeso gut imstande, seine Leiche in Stücke zu reißen wie sie zu begraben. Und als könnten sie – wenn sie ihn schon nicht töten konnten, weil er bereits tot war – auch beschließen, Elisa umzubringen.

Elisa lauschte. Sie beugte sich aus der Taille vor und nahm etwas aus dem Stiefel der Leiche. Es war ein Messer, doch statt es sich vor die Brust zu halten und ins eigene Herz zu stoßen, kauerte sie sich hin und stieß es in die Erde, genau dort, wo seine Augen starr auf die Grashalme gerichtet waren. Während sie grub, sprach sie englisch auf ihn ein, damit sich keiner nähere. Man hörte, wie sich Metall in die Erde fraß, und dazu die hart klingenden Sätze aus Elisas Mund. Manchmal auch geflüsterte Worte in Französisch, der Sprache, die sie benutzten, wenn sie allein waren. Hie und da hielt Elisa inne, denn das Messer war klein und ihre Hände auch, und die Grube, die ihr vorschwebte, würde nicht ausgehoben sein, bevor es Nacht geworden wäre.

In der Mitte des Nachmittags weinte sie eine Weile und scharrte dabei schneller, schöpfte die trockene rote Erde mit bloßen Händen zur Seite, um eine flache Mulde zu schaffen, die, wenn man sie sich besah, vielleicht ausreichen würde, um die wilden Tiere fern zu halten. Dann erhob sie sich und brachte sich in Ordnung. Sie klopfte sich den Rock ab und zog beide Ärmel bis zum Handgelenk hinunter. Sie schob sich eine flüchtige Locke hinter das Ohr, griff sich dann mit beiden Händen an den Hinterkopf und befreite ihr aufgestecktes Haar. Es fiel ihr über den Rücken, sich schüttelte es aus, schwang es dann über die eine Schulter und fasste es zusammen, um es zu einem rätselhaften Knoten zu schlingen. Dies alles geschah so gewandt, mit ein, zwei Handgriffen. Dann hielt die eine Hand das Gebilde hoch, während die andere nach der Nadel griff, die irgendwie zwischen ihren Zähnen zum Vorschein gekommen war, wie soeben ausgespuckt.

Sie schaute zu der Menge hinüber. Nun ging sie um den Leichnam von Francisco López herum, bis er zwischen ihr und dem Grab lag, das sie ihm bereitet hatte. Dann beugte sie sich wieder hinab, begann zu drücken und wälzte ihn schließlich hinein.

Und somit war es fast geschafft.

Stewart blickte in dem Lager umher, das sie am Abend zuvor errichtet hatten und das nun zerstört und niedergetrampelt war. Sie befanden sich in einem weiten Tal, einer muldenförmigen Hochebene in den Bergen – im Cerro Corá. Ein Mann mit einem Zug von Maultieren hatte ihnen den Namen der Gegend genannt und war dann weitergezogen. Sie hatten ihn ziehen lassen – als wären sie hier nicht in einem Krieg und den Geboten eines solchen unterworfen, sondern einfach nur auf einem Verkehrsweg, auf dem ein Mann auch in entgegengesetzter Richtung unterwegs sein konnte.

López verlor sein Gespür für die Dinge – er, der doch besser als jeder andere verstand, was ein Krieg fordert: dass man den eigenen Bruder, die eigenen Schwäger erschießen muss. Man muss die eigene Mutter schwören lassen, dass man das einzige legitime Kind seines Vaters Carlos Antonio, des vormaligen Diktators, ist. Man muss dem Rücken eines Mannes mit der Peitsche die eine Geschichte entlocken und sodann seiner Vorderseite eine andere. Unentwegt muss man die Details austauschen, oder, wenn man die Details beibehält, die Schlussfolgerungen daraus ändern. Man muss dafür sorgen, dass die Fakten an der Sache sich verschieben und versickern, damit dem Feind, wenn der entscheidende Moment gekommen ist, eigentlich nichts mehr zu töten bleibt.

Doch der Mann ging lebend vorbei, und man ließ seine wertvollen Maultiere mit ihm ziehen, und er ging so lange, bis er die brasilianische Armee fand, und wie ein Spielzeug an einer Schnur führte er sie dann dorthin zurück, wo sich López mit seinen Leuten aufhielt. Und so kam es, dass der Mann, dem López mit gleichgültigster Freundlichkeit begegnet war, ihn am Ende verriet.

Von den Gebirgsfalten gedeckt, fielen sie von zwei Seiten in das Tal ein, und ohne anzuhalten oder sich neu zu gruppieren, ohne irgendeine Taktik, rannten sie auf das paraguayische Lager zu. Vielleicht lag es auf der Hand, dass sie keine Taktik benötigten, und diese letzte Unhöflichkeit bewegte Stewart dazu, sich umzusehen und die grapschenden und flüchtenden Leute zu beobachten, die an sich rafften, was sie an Essen oder Kindern gerade finden konnten, und auf den Fluss Aquidabánmi zuliefen. Sie als Scharen zu bezeichnen, wäre nun kaum noch angebracht gewesen. Unbehauste waren sie, ein Haufen Vertriebener, ein Dorf, das sich nach irgendeiner Räumung auf Wanderschaft begeben hatte. Sie waren Menschen, die kein Leben mehr zu verlieren hatten.

Alldem zum Trotz stürzten sich die Brasilianer auf sie wie eine Bande grinsender Räuber, pfiffen einander zu und wirbelten ihre Waffen über den Köpfen, Dolche und Lanzen – zum Schießen war die Distanz zu gering, und für einen gehörigen Nahkampf waren die Gegner zu verstreut. Ein flach und unbändig dahergaloppierender Mann köpfte mit seinem Säbel einen Paraguayer und wurde dafür bejubelt wie für einen Zaubertrick, während der verdutzte Hals sein blutiges Ausrufezeichen in die Luft pumpte.

Ein Stolpernder, der sich umwandte, um Stewart zu erschießen, hatte das Gesicht eines alten Kindes. Es gibt da eine Krankheit, die das bewirkt, dachte Stewart, als der heranwachsende Greis das Gewehr anlegte – wie hieß sie noch gleich? Die gutturalen portugiesischen Laute, die der Mann brüllte, klangen aus so naher Distanz wie etwas Verqueres, möglicherweise Böses; wie ein verzerrtes Spanisch. Wie fremd das klingt, dachte Stewart. Dann fiel ihm wieder ein, dass er Brite war und dass ihm somit eigentlich alle Sprachen fremd waren. Wenn er aber Brite war, ging ihm schließlich auf, dann gab es keinen Grund, ihn zu töten, denn dies war, streng genommen, nicht sein Krieg.

Auf einmal sehr entschieden, hob er für das alte Kind mit einer Hand eine leere Terpentinflasche und mit der anderen eine Geburtszange der Firma Smellie in die Höhe, beides rasch aus seiner geöffneten Tasche gegriffen. Das Kind blickte darauf und tappte, die Schritte seiner fatal verunstalteten Beine noch immer überkreuz setzend, voran. Der Gewehrlauf legte sich an Stewarts Gesicht, der Winkel wurde spitzer, da glitt das Gewehr ab – exakt in dem Moment, in dem der Junge abdrückte, sodann, noch immer brüllend, die Mündung anderswohin schwenkte und weiterlief.

Stewart schaute auf die Geburtszange. Sie hatte die Form einer riesigen Schere. Jeder Schenkel endete in einem kreisförmigen Metallband, so modelliert, dass es den weichen Rundungen eines Babykopfs entsprach. Vielleicht waren die Aussparungen für die Ohren des Babys vorgesehen. Sicher war sich Stewart nicht. Er hatte die Zange aus der Heimat mitgebracht, um Pancho auf die Welt zu verhelfen, dem ersten Sohn von Elisa Lynch. Dies war das Letzte, was er von ›William Lynch, Arzt und Geburtshelfer‹ noch besaß, und dass die Zange so lange überlebt hatte, verblüffte ihn: Weder war sie zurechtgefeilt worden, damit sie zum Schneiden oder Stechen taugte, noch war sie zerhackt und in Kugeln verwandelt worden. Stewart benutzte sie vor allem zum Kochen – sie war praktisch, wenn man etwas aus dem Lagerfeuer ziehen oder darüber wenden wollte. Doch offenbar hatte diese geschwärzte Zange etwas an sich, das signalisierte, dass er entweder Arzt oder zu wahnsinnig war, um getötet zu werden, denn nun ritten die Brasilianer alle vorüber an ihm, der auf die Zange starrte, die ihm selbst zum Leben verholfen hatte. Und als es geschehen war, als sie bekannt geworden war – die entscheidende Erkenntnis, die sich auf einem Schlachtfeld so schnell verbreitet, dass Kämpfende einander ansehen, zaudern und das Kämpfen sein lassen –, als es vorbei war (was sehr bald geschah), da stellte Stewart fest, dass er auf einer Wiese stand und noch lebte.

Die Arbeit, die erledigt worden war, bestand darin, Francisco

Solano López zu erschießen. Es wurden überhaupt nur wenige Salven abgefeuert, und Stewart meinte, er habe jenen bestimmten Schuss gehört, der in der von Bergen umgebenen Mulde noch lange nachhallte, nachdem er den fliehenden Rücken des Mannes getroffen hatte.

Als sie im Schatten der Bäume Elisa Lynch zusahen, stehend erst, dann sitzend, behauptete ein Soldat, er habe es gesehen. Mitten im Fluss sei es geschehen, sagte er. Das Pferd habe ihn abschütteln wollen, als Il Mariscal mit einem Ruck kerzengerade saß – fast wie überrascht – und dann nach vorn auf den Hals des Tieres kippte. Dem Pferd, sagte der Mann, habe das nicht gepasst, es habe López los sein wollen und in den Fluss geworfen, wo er noch ein wenig um sich geschlagen habe, bis die Blasen aufgestiegen seien. Also hat ihn das Pferd mindestens genauso getötet wie irgendein Brasilianer, sagte der Mann. Noch ein paar Meter, und er hätte es vielleicht geschafft, wäre vielleicht unbeschadet durchgekommen oder gefangen genommen worden, und dann säße er jetzt hier bei ihnen. Dieser Gedanke verdutzte sie alle so sehr, dass sie verstummten und zu dem Liegenden hinüberschauten, um festzustellen, ob er noch immer tot war.

Einige bekreuzigten sich.

Ein anderer sagte, das Pferd habe gewusst, dass es an der Zeit war. Nichts hassen sie so, nichts fürchten sie so sehr, sagte er, wie einen Mann zu erdrücken. Und noch viel mehr, einen toten Mann auf dem Rücken zu haben. Er sagte auch, López habe dieses Pferd geliebt. Alle Pferde, nach einer gewissen Zeit. López habe jedes Pferd geliebt, das er je geritten habe. Und die Pferde hätten diese Liebe erwidert. Oder doch die meisten.

Stewart hätte sich gern entfernt, doch das konnte er nicht, eingepfercht, wie sie waren, und von brasilianischen Augen bewacht.

»Doktor«, sagte er wieder zu der Wache. »*Inglese. Inglese.*« Aber er machte den Mann nervös – wegen des sandig roten Haars, nahm Stewart an, und weil sich sein Gesicht in den vergangenen, langen Monaten an der Sonne so übel geschält und verschorft hatte. Wahrhaftig, er sah wie eine Krankheit auf Beinen aus, und wie eine ausländische obendrein. Und darum grinste er möglichst gewinnend und ging zu den Männern zurück.

Da saßen sie und mussten, wie zur Buße für alle ihre Vergehen, zuschauen, wie Elisa die Leiche erst am einen, dann am anderen Ende, auf die Grube zuwälzte. Die Beine von Francisco Solano López plumpsten zuerst hinein, und dann folgte, sehr langsam, der Rest, der sich dabei umdrehte, sodass sein Gesicht noch ein letztes Mal nach oben zu liegen kam, bevor es im Boden verschwand.

Dann richtete sich Elisa auf – wie um ihnen allen zu zeigen, dachte Stewart, in welchem Zustand sich ihr Kleid befand. »Seht nur, was ihr mit meinem Musselin gemacht habt«, hätten ihre Hände sagen können. Sie fuhr damit in einer tragischen Pantomime an sich hinunter, die auch bedeuten mochte: »Möge sich Gott der Frauen erbarmen. So vieles fällt aus uns heraus, das wir niemals mehr aufsammeln können.«

Sie ging hinüber zu der Stelle, wo Pancho lag, und kniete sich neben ihn. Und noch immer wagte keiner, ihr zu helfen, als sie einen Arm unter die Knie und den anderen unter das Kreuz ihres Sohnes schob. So versuchte sie ihn hochzunehmen, wie ein krankes Kind, aber sie konnte es nicht. Sein erstarrender Körper kam mit den Beinen hoch, was sich wie ein grotesker Tritt ausnahm, jedoch den Oberkörper wieder zu Boden zwang. Elisa ließ erst ein Bein, dann das andere fallen, und dann versuchte sie es erneut. Diesmal fing sie es so an, dass sie erst die eine Hand unter das Kreuz schob und dann die andere nach den Knien ausstreckte, aber ihre Armspanne war für ihren Sohn in seiner ganzen Länge nicht weit genug, und so umschloss sie seinen Oberkörper schließlich mit beiden Armen, und auf Knien, ihn halb schleifend, halb schleppend, schaffte sie ihn zum Grab.

Es war fast dunkel. In Muße konnte Stewart alles beobachten: Wie sich die Arme des Jungen weit ausbreiteten, als seine kniende, zerrende Mutter ihn zu der Lücke im Gras hinzog, die sie geschaffen hatte. Sein Kopf kippte zur Seite, wie um der Mutter die Haut an Ohr und Hals zu offenbaren. Und seine Augen waren den Männern zugewandt.

Über das Gras hinweg starrte der kleine Oberst sie an. Sein Gesicht im Sonnenuntergang war fahl. Es wirkte wie ein Heiligengesicht – er war so jung, und auf seine grünen Augen warf der lodernde Himmel eine rötliche Lasur. An der Kante des Grabes ließ Elisa ihn fallen, dann hob und schob sie seinen Kopf und seine Schultern hinein. Sie hob und schob noch etwas mehr, aber es ließ sich nicht übersehen, dass sie selbst im Weg war, und daher stand sie auf, um auf die andere Seite zu gehen. Dabei musste sie auf ihr Kleid getreten sein, denn als sie sich halb aufgerichtet hatte, wurde sie ruckartig festgehalten, und etwas riss. Elisa blickte auf die Naht zwischen ihrem Mieder und ihrem Rock, und ihrem gebeugten Körper entrang sich ein Laut, den Stewart sein Leben lang nicht mehr vergessen sollte.

»Warum hast du ihr nur nicht geholfen?«, fragte Venancia viele Jahre später. Und Stewart sah seine Frau mit liebevoller Verwunderung an.

»Ich wäre erschossen worden«, sagte er.

Und dabei dachte er nicht an Elisa, nicht an die toten Leiber, nicht einmal daran, wie ein Handeln von ihm vielleicht weiteres ermöglicht hätte, sondern an das Spiel des Flusses mit dem

Dunst und an die abendliche Versammlung der Vögel im Cerro Corá.

In der Tat hatte sich ihr doch jemand genähert, ganz zu Beginn. Die Wachen hielten ihn zunächst nicht auf – vielleicht, weil sein Gesicht so wund und nackt aussah. Bevor er sie erreichte, blieb er stehen und gab ihr sonderbar geheimnisvolle Zeichen. Vorgebeugt stand er da, reckte Elisa den Hals entgegen und bewegte vor seiner Brust flatternd eine Hand, wie um »Pssst!« zu machen. Als sie den Kopf hob und zu ihm hinblickte, richtete er sich auf und lächelte. Da trieb die Wache ihn davon. Es war, wie Stewart sah, der älteste Sohn von Francisco López, derjenige, den er mit seiner ersten Mätresse, Juana Pesoa, gezeugt hatte.

An jenem Abend unterhielten sich die Gefangenen – die meisten Kreolen spanischer Abstammung, dazu einige Guaraní von gewissem Rang – über das Schicksal. Ihr Temperament verwunderte Stewart; doch wie der Cousin seiner Frau, Frederico Báez, sagte: »Das Philosophieren ist der Luxus der Besiegten.« Sie erzählten Geschichten über die Schlacht des hinter ihnen liegenden Tages, als hätte sie vor vielen Jahren stattgefunden. Zumeist Geschichten darüber, wie sie selbst entkommen waren – zu ihrer eigenen Verwunderung prägten sie sich erzählend die Kette von Ereignissen ein, die zu der Tatsache geführt hatte, dass sie noch am Leben waren. Der Krieg war vorbei. Es war, als kehrte das Blut in ein abgestorbenes Glied zurück, und einige der Männer weinten; ein solcher Schmerz lag in der Luft, dass sie einander auf die Wange küssten, auf den Mund, und manche in den Armen des anderen einschliefen.

Was Stewart anging, so sagte er, es gebe vielerlei Arten, ein Leben nachzuzeichnen, doch manchmal glaube man, dass man gleich unter welchen Umständen am selben Punkt gelandet wäre. Dass man der Mensch sei, der man eben sei, an dem Ort, an dem man sich eben befinde und wo man einer bestimmten Frau dabei zusehe, wie sie ihren Sohn begräbt. Und die Geschichten, die man seinen Kindern einst erzählen werde, von Reisen und zufälligen Begegnungen, verirrten Kugeln und Würfelbecherwürfen – sie seien möglicherweise wahr, doch zwingend seien sie letzten Endes nicht.

»Warum hältst du dann immer noch die Zange da in der Hand?«, fragte Frederico Báez, und Stewart sah, dass er seit dem Mittag die geschwärzte Geburtszange nicht aus der Hand gelassen hatte.

Auf der langen Wanderung nach Hause wurden viele weitere Geschichten erzählt. Eine darunter handelte davon, wie Elisa auf einen Berg von Leichen gestiegen war – wie eine Lumpensammlerin oder eine Trauernde – und nach einem einzigen Gesicht Ausschau hielt. Es schien, als kenne jeder diese Geschichte und als habe jeder ein anderes Gesicht vor Augen. Einer sagte, es sei das Gesicht eines Liebhabers, eines Brasilianers, der in die Bresche springen sollte, wenn López tot wäre. Ein anderer sagte, sie habe nach dem Gesicht einer Frau gesucht, und als sie es gefunden habe, habe sie ihm mit ihrem Ring einen Schnitt über Wange und Auge versetzt, als versuche sie, die Leiche bis aufs Blut zu reizen. Aller Wahrscheinlichkeit nach eine der Frauen von Il Mariscal, von denen gebe es ja so viele. Doch das, sagte er, ist der Haken bei der Rache – dass man Tote nicht töten kann. Welch ein Schmerz, wenn dein Feind dahingeschieden ist und du ihm nicht mehr wehtun kannst!

EIN HÜNDCHEN

1873, Edinburgh

Nachdem das letzte schmächtige Baby gestorben war, verließ Venancia das Land ebenso gern wie Stewart. Außerdem ließ sich in Paraguay schwer Geld ausgeben, und wie es aussah, hatten sie nun sehr viel Geld. Das Problem in Paraguay war, dass man sich alles ausmalen, es bestellen und importieren lassen musste. Und natürlich wurde es, während es den Ozean überquerte, noch fabelhafter – ein Sessel, ein Schal, eine glasierte Porzellanrose: Um welchen Schnickschnack es sich auch handeln mochte, er wurde zum wundervollsten Schnickschnack der Welt. Bis man die Kiste öffnete. Irgendetwas an der Luft von Asunción brachte die Dinge zum Schrumpfen.

Darin bestand letzlich, sagte Venancia, Elisas Talent. Sie hatte ein Bestelltalent. Und bevor sie abreisten, nahm Venancia aus La Recoleta ein hübsches schmiedeeisernes Hündchen mit messerschmalem Rücken an sich. Stewart brauchte eine ganze Weile, bis er begriff, was es war – ein Stiefelkratzer, der vor Elisas Haustür gestanden hatte. Nur einer? Der andere war bereits verschwunden, sagte Venancia. Sie habe einen Jungen dafür bezahlen müssen, damit er ihr diesen hier aus dem Mörtel schlug, in den er eingelassen war.

Zäh war Venancia nun wirklich, das wusste Stewart. Andererseits machte die kalte Luft Schottlands sie offenbar zaghaft und übertrieben freundlich.

»Aber gewiss doch«, konnte sie beim Tee zu irgendeiner hiesigen Schnepfe sagen. »Ach, ich bin ja so sehr Ihrer Meinung.«

Und Stewart ging dann zum Fenster und bewunderte die Aussicht.

Manchmal entdeckte er, dass sie heimlich in einem Zimmer saß und aus dieser abscheulichen Kürbisschale Mate sog. Sie war entsetzlich gierig nach Spargel, und sie hielt sich in einem Schuppen in der Nähe des Hauses ihre eigenen Hühner. Ansonsten waren sie beide anscheinend nicht gezeichnet von dem Krieg und den kargen Jahren, die sie durchgestanden hatten.

Venancias Aussehen hatte natürlich sehr gelitten, doch das lag an den Kindern. Sie könnte jedes Alters sein, dachte er manchmal, irgendetwas zwischen dreißig und tot. Stewart hatte alte Frauen immer geschätzt, auch wenn er nicht annahm, dass er je mit einer das Bett teilen oder auch nur ein, sozusagen zufälliges, Stelldichein haben würde, wie es bei ihm gelegentlich vorkam und was ihn stets ein wenig vergnügt stimmte.

Am frühen Abend, wenn sie am meisten beschäftigt war, ertappte er sich gelegentlich dabei, dass er Venancia ohne einen Grund von Zimmer zu Zimmer folgte, bis sie ihn mit flatternden Händen verscheuchte, und dies amüsierte ihn jedes Mal, als hätten sie gemeinsam etwas sehr Witziges getan.

Dies war die Frau, nach der er sich von San Fernando bis zum Cerro Corá gesehnt hatte. Sie stand vor ihm – eine Frau, die denselben Namen trug wie die Frau in seinem Kopf. Das, nahm er schließlich an, war Liebe. Und in der Tat gab es da manchmal, wenn sie ihm nahe kam, ein Strömen, eine Gelöstheit – wie die der Zunge eines Mannes im Munde einer Frau, oder wie das flirrende Spiel der Erinnerungen oder das Gefühl von nachgebendem Fleisch.

An einem Herbsttag kam Stewart nach Edinburgh hinein, um sich seiner juristischen Angelegenheiten anzunehmen sowie um sich mit seiner schwangeren Tochter zu treffen und sie die Royal Mile entlang zu begleiten. Sie sah sehr schottisch aus – somit hatte sie, wenn ihr schon die Schönheit ihrer Mutter entgangen war, zumindest Stewarts Charakter geerbt, und er empfand einen verzweifelten Stolz auf den Inhalt ihres Bauches, der etwas mit ihm zu tun hatte, und doch nichts. Wie wenn man seine Stimme widerhallen lässt, dachte er. Oder einen Fisch fängt, indem man die Schnur abrollen lässt.

So lüpfte Stewart vor diesem oder jenem Bekannten den Hut, seine Tochter schnaufte ein wenig neben ihm her, und ihr Spaziergang verlief sehr würdevoll, familiär und stattlich. Solch ein respektables Bild von Fruchtbarkeit auf der Royal Mile – es kam einem Panorama nah: Die Zukunft tat sich vor ihm auf, als er gerade spürte, dass sein eigenes Leben zur Neige ging.

Als sie jedoch an St. Giles vorüberkamen, trat im Straßenbild ein kaum merklicher Wandel ein, und Stewart sah sich suchend nach der Gestalt um, die sie da beobachten mochte. Es war ein Diener in Livree – als Erscheinung so wenig beachtenswert, wie es sich für einen Diener schickte. Vielleicht lag es daran: Er war gar zu unauffällig. Es war, als umgebe er sich mit Stille, und in dieser Stille erinnerte sich Stewart plötzlich an Bäume. Nicht an Platanen oder Ulmen oder gar Eichen, sondern an Bäume, die einem im Vorübergehen ins Auge stechen, an Bäume, von denen sich jeder, wenn man innehält, um sie zu betrachten, als schwindelerregend eigentümlich und charaktervoll erweist. »Wenn du hier stirbst«, schienen sie zu flüstern, »verzehre ich deine Gebeine. Aber sehr, sehr langsam.«

Es war der Eingeborene, Miltón. Ein wenig sauberer als zu der Zeit, da Stewart ihn zuletzt gesehen hatte, noch immer aber jener Indio, der von San Fernando bis zum Ufer des Aquidabánmi sauberes Getreide gegessen hatte, während Stewart schimmeliges aß; der Indio, der sich eines Abends vorgebeugt und Stewart zugehaucht hatte: »Wasser, Chambertin, Latour, Champagner«, als stecke er ihm seine Zunge und nicht Wörter ins Ohr.

Davon, dass der Blick dieses Mannes auf seiner Tochter ruhte, fühlte sich Stewart ein wenig pikiert. Oder vielleicht gesegnet. Denn der Mann lächelte ihnen zu – und gerade dass diese Regung so offen, so freundlich war, machte sie so mysteriös. Es war das Lächeln, das ihm das Mädchen geschenkt hatte, als es sich hoch in den Amambai-Bergen an seinem Steigbügel festhielt. Wohlbedacht und doch frei von Berechnung: ein Geschenk. Immer lag darin so viel mehr, als er verdient hatte, dachte Stewart – wo immer diese Menschen es auch herhaben mochten.

In Panik blickte er sich nun nach Elisa Lynch um.

Sie war vor ihm vorbeigegangen. Keinen Meter von ihm entfernt, hatte sie das Pflaster überquert und ging nun auf eine Haustür an der Royal Mile zu. Wie konnte es ihm nur entgangen sein? Sie hatte etwas Vibrierendes, als ob die Straße ihre Bühne und die Mauersteine ein hingerissenes Publikum wären. Eine Fuchspelzkapuze spielte mit der Idee, von ihrem goldenen Haar herabzugleiten, als sie wartend an der Tür stand. Er konnte ihr Gesicht nicht sehen, doch dann wendete sie ein wenig den Kopf und strich sich mit dem behandschuhten Handrücken über die Wange. Der Handschuh war rostbraun und der Ärmel ihres

Kleides rot – ein herbstlicher Akkord: Sie stellte die Jahreszeit dar, entflammt von üppigem Verfall und prachtvoll traurig. Zudem war sie eine alte Nutte. In Paris mochte dergleichen durchgehen, doch unter dem Himmel von Edinburgh war dieses goldene Haar ein schreiender Skandal.

Sie zu grüßen ging nicht an; gleichwohl fand Stewart es erregend, sie aus solcher Nähe zu sehen. Elisa Lynch: verändert – alt vielleicht –, jedoch die Frau an sich, in welcher leiblichen Gestalt auch immer. Die Tür schloss sich hinter ihr, und Miltón wandte sich der Kutsche zu, der Elisa soeben entstiegen war, einem edlen kleinen Cabriolet mit einem kleinen Hündchen auf dem Sitz. Das Hündchen war – oder bildete Stewart sich das etwa ein? – im selben Ton gefärbt wie das Haar seiner Herrin.

Stewart pochte das Herz, als wäre er einer entsetzlichen Gefahr entronnen – einer Kugel oder einem Erdrutsch –, doch die Straße sah noch so aus wie zuvor. Als er weiterging, verspürte er zwischen den Schulterblättern eine zunehmende Hitze, die von Miltóns Blick kommen mochte. Oder, mit größerer Wahrscheinlichkeit, von dem Drang, umzukehren und genau im richtigen Moment an jenem Haus vorbeizuschlendern. Fast war er dazu entschlossen. Ach, ihr wieder von Auge zu Auge gegenüberzustehen! Welche Lust! Er hätte gutes Geld für den Vorteil gegeben, sie überraschen zu können: Sie mittels einer gewissen Kälte, des Anflugs eines Lächelns, einer leichten Neigung des Kopfes wissen zu lassen, dass er ihr nicht verzieh. Nein. Nichts verzieh er ihr. Nicht den Krieg, nicht das Geld. Sein gesamtes Leben verzieh er ihr nicht.

»Ist dir auch wohl, Papa?«

Das letzte Mal hatte er sie in Ketten gesehen.

Sie musste mit Camarrá, dem brasilianischen General, gesprochen haben. Elisa war fünfunddreißig, als López getötet wurde, zu alt, um die Naive, und zu frisch in Trauer, um die Hure zu spielen. Stewart konnte sich den hohen, verletzten Ton vorstellen, den sie dem General gegenüber angeschlagen hatte, aber sie musste ihm etwas anderes geboten haben als ihren Körper. Geld, gewiss – zweifellos wechselte in einer solchen Situation auch Geld die Hände. Geld aber hatten viele. Sie musste noch etwas anderes aufgeboten haben – dieses Undefinierbare, das ihr eigen war. Ihren Ruhm. Diese plötzliche Veränderung, die eine Frau bewirkt, wenn sie sagt »Ich bin schön«, und gegen die ein Mann hilflos ist, ob es nun strikt genommen der Wahrheit entspricht oder nicht.

Oder vielleicht hatte der General sie einfach gemocht, wozu die meisten Männer neigten.

Oder aber sie hatte »Retten Sie mich« gesagt – und wirklich hätten López' Frauen sie mit bloßen Zähnen zerrissen, wäre ihnen nur eine halbe Stunde Zeit geblieben.

Ob Camarrá nun ein anständiger Mensch oder ein kluger Politiker war, jedenfalls hatte Stewart sie in Concepción ein Schlachtschiff besteigen sehen. In Ketten zwar, jedoch gefolgt von ihren Reisekoffern – jedem Einzelnen davon –, sowie von ihren jüngeren Söhnen, ihrem Tross und der Witwe Díaz.

Sie reiste ab.

Und so trotteten Stewart und die anderen Gefangenen den Uferpfad entlang, während General Camarrá hoch zu Pferd mit dem größten Vergnügen vor der meistgeschmähten Frau zwischen Concepción und Buenos Aires salutierte und während das Schiff die Strömung fand und Asunción entgegenglitt.

Stewart fragte sich nicht, was sie so viele Jahre später in seiner Heimatstadt zu suchen hatte; sie stattete ihren Anwälten einen Besuch ab, genau wie er. In drei Tagen hatten sie den Gerichtstermin, denn so, dachte er, endet es immer, nicht mit dem Tod, sondern mit Prozessen; es ging um fünfzigtausend Pfund, unter seinem Namen bei der Royal Bank of Scotland deponiert, über welche Elisa einen Wechsel zu besitzen behauptete. Dieselbe Frau, die den Prostituierten die goldenen Kämme aus den Haaren gezogen hatte, dieselbe Frau, die das Land hatte ausbluten lassen. Persönlich hatte sie ihm geschrieben, einen Schmähbrief geradezu – von dem Wort »Illoyalität« hatte sie freigebig Gebrauch gemacht.

»Illoyalität.« Stewart schloss die Augen. Er lachte. Doch, ja, er kam sich illoyal vor. Ohne jeglichen Grund kam er sich auch illoyal vor.

Elisa Lynch behauptete, die Summe stelle den Zoll auf die Ausfuhr von Yerba Maté dar, im Ausland deponiert zugunsten der Kinder des Diktators. Sollte sie doch behaupten, was sie wollte. López hatte sie niemals geheiratet. Und falls das Geld tatsächlich ihr zustand, nun, dann gehörte es einem gewissen Xavier Quatrefages, ihrem rechtmäßigen Gatten. »Ein Schurke, wenn auch ein unbedeutender«, wie sie ihn eines Nachts am Friedhof von La Recoleta genannt hatte, »aber ein Schurke gleichwohl.«

Den Namen hatte Stewart nie vergessen.

»Papa?«

»Ja, meine Liebe, bestens.« Obwohl er sich nicht bestens fühlte. Er wollte etwas trinken. Er wollte seine Tochter aus der Nähe von Elisa Lynch fortbringen. Er wollte nach Hause, sich die Stiefel abkratzen und seine Frau sehen.

DANKSAGUNG

Anerkennung zu zollen habe ich den Arbeiten von Josefina Plá (*The British in Paraguay in the 19th Century*, Richmond, 1976) und von Helene Clastres (*The Land-Without-Evil: Tupí-Guaraní Prophetism*, University of Illinois Press, 1995). Ansonsten: Elisa Lynch scheint ihre englischsprachigen Biografen zu allerlei höhnischen Übertreibungen zu provozieren. Einige Fakten bleiben jedoch offenbar bestehen, und um diese Fakten herum ist der vorliegende (deswegen kaum weniger fiktive) Bericht gebaut. Er stellt einen Roman dar. Er ist NICHT WAHR.

Dank schulde ich The Arts Council/An Comhairle Ealíonn; dem stets wunderbaren Team am Tyrone Guthrie Centre in Annaghmakerrig; und der Bibliothek des Trinity College, Dublin.

Besonders danken möchte ich Mario Rosner, Buenos Aires, für ein glaubwürdiges Bild von der Tacuarí, den Freunden, die das Manuskript gelesen haben, und Shane Enright für weitere Recherchen.

Literatur bei DuMont

SASCHA ANDERSON. SASCHA ANDERSON.
2002, 304 Seiten mit 20 Fotos

PIETRO ARETINO / THOMAS HETTCHE.
STELLUNGEN. VOM ANFANG UND ENDE DER PORNOGRAFIE.
2003, 118 Seiten, zweisprachig sowie mit Reproduktionen der Kupferstiche von Raimondi

TONINO BENACQUISTA. DIE MELANCHOLIE DER MÄNNER.
Roman. 2003, 303 Seiten

MARCEL BEYER. NONFICTION.
2003, 322 Seiten

MARCEL BEYER. SPIONE.
Roman. 2000, 308 Seiten

MIRKO BONNÉ. DER JUNGE FORDT.
Roman. 1999, 277 Seiten

MIRKO BONNÉ. EIN LANGSAMER STURZ.
Roman. 2002, 173 Seiten

CHRISTINA CHIU.
SCHWARZE SCHAFE UND ANDERE HEILIGE.
2002. 304 Seiten

ANDREW CRUMEY.
ROUSSEAU UND DIE GEILEN PELZTIERCHEN.
Roman. 2003, 351 Seiten

GYÖRGY DALOS. SEILSCHAFTEN.
Roman. 2002, 359 Seiten

JOHN VON DÜFFEL. EGO.
Roman. 2001, 281 Seiten

JOHN VON DÜFFEL. VOM WASSER.
Roman. 1998, 288 Seiten

JOHN VON DÜFFEL. WASSER UND ANDERE WELTEN.
Geschichten vom Schwimmen und Schreiben.
2002, 140 Seiten

JOHN VON DÜFFEL. ZEIT DES VERSCHWINDENS.
Roman. 2000, 206 Seiten

CHRISTOPHE DUFOSSÉ. LETZTE STUNDE.
Roman. 2003, 346 Seiten

ANNE ENRIGHT. ELISAS GELÜSTE.
Roman. 2004, 296 Seiten

JAKOB EJERSBO. NORDKRAFT.
Roman. 2004, 537 Seiten

GERHARD FALKNER. ALTE HELDEN.
Schauspiel und deklamatorische Farce. 1998, 60 Seiten

GERHARD FALKNER. DER QUÄLMEISTER.
Nachbürgerliches Trauerspiel. 1998, 90 Seiten

ALICE FERNEY. LIEBENDE.
Roman. 2001, 303 Seiten

ARIS FIORETOS. DIE SEELENSUCHERIN.
Roman. 2000, 357 Seiten

ARIS FIORETOS. DIE WAHRHEIT ÜBER SASCHA KNISCH.
Roman. 2003, 351 Seiten

JULIA FRANCK. BAUCHLANDUNG.
Geschichten zum Anfassen. 2000, 120 Seiten

JULIA FRANCK. LAGERFEUER.
Roman. 2003, 302 Seiten

JULIA FRANCK. LIEBEDIENER.
Roman. 1999, 238 Seiten

ANNA KATHARINA FRÖHLICH. WILDE ORANGEN.
Roman. 2004, etwa 314 Seiten

LAVINIA GREENLAW. DIE VISION DER MARY GEORGE.
Roman. 2001, 369 Seiten

THOMAS HETTCHE. ANIMATIONEN.
1999, 200 Seiten mit 30 Abbildungen

THOMAS HETTCHE. DER FALL ARBOGAST.
Roman. 2001, 352 Seiten

THOMAS HETTCHE. LUDWIG MUSS STERBEN.
Roman. 2002, 184 Seiten

THOMAS HETTCHE. NOX.
Roman. 2002, 140 Seiten

MICHEL HOUELLEBECQ. ELEMENTARTEILCHEN.
Roman. 1999, 360 Seiten

MICHEL HOUELLEBECQ. GEGEN DIE WELT, GEGEN DAS LEBEN. H. P. LOVECRAFT.
2002, 120 Seiten

MICHEL HOUELLEBECQ. PLATTFORM.
Roman. 2002, 352 Seiten

MICHEL HOUELLEBECQ. DIE WELT ALS SUPERMARKT.
Essays. 1999, 120 Seiten

DAS PHÄNOMEN HOUELLEBECQ.
Hg. von Thomas Steinfeld. 2001, 270 Seiten

VIKTOR JEROFEJEW (HG.). VORBEREITUNG FÜR DIE ORGIE.
Junge russische Literatur. 2000, 336 Seiten

THOMAS KLING. BOTENSTOFFE.
2001, 249 Seiten

MARTIN KLUGER. ABWESENDE TIERE.
Roman. 2002, 1039 Seiten

JAN KONEFFKE. PAUL SCHATZ IM UHRENKASTEN.
Roman. 2000, 276 Seiten

JUDITH KUCKART. DER BIBLIOTHEKAR.
Roman. 2004, 223 Seiten

JUDITH KUCKART. DIE AUTORENWITWE.
Erzählungen. 2003, 172 Seiten

JUDITH KUCKART. LENAS LIEBE.
Roman. 2002, 303 Seiten

ANDREA LEE. VOLLMOND ÜBER MAILAND.
Storys. 2003, 251 Seiten

MARIANA LEKY. ERSTE HILFE.
Roman. 2004, 187 Seiten

MARIANA LEKY. LIEBESPERLEN.
Erzählungen. 2001, 108 Seiten

ULLA LENZE. SCHWESTER UND BRUDER.
Roman. 2004, 224 Seiten

CHRISTIAN LINDER. DIE BURG IN DEN WOLKEN.
Blicke ins Rheintal und anderswohin.
Reiseerzählungen. 2001, 269 Seiten mit 93 Fotogafien

CARLO LUCARELLI. DER GRÜNE LEGUAN.
Roman. 1999, 208 Seiten

CARLO LUCARELLI. DER KAMPFHUND.
Roman. 2002, 301 Seiten

CARLO LUCARELLI. LAURA DI RIMINI.
Roman. 2004, 106 Seiten

CARLO LUCARELLI. SCHUTZENGEL.
Roman. 2001, 180 Seiten

JAN LURVINK. WINDLADEN.
Roman. 1998, 190 Seiten

CHRISTIAN MÄHR. DIE LETZTE INSEL.
Roman. 2001, 215 Seiten

STEPHAN MAUS. ZITATSALAT.
VON HINZ UND KUNZ.
Handverlesenes aus dem Zettelkasten. 2002, 120 Seiten

MULTATULI. DIE ABENTEUER DES KLEINEN WALTHER.
Roman. 1999, 958 Seiten

HARUKI MURAKAMI. GEFÄHRLICHE GELIEBTE.
Roman. 2000, 230 Seiten

HARUKI MURAKAMI. KAFKA AM STRAND.
Roman. 2004, 637 Seiten

HARUKI MURAKAMI. MISTER AUFZIEHVOGEL.
Roman. 1998, 684 Seiten

HARUKI MURAKAMI. NACH DEM BEBEN.
Erzählungen. 2003, 187 Seiten

HARUKI MURAKAMI. NAOKOS LÄCHELN.
Roman. 2001, 428 Seiten

HARUKI MURAKAMI. SPUTNIK SWEETHEART.
Roman. 2002, 234 Seiten

HARUKI MURAKAMI. TANZ MIT DEM SCHAFSMANN.
Roman. 2002, 461 Seiten

GERT NEUMANN. ANSCHLAG.
Roman. 1999, 271 Seiten

GERT NEUMANN. ELF UHR.
Roman. 1999, 432 Seiten

ALFRED NEVEN DUMONT. DIE VERSCHLOSSENE TÜR.
Erzählungen. 2003, 256 Seiten

KEM NUNN. WO LEGENDEN STERBEN.
Roman. 2001, 393 Seiten

KEM NUNN. WELLENJAGD.
Roman. 2002, 368 Seiten

GEORGE P. PELECANOS. EINE SÜSSE EWIGKEIT.
Roman. 2003, 356 Seiten

TILMAN RAMMSTEDT.
ERLEDIGUNGEN VOR DER FEIER.
2003, 115 Seiten

GILLES ROZIER. EINE LIEBE OHNE WIDERSTAND.
Roman. 2004, 167 Seiten

ROMAN SENČIN. MINUS.
Roman. 2003, 318 Seiten

CLAUDE SIMON. GESCHICHTE.
Roman. 1999, 387 Seiten

CLAUDE SIMON. JARDIN DES PLANTES.
Roman. 1998, 368 Seiten

CLAUDE SIMON. DIE TRAMBAHN.
Roman. 2002, 113 Seiten

CLAUDE SIMON. DIE STRASSE IN FLANDERN.
Roman. 2003, 335 Seiten

CLAUDE SIMON. DER WIND
Roman. 2001, 270 Seiten

VLADIMIR SOROKIN. DER HIMMELBLAUE SPECK.
Roman. 2000, 440 Seiten

VLADIMIR SOROKIN. NORMA.
Roman. 1999, 380 Seiten

ARNOLD STADLER. ERBARMEN MIT DEM SEZIERMESSER.
Über Literatur, Menschen und Orte. 2000, 218 Seiten

ARNOLD STADLER. SEHNSUCHT.
Versuch über das erste Mal. Roman. 2002, 329 Seiten

THOMAS STEINFELD. RIFF.
Tonspuren des Lebens. 2000, 275 Seiten

TOHUWABOHU. HEILIGES UND PROFANES.
Gelesen und wiedergelesen von Arnold Stadler nach dem 11. September 2001.
2002, 383 Seiten

JEAN-PIERRE VERNANT. GÖTTER UND MENSCHEN.
Jean-Pierre Vernant erzählt griechische Geschichte von den Ursprüngen. 2000, 225 Seiten

DIRK WITTENBORN. UNTER WILDEN.
Roman. 2003, 414 Seiten

ALINA WITUCHNOWSKAJA. SCHWARZE IKONE.
Gedichte und Prosa. 2002, 120 Seiten

ZENTRALE RANDLAGE.
LESEBUCH FÜR STÄDTEBEWOHNER.
Hg. von Jochen Schimmang. 2002, 243 Seiten

MARTINA ZÖLLNER. BLEIBTREU.
Roman. 2003, 374 Seiten